JN230518

騙し絵の牙

塩田武士

角川文庫
21901

目次

プロローグ　4
第一章　17
第二章　69
第三章　125
第四章　193
第五章　249
第六章　317
エピローグ　380
解説　大泉洋　426

―プロローグ―

初雪は跡形もなく消えていた。

重い足取りで地下鉄の階段を上がり切った小山内甫は、杖代わりにしていた古い傘を軽く持ち上げた。布地を留めていたバンドのボタンを外すと、折り目正しい螺旋がだらしなく緩んだ。

目の前の道路が濡れているのは、雪の名残りではない。朝、機嫌よく空を舞っていたものは、やがて味気ない雨となり、東京の街の至る所に染み込んでいった。陽が落ちてからは気温も下がり、吐く息は白く、革靴の中の足は冷えて感覚がない。

傘を差すのに、深いため息が必要だった。入社して約二十年。これまでこなしてきた気が進まない仕事の一つひとつを思い出すには、歳月が経ち過ぎている。恐らくこの夜のことも、二十年後にはきれいさっぱり忘れているだろう。だが、定年後の自らの姿を思い描いたところで、気休めになるはずもなかった。

肩掛けのバッグを抱えるようにした小山内は、傘を開いて前へ踏み出した。私立高校を左手に見て、学生や勤め帰りと思しき人々の背を追う。ブティックやコインパーキングを過ぎて大通りを五分ほど歩くと、目的地のホテルが視界に入った。

横長の外壁が落ち着いた茶色なのとは対照的に、エントランスのガラスドアのフレームや取っ手は、きらびやかな黄金色をしている。小山内は半円形の大きな庇の下まで来ると、手が濡れるのも構わず傘を螺旋状に巻き直した。

制服を着たドアマンが品のいい笑みを湛えてガラスドアを開けてくれる。分厚いだけが取り柄の野暮ったいコートと、青みがかった無精髭が恥ずかしく、会釈すると足早に中へ入った。絨毯が敷かれた広々としたロビーを見た小山内は、格式あるホテルの佇まいに威圧され、まさしく今、この非日常の空間で繰り広げられている茶番を想像して嘆息した。

エスカレーターで二階に上がると、踏み心地のいい絨毯の廊下を進んだ。会場の出入り口に長机が設置してあり、スーツ姿の男女が五、六人、受付やら電話やらで忙しそうにしている。小山内は電光の案内板を確認して足を止めた。

――二階堂大作（にかいどうだいさく）先生　デビュー四十周年記念パーティー――

四十年前と言えば、自分はまだ幼稚園にも通っていない。無論、長年の積み重ねを敬う気持ちはあるが、今はその重みが煩わしかった。

受付で同じ社の後輩を見つけ、軽く手を挙げた。文芸担当の彼は頭を下げた後、眉を上げておどけて見せた。目が回るほどの忙しさなのか、少なくとも楽しんでいないことは分かる。

「傘、置いときましょうか?」

手を差し出した後輩に礼を言うと、小山内は傘を渡した。

「えらい盛況やないか」

「いやぁ、何てったって〝将軍〟ですから」

後輩の感嘆には小さじ、いや、大さじ一杯分ぐらいの揶揄の響きがあった。電光案内板を見たときの自分の胸中とさほどの差はないだろう。

「もう始まってるんやな?」

「ええ。開会の挨拶と乾杯の発声が終わって、今は歓談中です」

「了解。ネクタイ曲がってないか?」

「ちょっと緩んでますけど、その髭なら却って調和が取れていい感じですよ」

「俺はちゃんとジェントルマンに見えるかどうかを聞いてるんや」

「どう見ても庶民的な関西人ですよ。それに、うちの会社にジェントルマンはいませんから」

「やっぱり生まれ変わらな無理か」

軽口を叩いて気持ちを切り替えた小山内は、整えようのない髭を撫でてから会場に入った。ドア近くの長机に鞄を置き、全体を見渡した。

ビュッフェ形式の立食で、会場の両端に料理とドリンクがずらりと並んでいる。点在する丸テーブルの脇に立って飲み食いする者、サークルをつくってグラス片手に談笑する一団、荷物置きの長机の前で所在なげにしている女性――など目算でざっと百五十人はいる。

　そして、向こう正面の舞台には金屏風がシャンデリアの照明を跳ね返し、その上には「祝　二階堂大作　作家生活四十周年記念祝賀会」と書かれた大げさな吊り看板。この出版不況の折に大したものだと思う半面、やはり出版各社の思惑が透けて見えるようで鼻白む気持ちもある。小粋なレストランを貸し切る程度では間に合わないのだろう。

　昼飯から八時間ほど経っていたが食欲はなく、小山内は様になるようにウイスキーの水割りを手にした。知り合いの顔がちらほら目に入ったが、皆、改めて話すほどの間柄ではない。それに、今は間を持たせるためだけの気まずい会話をする心のゆとりがなかった。

　会場の後方、荷物置きの前に戻ってお目当ての男を捜す。小説家のパーティーなので出版関係者が多いのは当たり前だが、社長クラスが顔を出しているのは、四十年選手の貫禄といったところか。その他、映画会社やテレビ局の関係者、親交のある俳優やスポーツ選手、囲碁棋士までいる。

　着物やドレス姿の艶やかなグループは、銀座のホステスたちだ。小山内も小説、漫画を問わず、銀座で作家たちのお供をした機会は少なくない。大声を出さず、慎ましく微笑み合っている様子は、さすがの会員制である。明らかに記者と分かる皺だらけのスーツを着た男が、彼女たちに向かって一眼レフを構えていた。どの紙面で使うねん、と胸の内でツッコミを入れ、鳥の目になって会場を見回す。

出入り口の扉から聞きなれた笑い声が聞こえた。ようやく仕事が始められそうだと、声がした方を向いた小山内は、歩み出そうとする足を止めて奥歯を嚙み締めた。

楽しそうに声を上げているのは、海外での知名度も高い大物漫画家、坂上実だ。編集者として、冴えない若手だった彼をブレークさせたと自負する小山内にとっては、いくら超のつく売れっ子と言っても気後れする相手ではない。だが、足を止めさせたのは、彼の隣にいる男のせいだった。

三島雄二——。

小山内は思い出したように薄くなりすぎたウイスキーに視線を落とした。自嘲気味に笑うことで何とか心の均衡を保ち、水滴まみれになっているグラスに口をつけた。

「おっ、討ち入りか？」

隣を見ると、速水輝也のニヤついた顔があった。眠そうな二重瞼の目と常に笑みが浮かんでいるような口元に愛嬌があり、表情によって二枚目にも三枚目にもなる。スーツにドット柄のベストを合わせて洒落ているが、嫌味はない。

「いや、討ち取られたんは俺の方や」

「なるほど」

速水はからりと笑い、小山内の厚い肩に手を置いた。この男は余計な気遣いをしない。

たったそれだけのことだが、小山内は少し気が楽になった。

　出版大手の薫風社（くんぷうしゃ）は、同期だけで二十人ほどいる。速水はその中で唯一友人と呼べる人間だ。

「あれぐらいでないと、生きていけないのかもしれないね」

　遠慮なしに速水が続ける。半年前の悪夢が脳裡をかすめ、小山内は苦笑いを浮かべた。

「最近坂上さん、冷たいねんな」

　口をついて出た弱音に自身で驚いたが、小山内はあまり恥ずかしさを覚えなかった。何やら楽しそうな速水の顔を見ていると、大人の仮面が面倒に思えてくるのだ。

「あの子はどこまで行くんだろうねぇ」

　のんびりとした速水の口調を耳にしていると、視線の先にいる三島の不敵な面構えも何でもないように思えてくる。だが、実際はそうオチオチとしていられない状況だ。

　半年前、コミック誌編集部の部下だった三島が、担当する坂上ら大物漫画家五人に声を掛けエージェント業を立ち上げた。基本的に漫画家は個人事業主で、薫風社に所属しているわけではない。しかし、様々な出版社から刊行する小説家とは異なり、漫画家の場合は特定の一社から作品を発表し続ける例が多い。そこに小山内の、そして会社の慢心があった。個々の絆が深い分、会社という舞台を使って仕事をしている意識が乏しくなっていたのだ。

　三島は出版社からの執筆依頼を仲介したり、原稿料や印税の配分について出版社と交渉したりする代理人として、業界の荒波を泳いでいる。

コミック誌の編集長になった三年前、三島に坂上を引き継いだのは、他でもない小山内だった。それが今は、かつて部下だった男を通さないと、仕事ができなくなってしまったのだ。

世界で売れ、尚且つ放映、グッズ販売などで巨額の利益を上げる漫画家は出版社の稼ぎ頭である。これまで坂上に多少の無理が言えたのは、売れないころにいろいろと「お世話」をしてきたからだ。それをかわいがってきた部下に横取りされ、小山内の心中が穏やかであろうはずがなかった。

「坂上さんの新連載が、他社で始まる可能性もあるわけ？」

「さすがにそれはないやろ。でも、奴さんえらい強気やで」

小山内が左手の親指と人差し指で輪っかをつくる。

「やっぱ世の中銭だねぇ。坂上さん冷たいって？」

「メールの返信が遅くなって、しかも……」

「素っ気ない」

「その通り」

「彼女と別れるときって、大体そんな感じだよな」

「そうそう。フラれるときな」

自分に代わる次期編集長に関する噂が嫌でも耳に入ってくる。坂上の新連載が別の社から出る、などということにでもなれば、目も当てられない。今日は何としてでも機嫌を取っておく必要がある。小山内はまだ売れる前の悩み多き坂上に安い酒を飲ませ、朝まで励まし続けた遠い日々を思い出した。付き合いの長さなら三島など比ではない。若造の胸三寸で踊らされるなど理不尽極まる。

「では、ここで二階堂先生の華麗なる歩みを振り返っていきましょう」

舞台右手の演台前に立つ女性司会者が、まとまりのない参加者たちに呼び掛けた。最前列の丸テーブルで、各出版社の社長、重役と歓談していた二階堂に向け、盛大な拍手が送られる。ずんぐりとした体をダークスーツで包んだ主役が、白い前髪をかき上げてから、ゲストたちへ頭を下げる。高級ホテルに各界著名人。このワンシーンだけを切り取れば、出版不況などどこ吹く風であろう。あまりに大げさなお祭り騒ぎに、小山内の白けた思いは呆れに変わる。

舞台の中央にスクリーンが下ろされ、場内が暗くなる。プロジェクターが発する光が中空の埃を照らし、白幕にモノクロ写真が映し出された。着物姿の若い女が小さな一軒家の玄関先で赤子を抱いている。

「おいおい、これ、俺が赤ん坊のときじゃないか。ひょっとして六十五年分、全部やるのか?」

いつの間にかマイクを持っていた二階堂のおどけた声に、会場が沸く。隣の速水も手を叩いて笑っていた。

東京の私大生だったころの雀卓での一枚、新人賞受賞パーティーのスピーチの様子、囲碁大会の会場で盤面を睨むもの、コメンテーターとして出演していたワイドショーのスタジオショット——など司会者の紹介の後に二階堂がダミ声で解説を入れる。長年第一線で活躍してきただけのことはあり、短いコメントが冴え渡っていた。

二階堂の全盛期は十五年ほど前までだったが、一昨年ごろから時事問題に素早く反応するユーモラスなツイートが孫のような若い世代にウケ始め、フォロワーが幅広い年齢層に広がっている。近ごろでは、過去に出版した作品が軒並み映像化され、数字を稼ぐことから「二階堂原作」のブランドが浸透し、見事に返り咲いた。作家協会の会長を務める現在、業界での発言力が日に日に増している。

上映が終わり、場内が明るくなると出版関係者から「将軍」のコードネームで呼ばれる男が壇上に上がった。各社の歴代編集者たちがポジションに就く野手のように、前方に集まり始めた。

他社連載の調べ物を命じられても嫌な顔一つせず休日を潰し、大雨の中、ズブ濡れになって流しのタクシーを拾っても「要領が悪い」と怒られる。しかし、そこまで尽くしても原稿がもらえるとは限らない。奉仕の精神なくして編集者は務まらない。

このパーティーは無論、編集者らが二階堂の機嫌を取るために企画したものだ。これだけ盛大にやられると、普通の神経では重荷に感じるはずだが、出版業界がイケイケのころから第一線の二階堂は、こういった全身全霊の「よいしょ」に慣れている。舞台上で鷹揚に構えてはいるが、胸の内では各社の動きを細かくチェックしているに違いない。
本が売れない時代だからこそ、効率を求めて売れる作家に仕事が集まる。「富の集中」や「格差の拡大」と構造そのものは同じである。

「おまえは行かんでもええんか?」

小山内が速水に声を掛けると、彼は上映中に取りに行った殻付きロブスターをフォークで突(つつ)いていた。

「いや、俺はお呼びでないよ。前の紳士たちを見れば分かるだろ? 新御三家の世代よ。俺らはほら、おニャン子世代だもん」

「おニャン子ってネーミングがもう、八〇年代の軽さ全開やもんな。せめて第一次秋元(あきもと)内閣とでも言うとこか」

「おまえ何番?」

「そら、奇を衒わず八番よ」

おニャン子クラブ会員番号八番、国生(こくしょう)さゆりのポスターは、今も実家のどこかにあるはずだ。

「俺はやっぱ、三十二番だよね」

「それ、山本(やまもと)スーザン久美子(くみこ)やんけ」

久々のバカ話が心地よかったが、すぐに二階堂のしわがれた声に遮られた。

「えぇ、皆さん。本日はお忙しい中、そして足元の悪い中をお運びいただき、誠にありがとうございます。皆さんのおかげを持ちましてこの二階堂大作、四十年もの間、小説一筋で突き進むことができました。まぁ途中、慣れないテレビコメンテーターなどに手を出し、放送禁止用語を使ってしまうなどという不手際がありましたが……」

小山内以外のほとんどの人間が笑う。全員がサクラのようなものだ。

「もちろん、これまで全て順風満帆だったわけではありません。一時期、思うような小説が書けないこともありました。某出版社の某編集者に『先生もそろそろご病気の治療に専念されては』などとやんわり連載を断られたりもしましたが、あっ、病気というのは痔なんですけどね」

会場が再び沸いたが、二階堂に指摘された出版社の面々は苦笑いしている。実際はこのような直接的な表現ではなかったらしいが、この社は版権を引き上げられ、二階堂作品が取り扱えなくなった。付き合いが復活したのはごく最近のことで、条件面でかなり厳しい交渉になったと聞いている。

小山内は長年禄を食んできた出版業界の旧態依然とした姿に、息が詰まりそうだった。だがその一方で、三島のような新しい風にも足をすくわれた。思い出したように辺りを見回したが、坂上と三島の姿はなかった。

「では、ここらで各社の担当者から一言いただこうかな」

二階堂の無茶振りは今に始まったことではない。二十代のころ、文芸部にいた小山内も高級クラブで何度か被害を受けている。

二階堂は舞台前で畏まる男たちへ向け、結果発表のスポットライトのように視線を流していく。〝将軍〟からのトップバッター指名は「お気に入り」の証であり、編集者にとって紛れもない栄誉だった。

「じゃあ、速水、君からいこうか」

場内がざわついた。前方で〝合格発表〟を待っていたのは、いずれも各社の幹部クラスである。それが四十代半ばの中堅社員に白羽の矢が立てられたのだ。速水は以前、二階堂の担当だった。だが、今はカルチャー誌の編集長である。幹部でも現役でもない一介の雑誌編集長が先陣を切るという展開に、戸惑いが広がっていく。

雑用係の出版社社員が、慌てて速水にマイクを向ける。

「えっ、先生。私、今、ロブスターに手をつけたところですよ！」

この返しがウケて、場の嫌な雰囲気が霧散した。小山内も思わず笑ってしまう。

「いいから早く来いよ！」

「じゃあ、一つ失礼して……」

速水はロブスターを持ったまま小走りで会場を突っ切り、壇上に上がった。これがまたウケた。

「誰も君のロブスターは盗らんよ！」

二階堂がご機嫌にツッコむ。速水が「では……」と言ってロブスターを二階堂に預けると、会場に爆笑の渦が巻いた。

「ちょっと、俺も長い間作家してるけど、編集者のロブスターを持たされたのは初めてだよ！」

会場が温まり、速水がセンターマイクの前に立つ。二階堂の隣に立つと、スラリと上背がある速水は見栄えがいい。

「皆さま、お待たせしました、薫風社の速水でございます」

「誰も待ってねぇよ！」と野次が飛び、また笑いが起こる。

速水を選んだ二階堂も大したものだが、嫌な緊張感を瞬時に和やかな笑いに変えてしまった速水は、さすがの一語だ。小山内は改めてこの同期を見直した。彼は緊張する素振りを一切見せず、壇上からきれいな笑顔を見せている。

不遇の小山内だったが、速水に対しては妬む気になれず、愛すべき彼の性格をただ純粋に羨ましいと思った。

第一章

1

白黒の液晶画面の文字が薄れ始め、電池残量の不足を知らせた。

確か「単3」だったと思い出した速水は、黒革のカバーで覆った電子辞書を閉じた。分厚い辞書と薄い冊子を重ね合わせてバッグに入れる。

編集長席は部屋の一番奥にあり、速水の背には南向きの大きな窓がある。窓際の編集長というわけだ。外は一月の寒さだったが、よく晴れた日で照明が不要なほど明るい。

月刊誌『トリニティ』の編集室。社屋が古く小部屋が多いため、室内には『トリニティ』担当のスタッフしかいない。正社員と契約社員を合わせて十人。発行する雑誌の最終チェックをする校了作業のときに、誤字脱字や原稿の事実確認をする「校閲（こうえつ）」係の女性が数人増えるが、彼女たちは出入り口すぐのところにある書庫で作業するため、速水たち編集部員は毎日、窮屈な部屋で変わり映えしない面々と仕事をしている。独立している分気楽だが、たまにお払い箱には持って来いの配置だと思うこともある。今はどこの出版社も同じだ。とにかく雑誌が売れない。

同僚や後輩によく「意外」だと言われるのは、速水がデスクの上を整頓していることだ。書類は必要な分だけファイルに入れてブックスタンドの間に立て、参考程度に目を通すものは引き出しに仕舞っている。社用ノートパソコンの周辺機器——マウスやイヤホンは無線で、電源コードとアダプターもボックスに入れて有線の煩わしさとは無縁だ。会社の机周りによくある、うっすらと埃のかぶった写真立てやデスク下の意味不明な段ボールなどもない。余計な文具でカリフラワーのようになりがちなペン立ての代わりに、小さなペントレイを使い、お気に入りのボールペンとシャーペン、消しゴムを置くのみである。

唯一無駄な物があるとすればペントレイの横に立てているバリカンだが、これは先月あった忘年会のビンゴ大会で当たったものだ。忘年会から既にひと月経っているが、たまに意味もなく飾るのはウケ狙いである。

凜としたデスク周りとは対照的に、眠たげな目をした速水がA4用紙の束を皺一つないクリアファイルに入れた。面白みのない掛け時計に視線をやる。五分前になっていた。編集部員たちが三、四人、連なって部屋を出て行く。

同僚たちに続いて編集部の部屋の前にあるU字階段を進む。上のフロアは文芸誌や単行本、文庫などのセクションで、エレベーターを中心にドーナツ状にオフィスが広がっている。小部屋で仕切られた下の階とは別会社かと思うほど趣が異なる。

昨年改装された会議室は、ミーティングの規模によってパーテーションで仕切って部屋をつくるタイプだ。プロジェクターやスピーカーも最新のものだが、『トリニティ』班は今一つ使いこなせていない。

今日は十五人程度なので部屋を半分にし、中央に長机を組んでいる。既にほとんどのメンバーが座っていて、速水は上座に着くなり広告局の戸塚健介に「寒波だってよ」と言って、大げさに身震いして見せた。

「沖縄に雪が降るかもしれないって聞きましたけど」

「沖縄ってあれでしょ？　セーター売ってないんでしょ？」

　話を合わせた戸塚に、速水がくだらない問い掛けをする。

「いや、売ってるんじゃないですかねぇ……」

　副編集長の柴崎真二が頼りなく会話に入ってくる。

「売っててもノースリーブでしょうよ」

「いえ、普通に売ってますねぇ」

　坊ちゃん刈りの篠田充がノートパソコンの画面から顔を上げた。編集部で一番内向的な性格だが、他部署の人間がいる前では雑談に参加する。

「そうやってすぐ調べるだろ？　もっと転がしてからの答え合わせだよ。これだから現代っ子は困るよ」

「すみません。でも、僕三十六なんですよね」

「まぁまぁおっさんじゃねぇか」

　場が緩んだところで高野恵が「遅くなりましたぁ」と息を弾ませて入ってきた。編集部の正社員で一番若い、といっても三十路である。ここ十年ほど採用人数を絞り続けている影響で、急速に社内の高齢化が進んでいる。

恵が末席に着いたのを見た速水は「じゃっ、始めようか」と言ってクリアファイルから用紙の束を取り出して二つに分け、副編の柴崎と彼と同期の編集部員、中西清美に手渡した。レジュメの用紙が部員たちに回っていく。

カルチャー誌『トリニティ』の月に一度の特集会議。編集部員それぞれのアイデアが書かれたレジュメを元に話し合い、向こう三ヵ月分の特集を決める。編集者以外は戸塚のような広告担当が複数参加し、彼らの助言や依頼も含めて会議が進む。

『トリニティ』は半歩先の「粋な情報」を幅広い層の大人に届ける月刊誌だ。流行、ライフスタイル、文化、エンタメ、トリビアと何でも扱うので自由な半面、個性を打ち出すのが難しいという課題を抱える。

五分ほど精読の時間が与えられ、空気が徐々に張り詰めていく。言うまでもなく特集は雑誌の顔だ。売上に大きく影響するため、この会議が数あるミーティングの核を成す。現に、特集によって発行部数が変わるため、売上が見込めない場合は、部数を抑えて原価率を下げるのも一つの仕事だ。

「さて、絞っていこうか」

速水が声を掛けると少し嫌な間が空いた。譲り合い、というより押し付け合いの間。アイデアを出すのは、速水と副編集長の二人を除く八人の編集部員だ。

いつになく空気が重い。皆、自らの案に自信がないのだ。これから自分の案に容赦なくダメ出しが入っていく。

雑誌編集者は多忙だ。特集や記事の企画立案から始まり、取材に際してはライターやカメラマン、メイクやスタイリストに仕事を依頼して撮影用のスタジオを押さえる。もちろんインタビューの現場に立ち会い、取材後はデザイナーに誌面の設計図となる「ラフ」の作成を発注。試し刷りした「ゲラ」と呼ばれる誌面で「初校」「再校」と二重に原稿をチェックして、無事雑誌が発行された後は経費請求書などの事務処理が待っている。それに加え、付き合いの酒席も入るとくれば、年中目が回る忙しさだ。

だが、いくら時間がないとは言え、仕事の基礎となるこの「ネタ出し」は最も重要で、真正面から雑誌編集者としての実力が試される。

「雑誌は時代と添い寝する」と言われる通り、問われるのは先取りの感性で、そもそも合議制で何とかなるものではない。こういった会議は言わば調理であって、新鮮なネタがなければ皿に載る品は端から知れている。

速水はレジュメに目を落とした。ある程度手堅い芸能系を除けば、SNSで裾野を広げた和み系ペット、一目置かれる対人コミュニケーション術、「シンプル」や「自然体」でまとめれば無難に収まる女性のライフスタイル——。一人当たり十〜二十案出しているが、どれもピンと来ない。

酒でも入れば多少潮目も変わるが、昼間から社内で飲むわけにはいかない。こんなときは、わざとくだらない意見を出してハードルを下げるのも編集長の役割だ。

「沖縄のセーターで思い出したけどさ、あのわざとダサいセーター着るやつあるでしょ」

「アグリーセーターのことですか？」

　恵が素早く反応する。クリスマスやパーティーで、あえて格好悪いセーターを着て楽しむという欧米の遊びだ。日本では今一つ浸透していないが、何でも取り入れる国民性なのでいつ火が点くか分からない。

「柴崎のセーターなんて、なかなかアグリーなんじゃない？」

「やっぱり来ると思ってましたよ」

　笑いを含んだ視線が柴崎の紺色のセーターに注がれる。胸の辺りに白抜きで「FRUITS」と書いてある。しかもハイネックの部分が白い。

「唐突にフルーツって言われてもなぁ」

「俺、めちゃくちゃ果物好きですから。ほっといてくださいよ」

「その首んとこまで見ると、富士山みたいだぞ」

　短髪で筋肉質な見た目の通り、柴崎は大学まで野球を続けた自他ともに認める体育会系である。ファッションセンスに関しても昭和のプロ野球選手を引きずってしまい、たまに会議の箸休めとして使われる。

「フルーツってゲイの隠語らしいですよ」

　例のごとく篠田が、すぐに検索で弾き出す。

「いや、だからおまえ早いんだって。この流れだと、もっとフルーツで遊べるだろ。で、どうなの柴崎？」

「ゲイってことですか？　違いますよ。速水さん知ってるでしょ。それに春の特集にセーターやってどうするんですか」

少し場が温まったところで本題へ戻る。

雑誌は編集長のもの、と言う人もいる。流れを先取りして「これだ」と断言して引っ張っていく腕力の持ち主なら会議の進行はもっと早いだろう。だが、速水のリーダーシップの源は「和」にある。部員それぞれの熱をうまく型に流し込んで一冊の雑誌をつくっていくスタイルだ。

「なんかパンチあるやつないかなぁ。表紙で決まるみたいな」

色黒の柴崎が白い歯を見せて言う。

「そういう副編集長は何推しなんですか？」

女性編集者の中西が冷めた口調で聞いた。

中西は文芸誌担当だった二十代のころ、大物小説家たちを次々に口説き落として連載を書かせ、社のベストセラーを独占した時期があった。しかし、それ以降はパッとせず、今や典型的な扱いが難しい女性社員だ。

「『打ち明け話、真面目に聞くか？　聞かずに寝るか？』なんていいと思うけど……」

一九九〇年代にテレビドラマと映画になった人気作で、この夏に劇場用アニメとしてリメイクされる。

「そんなアニメばっかりできませんよ」

中西が鼻で笑った。二年前、速水が『トリニティ』の編集長になったとき、副編をどちらにするかで悩んだ。二人とも企画力があるわけでも人脈を持っているわけでもなかった。どんぐりの背比べで、まだ現実的な数字の読みができるという点で柴崎を選んだのだ。中西が同期に敬語を使い始めたのはこのころからだ。

「じゃあ、おまえは何かアイデアがあるのか？」

「おまえって言わないでよ」

中西のきつい物言いのせいで、場が静まり返った。さすがにまずいと思ったのか、彼女は「ちょっと厳し過ぎたかしら」と付け加えたが、誰も笑わなかった。

部を牽引すべき二人の仲が想像以上に悪化している。中西が依怙地になれば、ますます腫れ物扱いされるだろう。

「寒波来たよ」

絶妙のタイミングで速水が割って入り、ドッと笑いが起こった。

「どうする？　不倫とＬＩＮＥ流出の二本立てでいくか」

「いつの話ですか」

古い芸能ネタを持ち出した編集長に柴崎がツッコミを入れたが、速水は暗に組み合わせを示したのだった。「二特」「三特」と特集の数を増やし、企画の弱さを補うやり方だ。一つ当たりの濃度は低くなるが、その分誌面が幅広くなってメニューの見栄えがする。

「広告の方は何かあるの？」

再び沈黙が訪れたタイミングで、速水は流れを変えるべく他部署へ話を振った。

「剣持悟の表紙はアリですかね？」

「あぁ『ときめき先生』ね」

発言した戸塚の方を見てメモを取る。「ときめき先生」は二十五年前に流行ったテレビドラマで、テレビシリーズ三回、映画化四回の根強いファンを持つ作品だ。二十五年前から既に大物俳優だった主役の剣持悟が、今で言う「おネエ言葉」の高校教師を演じたことで話題となり、自身二度目のブレイクを果たした。

恐らく営業先の映画会社の関係者から売り込みがあったのだろう。『トリニティ』の読者は年齢層が広く、雑誌のイメージもいい。部数も多く、宣伝には持って来いの媒体だ。

「映画が春の公開なんで、どうかと……」

「剣持さんか……」

速水が考えるように腕を組むと、副編の柴崎も気乗りしない様子で唸った。

「それ、当たりそうなの？」

「結構売り込みをかけるみたいですけど」

誰一人として食いつかないのは、剣持自身が既に第一線とは言い難いことと、今さら「おネエ系」に何の新味もないというところだ。

「剣持さん、うちの雑誌に合わないような気がします……」

下座の高野恵が言うと、全員が一様に頷いた。提案している戸塚本人も微妙なことは分かっていたようで「了解でぇす」とあっさり引き下がった。

結局「ここまで進化した！　サクラの楽しみ方」や「お取り寄せで充実する大人の生活」など計六本の特集と大よそのページ数、それぞれの担当者が決まるころには、開始から三時間が過ぎていた。会議の常だが、最後の方は皆が集中力を欠いて建設的でなくなる。いつもなら冗談の一つでも言うところだったが、速水は短い締めの言葉だけで解散を告げた。

いつの間にか四十代も半ばに差し掛かり、特に近ごろは疲れやすくなっている。座ったまま伸びをしてから、少しウェーブのかかった髪の後ろで両手を組んだ。

退室していく人の流れを眺めていると、ノートパソコンとクリアファイルを片手に抱えた篠田が近づいてきた。珍しいことなので、速水は少し身構えた。

「速水さん、ちょっといいですか？」

「何だよ。いい知らせ？　悪い知らせ？」

篠田はそれに答えず「例のタイアップの件なんですが……」と、太い眉を八の字にした。

今、雑誌業界は売れる特集至上主義の真っ只中にあるが、実売率が広告効果に直接跳ね返ってくる時代はとうの昔に終わっている。そのため広告のクライアントは、より読者の目を引く「タイアップ広告」を好む。記事風の広告で自社のホームページに誘導したり、作家に小さな短編を書いてもらったりして商品を売り込むのだ。

カルチャー誌は旅行、エンタメ、ライフスタイルなど各号の特集によって表情を変えるが、『トリニティ』は文芸部出身の速水が「物語」を重視しているため、小説と漫画の連載を持つ稀な雑誌だ。作家とのタイアップ広告が組みやすいのは、この編集方針のおかげである。

篠田が担当しているのは、天然成分の石鹼をメインに売り出す化粧品会社と中堅の男性作家、霧島哲矢（きりしまてつや）とのコラボだ。「石鹼」に掛けて「スベル」や「キヨメル」などをテーマに五本の短編小説を毎月掲載するという企画で、一本目の締切が迫っている。

「虹色（にじいろ）石鹼の常務が霧島先生の大ファンで、一度お食事でもという流れになってまして」

霧島は三年前に葬儀業界をテーマにした小説が映像化され、何度か文学賞候補にも上がっている実力派だ。年齢も四十八歳と、作家として脂が乗っている時期である。

文芸畑が長かった速水は無論、霧島のことはデビュー当時から知っている。律儀な男だが、最近仕事が順調に回るようになってから気難しくなってきたように思える。世間に認められたという自信がそうさせるのかもしれないが、こういう時期は人間関係という点で危険だ。

この手の作家を接待の場に連れて行くことなど少し考えればタブーであることはすぐ分かる。定期的に霧島のブログをチェックしている速水は、彼の発言が世間の価値観とズレ始めていることに気付いていた。それだけで周囲の編集者たちが霧島を持ち上げている様が透けて見える。しかし、金を出すクライアントもまた接待されることに慣れている。同じ磁極を近づけてうまくいくはずがない。

「う〜ん、ちょっと厳しいかな。リスクが高いね」

速水はやんわりと話を潰すよう指示した。だが、篠田は察しが悪そうに首を傾げた。そこそこの社歴だが、文芸を経験していないので、作家が気まぐれな人種だとイメージできないのかもしれない。

「クライアントと霧島さんの板挟みになったら、これ厄介だよ。このタイアップまだ始まってもないから」

「あぁ、ダメですか……」

篠田はまた眉を八の字にして頼りない笑みを見せた。恐らく、仲介することを安請け合いしたのだろう。彼は編集の仕事に特別な思い入れがあるわけではなく、かと言って他部署への異動希望もない。加えて昨年、見合い結婚した妻との間に一人娘が生まれ、彼の興味は専ら子どもの成長である。編集者でありながらほとんど残業とは無縁で、休日もきちんと休む。それら当然の権利を行使するには、出版社という組織はいい加減過ぎた。

三ヵ月前、霧島を紹介するため、篠田を連れて会食に出掛けたことを思い出した。タイアップ企画の了承をもらい、酒が進んだときのことだ。電話のため篠田が席を外した瞬間、ハイボールのグラスを持った霧島が漏らしたのだった。

「あの子、危なっかしいね」

2

イヤホンから流れてくる言葉を無意識のうちに口にしていたらしい。すれ違いざまにスーツ姿の中年男から不躾な視線を受けた。速水は苦笑いを浮かべて早稲田通りを進んだ。既に陽が沈んで時間が経っていたが、上空に分厚い雲の存在を感じた。そのせいか一月下旬の割には風が柔らかかった。

通りを左に折れ、石畳の小路に入る。木造の民家や一階にフランス料理店が入った低層マンションの間を進んだ。突き当たりにある白い外壁の民家の脇に、細い階段が通っていて、速水はその石段を軽快に下りていった。階段の下にも小路が続き、整骨院の隣にある木造二階建ての軒先で、小さな灯籠が石畳を淡く照らしていた。

速水は立ち止まってウコンの錠剤を飲み込んだ。それから深緑色の暖簾を潜り、歳月が染み込んで飴色になった引き戸を開けた。

「ただいま参りますぅ」

引き戸の音に反応して落ち着いた女性の声が聞こえた。狭い土間は石造りで木製の式台は丁寧に磨かれた跡が窺える。

足音を立てずに現れた和服の女将は、膝を折って「お待ち申し上げておりました」と指をついた。

「ご無沙汰しております。もう来てますかね？」

「ええ。先に始められています。ご機嫌でいらっしゃいますよ」

女将は目に笑いを含んで頷いた。五十路を過ぎているとのことだが、若々しい面立ちをしている。速水と二階にいる上司との関係は重々承知ということだろう。

一階はヒノキのカウンターと向かいに個室が二部屋。速水は女将の後について、その間に走る畳の通路を歩いた。奥の階段を上がると個室が三つあり、右手は大部屋、左手は八畳間と四畳半の二間続き。女将は左奥の襖の前に座ると膝をついた。

「速水様がお着きになりました」

「はいよっ」

男の野太い声が聞こえ、速水は背筋を伸ばした。女将が開けた襖の向こう側に頭を下げる。四畳半の真ん中が掘りごたつになっていて、上座に相沢徳郎（あいざわとくろう）の地黒の顔があった。

「おぉ、お疲れさん」

相沢は早くも猪口を手にし、先ほど聞いた通り上機嫌だった。

速水はコートとマフラーを女将に渡すと「今日はまだ暖かいですねぇ」と言って群青色の座布団に腰を下ろした。

「最初はどないする？　ビールにするか？」

相沢は関西弁で言うと、水色の透き通る徳利を持ち上げた。ガラスの向こうの酒は、既に半分も残っていなかった。

「うまそうですね」

「龍力や」

「じゃあ、私もそれもらいます」

「よっしゃ。ほんなら猪口とあとは適当に持って来てんか」

相沢はへしこを突きながら、冷酒をうまそうに飲んだ。

「それにしても景気ええ話はないんか？」

『火花』『進撃の巨人』『ONE PIECE』『君の名は。』……」

「よその会社ばっかりやんけ」

「寝てる間に版権移りませんかね？」

「その心意気や」

自虐的な会話をしているうちに、速水の猪口に龍力が満たされ、カンパチの刺身や鯖サンド、生麩田楽などがテーブルに並んだ。

しばらくは映像化に付随する芸能ネタや社内ゴシップ——専務の怪しげな異業種人脈や総務局長のカツラ疑惑などを肴に杯を重ねた。上司と飲むには冷酒は最も危険な酒で、速水は和らぎ水を差し挟みながら話を合わせていた。

目の前にいる編集局長から電話があったのは一昨日の夜。神楽坂の蕎麦屋を指定された時点で、弥が上にも警戒心は増した。過去、この四畳半で密談があったのは一度や二度のことではない。聞くところによると相沢は速水だけでなく、他の腹心の部下もここに呼んでいるらしい。

相沢は突き出た腹を撫で回し、アルコールの混じった息を吐き出した。小太りで頭髪は薄く、短い白髪が産毛のように残る。丸い輪郭に深い皺が入り、時代遅れの迫力のある顔つきをしている。

様子を見にきた女将に、牛すじの煮込みとワカサギの天ぷら、少し早めに三合目の徳利を頼んだ。

「でも、相変わらず女将は別嬪やなぁ」

「そうおっしゃってくださるのは、相沢さんだけですよ」

「まぁた上手に嘘ついて……」

相沢が女将の小さな手を包んでポンポンと叩いた。同じ社の人間として恥ずかしさもあるが、こういう悪代官のような所作が様になる。

「では、お酒持ってきますすね」

悪代官を軽くあしらった女将が部屋を出た。相沢は着物の後ろ姿をずっと目で追っていた。

「細身やけど、ええ尻やなぁ」

「脱いだらすごいってやつですかね」

「女は怖いわぁ。でもまぁ、久しぶりに酔うたな」

「やっぱり飯がうまいと酒が進みますね」

速水が猪口を空けると、相沢が徳利を傾けた。

「『トリニティ』も、もう七年か。速水が仕切り出して二年。まぁ、よう頑張ってるわなぁ」

柔らかい口調の中に隠し切れない〝硬さ〟があった。本題に入るという感触に、気持ちを引き締めてから猪口に口をつけた。

「何号前かは忘れたけど、物語で百年を振り返るってやつ。あれ、よかったな」

第一次世界大戦から現代までの約百年間、それぞれの時代を扱った物語を取り上げたのだが、小説、漫画、映画、ドラマを万遍なく選び出した。これは文化と物語に力を入れる〝速水トリニティ〟の強みで、世界史の背景や名作が生まれた際の裏話なども含めて細やかに分かりやすいレイアウトで見せた。

大人に当てたやや硬派な特集だったが、今の雑誌業界で若者にターゲットを絞ることほど怖いものはない。善戦している雑誌のほとんどは三十代以上に向けたもので、例えばファッション誌ではギャル系の全滅、ストリート系の大幅減など目も当てられない。活字というより「印字離れ」は深刻だ。

「おかげさまで好評な特集でしたね」

「昔、週刊誌時代にやった『調査報道』を思い出したわ」

国内外問わず歴史的なスクープの裏側に迫る連載だ。この話はもう五回は聞いている。

しかもそのうちの二回は、この個室で聞いていた。使った経費を耳にして驚くフリをするのも段々バカバカしくなってきた。

相沢が入社した一九八七年は、公定歩合二・五%とNTT株上場に象徴されるバブル経済の嚆矢で、勢い接待や取材での豪快なエピソードが多い。金にしても女にしても、今ほど〝正義感〟に雁字搦めになっていなかった幸せな時代の話だ。

語り手が自らを誇示するほど、聞き手はその手柄を時勢の功績と捉える。それが会社員の武勇伝というやつだ。

「まぁ、何にせよシケた時代や。出版みたいなええ加減な業界におって、全力でアホができんねやから……」

相沢もまた編集畑を歩んできた。週刊誌記者から文芸というルートは速水も同じだ。相沢はそこからスポーツ誌、月刊誌、総合月刊誌と幅広く雑誌を渡り歩いてきた。作家、スポーツ選手、政財界、それぞれに人脈を築いている。

七年前、年齢層に関係なく親しまれる媒体を目指し、カルチャー誌の『トリニティ』を企画し創刊。半年ではあったが初代編集長を務めた。速水はその三代目の編集長である。

再び徳利を傾けた相沢は、わざとらしいため息をついた。

「雑誌は二十年近く、ずっと販売額が落ち続けてる。市場規模はピーク時の半分や」

上司に言われるまでもなく、その辺りの基本的な数字は速水の頭の中に入っている。

相沢にしてもそれぐらいは分かっているだろう。この〝くどさ〟は黄信号だ。
「株価が上がろうが、ベアが認められようが、俺らには無風に等しい。それどころか、また消費税が上がる。逃げられたんは新聞だけや。今や俺らのライバルは同業他社やない。何か分かるか？」
速水は少し考えてから「時間、ですかね」と答えた。
「そうや。スマホとパソコンばっかり見てる連中、奴らの二十四時間のうち何時間、い
や、何分もらうかの勝負や」
今さら電車で本や雑誌を読んでいる人が減った、などとのんびりしたことを言うつも
りはない。『トリニティ』を創刊したころはスマホ黎明期だったが、既にネット情報が
日常に浸透していた。「Windows95」以前と根本的に雑誌の価値が異なるのだ。この七
年、購読者が減り、広告収入が落ち、楽な時期などなかった。現状維持なら万々歳、継
続するための闘いに身を置きながらも、速水は前進しようとする強い意志を持っていた。
「遅れてきたレッドパージや。アカはあかんってな」
アカが「赤字」に掛かっていると察した速水は、背中にじんわりと嫌な汗をかいた。
「実際、優雅には構えてられへんで」
「レッドパージとは穏やかじゃありませんね」
「すれすれですが、実売はクリアしています」
実売率六割の死守は、雑誌の最低ラインとして引かれている。返品率は全体平均で四

割に達し、年間創刊点数も百点を切る事態が続いている。各社ともここで踏ん張らなければ雑誌文化に未来はない。

「速水でなかったら、こんな数字維持できてないし、ほんまによう頑張ってると思うんやけどな」

優しい言葉が出てきたときは末期と構えた方がいい。社会人歴二十年以上の経験則は、大概の場合正しい。

「何とかなりませんかね」

「ならんな」

懇願の響きを残す部下の言葉を相沢がにべもなく否定した。この前まで「俺が目の黒いうちは大丈夫」と言っていたのは、どこの誰だ。速水は表情に出ないよう心掛け、酔い醒ましの水を口に含んだ。

「なんぼええ雑誌つくっても、アカはあかんねん。今から動かな……な？　持ってあと一年や」

具体的な数字を示され、速水は眠たげな瞼を閉じた。自分の雑誌が廃刊になるなど考えもしていなかった。返すべき言葉が見つからず、酒くさい息を吐くのが関の山だった。

「つまり、ここ半年が勝負や」

ちびちびとへしこを食べていた相沢が、最後のひと切れを口に入れた。

3

運転手の声で目が覚めた。

すぐにタクシーの中だと思い出し、乾いた目を瞬いた。夜も深かったが、馴染みのある景色が街灯の光の中に浮かんでいた。七区画で売り出された建売住宅。同じような顔をした家々が軒を連ねるが、二十三区内の新築とあらば不満はない。

速水は東端の家の前でタクシーを降りた。敷地の境界を示すように、平面の門柱がポツンと立っているだけで外壁はない。門柱には郵便受けがあり、その上には「HAYAMI」という文字が立体的に浮き上がっている。速水は普通の表札にしたかったが、妻が強く言い張ったので折れたのだ。確かに譲歩せざるを得ない理由もあったのだが。

玄関までは短い通路が続き、隣のスペースにはハイブリッドの国産車を停めてあった。こちらは既にローンを払い終えている。通路を進み、半円の石段を二つ上がってドアの前に立つ。頼りない屋外照明の下で鍵穴を探した。ひと月前は、この灯りが消えていたことが原因で夫婦喧嘩になったのだ。

靴脱ぎ場で酔いの残る頭を軽く振り、下駄箱の上にあるポインセチアの鉢植えを見て眉を顰めた。季節外れの紅い葉は水気を失って萎れ、色褪せて灰色になった葉が一枚、鉢の隣に落ちていた。

リビングのドアから光が漏れている。速水は唇を尖らせてから靴を脱ぎ、その光の方へ向かった。リビングとダイニングはひと続きで、床暖房が入っている。妻の早紀子はダイニングテーブルの椅子に座り、何か書き物をしていた。

「ただいま」

速水が声を掛けると、早紀子はこちらを見ようともせず「おかえりなさい」と返した。リビングのソファに腰を下ろし、正面の壁に掛けている時計を見た。午前零時半すぎ。

「今日は遅いんだな」

「久しぶりに勉強したくなって」

少し前まで早紀子はパート感覚で英語の講師をしていた。講師と言っても家庭教師に近く、生徒の自宅やカフェで会話するタイプのものだ。

「美紀は？」

「ついさっき寝たわ」

「こんな遅くまで？」

「第一志望は譲りたくないって」

一人娘の美紀は小学五年で、来年には受験を控えている。都内の名門女子中学校を目指し、文字通り朝から晩まで机に向かっている。そして、速水家でそれが特別なことでないのは、妻が同じ中高一貫校の出身だからに他ならない。速水と早紀子は都内私大の同期生だったが、マークシートの勘が冴え渡り補欠で滑り込んだ夫と、センター試験を失敗して渋々入学した妻との差は、まさしくピンとキリであった。

母と娘が共通項をつくるべく邁進している姿を見て、改めて自分はお嬢様と一緒になったのだと痛感する。早紀子の父は広告代理店勤務の高給取りだったが、彼にとってはそんなサラリーマンは小遣いで、土地持ちの家系に育った時点で貧困とは無縁の人生だった。表札から娘の進路まで流れに任せているのは、この家の頭金が妻の実家から出ているからだ。

「そろそろ切り上げようかな」

勉強道具一式を小脇に抱えると、妻は素っ気なく「おやすみ」と言って寝室に引き揚げた。速水はその場でカッターシャツを脱いで風呂場へ向かった。温い湯を追い焚きしながら浴槽に浸かる。

ダイニングで勉強していた妻の姿を思い出した。特別美人ではないが、くっきりとした目元に愛らしさの面影がある。顔も体も丸みを帯びたものの、四十四という年齢を考えれば十分にきれいだ。

だが、頭にある考えと心にある思いが常に一致するとは限らない。早紀子とは三年ほど肌を合わせていない。最初は歩み寄ろうとしていた妻も、怒りの段階を経て、次に夫の機能を心配し、やがて何も言わなくなった。

結婚して十三年。美紀が生まれてから、家庭は娘の成長を見守る場だと思うようになっていた。

湯の中で考え事をするのは、速水の好きな時間の過ごし方だが、今日は深酒のせいで今ひとつ集中できない。

　出版社に入る前、速水は三年だけ全国紙の新聞記者をしていた。どうしても小説に携わりたかったので出版社を希望していたものの、学生のときは異様な倍率を前に内定をもらえなかった。埼玉県内の警察署に二年、地方裁判所を一年。抜き抜かれのスリルは案外性に合っていたが、夢を諦め切れずに陰で転職活動を進めていたのだった。

　薫風社に入って最初の三年は週刊誌記者だったので、前職のスキルをそのまま活用することができた。その内の一つが酒だ。特に新聞社では、朝刊締切後の深夜にスナックに連れ出され、午前三時半を過ぎてから上司のカラオケ大会が始まるという絶望を何度も味わった。その賜物か、アルコールのペース配分を体で覚え、酒に飲まれることがなくなった。

　だが、今は湯気の中で頭がくらくらとする。大吟醸に罪はないが、話の肴が悪過ぎた。浴槽から出ると椅子に座り、頭からシャワーを浴びた。髪を洗っているとき「ここ半年が勝負や」という相沢の言葉が甦った。あの編集局長は自分に目を掛けている。自ら創刊した『トリニティ』の編集長に推したことからも間違いないだろう。だが、油断ならない男だった。

　赤字の雑誌を黒字にするのは相当重たいミッションである。ひと昔前、女性ファッション誌が付録合戦やバッグに入れて持ち歩きやすい「リサイズ版」といった戦略を打ち立てて話題になったが、根本的な解決にはならなかった。週刊誌に至っては一九七〇年代の市場規模にまで縮小している。もはや企画力だけではどうにもならない、というのが正直な感想だ。今、編集長に求められているのは継続的に収益を生むシステムづくりで、そのためには全体を俯瞰するようなバランス感覚が不可欠だ。

雑誌の収入源は、販売、広告、コンテンツの二次利用——の三つ。ネットの定着で実売率の向上は難しく、広告もタイアップだらけで新鮮味に欠ける。となれば、雑誌の連載作品やグッズをまとめるしかない。

体を洗い終え、再び浴槽に入る。紙の雑誌はあとどれくらいの寿命だろうかと考える。速水は日経による英経済紙「フィナンシャル・タイムズ（FT）」買収の記事を思い出した。FTはアメリカの「ウォール・ストリート・ジャーナル」と双璧を成す世界の一流経済新聞だ。購読者の三分の二以上が海外在住というこの新聞は、いち早く電子化に成功し、電子の部数が約七割を占める。日経と最後まで買収を争ったドイツのメディア企業「アクセル・シュプリンガー」もまた、電子化を軌道に乗せ自社の株価を大幅に上げた。

世界は大きな歩幅でメディア再編へ突き進んでいる。日本だけが逆を向いて走ることは許されないだろう。高い専門性や美しいビジュアルなど読者自身に強い思い入れがあれば話は別だが、社会問題やゴシップ、エンタメ情報誌は、どこかのタイミングでデジタルに切り替わる。問題は紙の読者がそのまま電子の世界へ流れないことだ。

速水はそこまで考えて、そんな潮流に呑みこまれる以前に、自分の雑誌が危機に瀕していることを思い出した。そして、結局は「質」なのだという至極真っ当な結論に行き着いた。「ここでしか読めない」を揃え、読者とがっぷり四つに組む。一方で編集バカにならずにタイアップ広告や二次利用作品の「質」も向上させる。

自らにできることを頭の中にリストアップしていく。速水は先月ホテルであったパーティーで、壇上から満面の笑みで来場者を見下ろしていた二階堂大作の顔を思い出した。そろそろ収穫の時期かもしれない。

風呂から上がり、ダイニングで冷水を飲んでいると、娘の美紀がリビングに入ってきた。遺伝子とは面白いもので、顔のパーツや体つき、性格に至るまで両親の特徴を均等に受け継いでいる。くっきりとした二重瞼は妻に似てよかったと速水は思う。

「あっ、起きてたの？」

「うん。でも、もう寝る」

美紀はダイニングに来ると、ペットボトルからオレンジジュースを注いで、一気にコップを空けた。うまそうに息を吐く娘を見て、速水は笑った。

「最近、本読んでんの？」

「あんまり、というか全然」

「読みたい本ないの？」

「考えないようにしてる。今、ハマっちゃうとやばいから」

娘の本好きは間違いなく父の影響だが、最近、彼女がどんな小説に興味を持っているか分からなかった。もっと本の話をしたかったが、美紀が椅子に座る気配がなかったので速水は口を噤んだ。

「じゃ、寝るね。パパもあんまり無理しないで」

つい数年前まで何も考えずに会話していたが、今は娘に気を遣うようになっている。一緒に風呂に入らなくなり、かと言って酒杯を交わせる年でもない。

美紀がいなくなったダイニングで、速水は天井を見上げて「一緒だ」と呟いた。

娘も雑誌もままならない。

4

用紙の上にある消しカスを払った。

重量感のあるシャーペンを脇に置くと、速水は頭を抱えるようにして椅子の背もたれに体を預けた。

どうしたものか、と目の前の原稿を睨む。だが、困っている胸の内とは裏腹に、口元に浮かぶ笑みに自ら気付いていた。この原石をいかに磨くか。やはり自分には小説の編集が性に合っていると速水は思った。

虹色石鹸のタイアップ広告。霧島哲矢による短編を五ヵ月連続で掲載する。初回のテーマは「スベル」で、霧島は若手漫才師を主人公に設定していた。

大手芸能事務所の養成所を卒業したばかりの二人は、積極的にライブに参加するが全くウケない。ある日、一緒に銭湯へ行った二人は、石鹼に足を滑らせる男を見て思いつく。あえて「スベル」というやり方でネタを展開してはどうか。ライブで「つまらなさ」を強調するネタを披露し、会場は爆笑に包まれる。そして二人は逆転の発想を授けてくれた石鹼に感謝する——というあらすじだ。

確かに四百字詰原稿用紙十枚で起承転結を表すのは難しいだろう。だが、この原稿は悪すぎる。まず、石鹼を危険なものとして表現する時点でスポンサーからクレームがくるのは必至で、そもそも今の銭湯は大半がボディソープを置いている。さらに「スベル」を逆転の発想と捉えるのは、世間の感覚から三周ほど遅れている。「スベリ芸」とは既に確立されたジャンルであり、それを今さら新発見のように描くのはよほどの仕掛けがないと成り立たない。

編集者がプリントアウトした原稿に指摘を書き込んでいく作業を「エンピツ」という。文字通り鉛筆やシャーペンを使うからで、編集者は一つの原稿に対し書いては消しを繰り返す。作家にとって「エンピツ」は、よりよい作品を仕上げるために必要なアドバイスだが、同時にダメ出しでもある。

「直しがあったら、何でも言ってください」

原稿を渡す前、大抵の小説家はこう言う。だが、それを額面通りに受け止めては危険だ。指摘が的外れだと認識すると、怒りを露わにする作家が少なくない。怒鳴り散らす者もあれば、長文のメールでネチネチと相手を追い込む者もいる。編集者なら誰でも一度は経験する試練だ。無論、文芸畑が長かった速水も例外ではない。若いとき、ある作家から「今後、君には原稿を渡さない」と絶縁を言い渡されたこともあった。

速水は座り直してからシャーペンを手に取った。霧島とは彼がデビュー間もないころからの付き合いなので、ひどくこじれることはないはずだ。しかし、今回のように根本的な設定に問題がある場合は、筋の通った説明や伝える際の言葉まで、細心の注意が必要だ。

「パッとしないですよね？」

顔を上げると、スマホを持った篠田が編集長席の前に立っていた。速水は頷いて彼の言葉を待ったが、特に続きはなかった。手持ちのスマホで何かを示す、ということでもないらしい。

「いろいろ厳しいよね。どうするよ？」

「そうですね……」

そう言ったきり、篠田は黙り込んでしまった。彼に分かるのはつまらないというだけで、具体的な改良点は見えないようだ。

「とりあえず、漫才師の設定を何とかしなきゃな」

「えっ、そこからですか？」

「だってこれ、全体的にスベってるぜ」

「そうですけど……。今から全面書き直しとなると、先生のスケジュールも厳しいと思うんですが」

「石鹼に足を滑らせて転倒して、それが物語の肝になるなんて、どうやってスポンサーに説明するよ。それに、霧島先生にユーモアは荷が重い。きちっと人間が描ける作家なんだから、他の『スベル』を探した方が、結局近道だよ」

作家に全編書き直しを命じる、という負担の大きい仕事を振られ、篠田は顔を引きつらせた。

「そもそもこの『スベル』っていうテーマ自体が危ないんだけどな」

意気消沈している部下へ笑い掛けたが、篠田はクスリともしなかった。

「それは虹色石鹼の新商品のキャッチコピーが『ミルクとシルクの肌スベリ』なので……」

そんなことは百も承知だ、という言葉を飲み込み、速水は「まっ、俺も考えてみるよ」と返した。篠田は少しホッとした様子で頭を下げた。

速水は他にも会議の準備や取材の手配などの作業を抱えて手いっぱいだったが、このタイアップ広告を落とすわけにはいかない。原稿と向き合うこと自体に苦はないが、仕事の効率を考えるとストレスを感じた。

再び原稿に目を落とした速水だったが、篠田が目の前に立ったままだった。

「どうした？」

「編集長、今晩暇ですか？」

「今晩？　何で？」

「例の……」

　バツが悪そうな篠田の顔を見て、霧島と虹色石鹸との会食の話だと察した。

「断れなかったのか？」

「……はい。速水さんに相談した後、すぐにクライアントに連絡したんですが、どうも既に店を取っておられてたようで……」

「既に日時が決まってたってこと？　でも、編集会議は一週間前だぜ。何で黙ってたの？」

「すみません。失念してました」

「うちの広告担当は？」

「一応、空けてもらってます」

　ため息をついてから苦い思いを飲み込んだ。篠田は知っていて黙っていたのだ。

　一般企業への接待は広告代理店の範疇だが、今回のケースは雑誌の企画が絡むタイアップ広告で、虹色石鹸からの指名ということもあって薫風社が担当せざるを得ない。そして雑誌の接待では、広告担当だけでなく「編集長も来させますので」というカードが、誠意の印として有効だ。実際、話題豊富な人物が一人、その場にいるだけで酒席が華やかになる。篠田が速水を呼ぶのは、クライアントへのご機嫌伺いと賑やかしの役割のために違いない。

「霧島先生の方は？」

「はい。来られる予定です」

クライアント、自社の広告担当、作家。接待の根回しは完璧だった。速水は前に立つ坊ちゃんカットの部下を不審な目で見た。こなすべき仕事をおざなりにする割には、安請け合いの帳尻合わせには抜け目がない。だが、クライアントと作家の接待をこの男に任せるわけにはいかない。

「分かった。何時からだ？」

篠田が時間と場所を告げると、速水は手早くメモ帳に記した。今日の夜は久しぶりに習い事に行く予定だったが、キャンセルするしかなさそうだ。

用が済むと、篠田は席に座りスマホをいじり始めた。今度は前の席に座っていた高野恵が立ち上がってこちらに向かってくる。機嫌がいいのか弾むような笑顔だ。

「永島咲（ながしまさき）の連載が獲れそうです」

「コラム？」

「いえ、小説です」

「おぉっ！　でかした！」

永島咲は二十五歳の女優で、大学在学中の二十二歳とデビューこそ遅かったが、民放の連ドラでは準主役級、テレビCM二本と順調に成長している。バラエティ番組への露出も増え、速水の見たところ、頭の回転が速くコメディエンヌとしての才能を感じる。そして、他誌連載のコラムを目にしたときにかなりの文才だと気付き、恵に接触するよう指示していたのだ。

「事務所も朝ドラのヒロインに推すみたいですし、完全に軌道に乗るかもしれません」

当初、スケジュール上の問題であまり連載に乗り気でなかった咲のマネージャーを説得し、原稿を取ることに成功したことで恵は興奮していた。

今、編集部には六人の部員がいたが、この朗報を喜んでいるのは副編の柴崎ぐらいだった。ほとんどの部員は我関せずといった感じで、ノートパソコンを叩いている。

「単行本化の計算して、できるだけ早く原稿をもらってきてくれ」

永島咲の連載小説が無事に単行本として発売できれば、ここ数年で最大の二次利用商品となる。知名度とはすなわち動く大人の数のことで、話題になることは間違いない。映像化への流れに乗りやすく『トリニティ』黒字化への柱として大いに期待できる。

恵はケアレスミスが多いという欠点があるものの、行動力に抜きん出ている。メール一本、電話一本をおろそかにせず、人の懐に飛び込んでいくという彼女のスタイルはなかなかマネのできるものではない。

「ところで速水さん、これ、いつまで置いてるんですか?」

恵は編集長席のデスクに立ててあるバリカンを指差した。ダークグレーの表面に光沢があり、余計な格好よさがある。速水はおどけるように目を見開いて言った。

「そりゃ、使うときまでよ」

5

案内係にコートを手渡した霧島が上座に着き、円卓の椅子が埋まった。真っ白なテーブルクロスが掛かった円卓は、八人が座るにはやや大きく、ゆったりと腰掛けることができた。

都内の中華料理店。壁も天井も椅子のカバーも、フローリング以外、個室は白で統一されている。円卓の真上にある照明は、仄かなオレンジ色で光が柔らかい。入り口左手にある長方形のすりガラスもきれいに磨かれ、速水は作家との打ち合わせに使えると頭にメモした。

霧島を頂きにして、左回りに虹色石鹸の常務、速水、薫風社の広告担当、右回りに虹色石鹸の広告部長、文芸誌『小説薫風(しょうせつくんぷう)』の藤岡裕樹(ふじおかひろき)、虹色石鹸の若手広告部員、出入り口に近い下座に篠田が座る。速水の対面にいる藤岡は文芸編集部員なので、社内における霧島の主担当とも言える存在だ。いち企画でしか付き合いのない篠田とは関係性の密度が異なる。藤岡に声を掛けたのは、作家と広告クライアントという「水と油」を前に、トラブルを未然に防ごうとする速水の策略だった。

円卓中央の回転テーブルにあった瓶ビールをそれぞれのコップに注ぎ、虹色石鹸の常務が「本日は私のわがままにお付き合いいただき、ありがとうございます。私は霧島先生の大ファンでして、最新作の『呼吸の代償』も非常に優れた社会派作品で……」と霧島を持ち上げ、いかにも場慣れした様子で乾杯の挨拶を済ませた。

回転テーブルにピータンやアワビの甘辛煮などが並び、しばらくは霧島自身が語る最新作の裏話や作家の地味な日常生活についての話で盛り上がった。『呼吸の代償』は医療機器メーカーと医師との癒着を描いた医療サスペンスだ。よく取材した力作だが、業界の仕組みの説明や専門用語が多く、読みにくいのが難点だった。案の定、売上は芳しくないらしい。

滑り出しこそ順調だったが、独演も三十分続くと間延びするようになり、聞き手の集中力が途切れ始めた。

「やっぱ、エア・ジョーダン・7でしょっ」

霧島の話がオチに向かっているとき、いかにも馴れ馴れしい声が場に浮き上がった。速水が下座を見ると、首まで赤くした篠田が隣の男と話していた。虹色石鹸の若手広告部員だ。少し前から二人でスニーカーの話を始めたことは何となく分かっていたが、徐々に声が大きくなっていた。

「篠田君はスニーカーが好きなのか？」

話の腰を折られた霧島だったが、特に顔色を変えず篠田に話を振った。

「ええ。昔から目がありませんで。この前もエア・マックスの復刻版をオークションで落としたんですが、それが結構高くて、嫁にお説教されたんです」

皆が愛想笑いを浮かべて妙な雰囲気になった。大人しい人間に限って酒癖が悪い。速水は篠田の据わりかけた目を見て、舌打ちしそうになった。恐らく他のメンバーも絡み酒につながる予感を抱いているはずだ。

「四万五千円もしたんですよ。ここ三年ほどで一番高い買い物かもしれませんっ」

「ほぉ、それは知らなかったな。私は冬でもサンダルで出掛けるような男だからね」

酔っ払いの痛々しい明るさを霧島が軽く去（い）なす。速水は普段の飲み会で、篠田が専らソフトドリンクであることを思い出した。彼なりに気を遣って飲んだのかもしれないが、完全に裏目に出ている。そして、クライアントの常務が、篠田の話し相手を務めていた広告部員に厳しい視線を送ったのを速水は見逃さなかった。

「編集長、何か旬の芸能ネタないんですか？」

文芸の藤岡がおどけた様子で速水にパスを出した。

「冠二郎（かんむりじろう）が五歳サバ読んでたよ」

「ネタ、変えてもらっていいですか？」

速水と藤岡の掛け合いに、霧島が「しかもそれ、結構前の話だよ」とツッコみ、空気が和らいだ。

速水を軸に、芸能ネタから出版不況に話が展開するころになると、回転テーブルは麻なかった。

婆豆腐やスペアリブ、エビチリ、水餃子の器ですき間もなかった。燗にした紹興酒を猪口で飲むようになっていたが、速水は篠田が酒を飲み続けていることが気になって仕方なかった。

「石鹼の業界もいろいろ変化があるんでしょうね？」

薫風社の広告担当が常務に尋ねると、彼は白髪交じりの頭をかいて頷いた。

「これも世の中の流れでしょうが、個性的な石鹼が好まれるようになりましたね。ひと昔前なら中元や歳暮という感じだったでしょうが、今は美容関連が売れ筋ですね」

「洗顔石鹼って増えましたよね」

「ええ。うちは千円ぐらいの中価格帯が出てますね。男性用にも力を入れていこうと考えております。ネットで新規参入が容易になりましたから、ライバルが増えて大変ですよ」

「それで、霧島先生の作品でライバルに差をつけるってことですね？」

広告担当がうまく立ち回ると、霧島は「責任重大だなぁ」と言って酒を呷った。

「ところで、若い人って本当に単行本買わないの？」

霧島が虹色石鹼の広告部員に声を掛けた。彼は先ほど常務に睨まれてから、ほとんど口を利いていない。

「そうですね……」

作家の気遣いがプレッシャーになったのか、実際に単行本を読む機会がないのか、若い広告部員は黙り込んでしまった。

「好きな小説は何かあります？」

　右隣の藤岡が助け船を出したが、広告部員はうまく答えられないことに焦り始め、しきりに首を傾げた。常務が「一冊ぐらいないの？」と声に苛立ちを滲ませて聞くと、彼は顔を引きつらせて上座を見た。

「『沈黙(ちんもく)のペルソナ』はとても面白かったです」

　そのタイトルを聞いた瞬間、若い広告部員を除く他のメンバーが息を呑んだ。その媚びるような視線からも、彼が霧島を持ち上げようとしていたのが明白だったからだ。しかし、彼は重大な過ちを犯していた。

「それは霧山達郎(きりやまたつろう)だよ」

　霧島の硬い声は、白けた胸の内を表すものだ。二人は同世代の作家だが、霧山達郎は文学賞の受賞歴もあるベストセラー作家だ。名前が似ているため、書店員ですら間違えることがある。実績、知名度ともに後塵を拝する霧島は、酒が深くなると「霧山の作品はスカスカだ」と、よく愚痴をこぼす。

　よりにもよって、と速水は周囲に聞こえないようにため息をついた。

「先生、すみません。今回のタイアップは別の人間が担当しているんですが、あいにく本日は別件がありまして。それで、鞄持ちぐらいはできるだろうと彼を連れて来たんですが……。本当に申し訳ありません」

霧島の両隣に座る常務と広告部長が慌てて頭を下げる。霧島は「いえ、いえ」と恐縮して手を振っていたが、顔には苦笑が浮かんでいた。

会話が途切れた室内に重苦しい空気が流れた。速水は白々しさを感じさせずに会話を再開させたかったが、なかなか適当な言葉が浮かばなかった。

遠くでサイレンが聞こえ、段々と音が大きくなる。耳障りな音も、この静かな部屋には恵みの雨で、とりあえずひと息入れることができた。

「警察が君を逮捕しに来たんじゃないか」

常務が青い顔をしている広告部員を見て冗談を言った。

「残念ながら、あれはガスですね」

速水の言葉に一同がきょとんとした顔をする。

「救急車は別にして、パトカーと消防車、ガスなんかの緊急車両のサイレンは似てるんですけどね、微妙に違うんですよ」

「速水さんは何でそんなことを知ってるんですか?」

常務が興味を持ったようだ。速水は「大したことじゃないんですが」と、前置きしてから話し始めた。

「実は出版社に入る前に、三年ほど新聞記者をしてましてね。一番下っ端のときなんか、支局にいてサイレン音が聞こえるたびに、デスクに『見に行って来い!』って怒鳴られるんです。パトカーなら事件、消防車なら火事の可能性がありますから」

「じゃあ、サイレンが鳴るたびに出て行ってたんですか?」

「ええ。そうしないとデスクの怒鳴り声がサイレンよりうるさいんで」

皆が笑い終えるのを待って、速水は続けた。

「支局の編集室がビルの三階にあったんで、サイレンが聞こえると携帯電話を片手に階段を走って下りて行くんです。でも、通りに出て見たら、ガスの緊急車両ってことが結構あって……。ガス漏れぐらいなら記事になりませんからね」

「それでちょっとずつ聞き分けられるようになったってわけ?」

霧島が目に好奇心を浮かべて速水に問い掛けた。

「そうです。そして今、そのスキルが初めて役に立ちました」

これがかなりウケて、随分と空気が軽くなった。だが、速水は篠田の笑い声が不自然に大きいことが気になった。奴はかなり出来上がっている、と警戒しながら腕時計を見る。既に二時間近く経っていた。ここらが潮時だ。

「さて、皆さんお腹の方は大丈夫ですか?　そろそろデザートをいただこうと思うんですが」

速水が目配せすると、薫風社の広告担当が店員を呼んで、人数分の杏仁豆腐を注文した。

終わりが見えてきたことで、速水は少し気が楽になった。だが、下座で真っ赤な顔をした篠田の瞼が、今にも落ちそうなのを見て腹が立った。三十代半ばにもなって、自分の酒の量も知らないのは、何とも情けなかった。

「次は石鹸業界を書いてくださいよ」

常務の言葉に霧島は「面白そうですねぇ」と話を合わせる。霧島は仕事に真面目な分、気難しい性格だが、社会人としての最低限の仮面は着けていた。

視界の端で篠田の頭が落ち、薫風社の広告担当がすかさず肘で突いて目を覚まさせた。冷ややかな笑い声が聞こえ、速水はこの男に接待は禁じようと誓った。

「顔洗ってきたら?」

藤岡が声を掛けると、篠田は無言のまま首を振った。かなり酒が回っているのだろう。

杏仁豆腐が届き、新しいおしぼりもそれぞれに行き渡った。男だけということもあり、おっさんたちがおしぼりで顔を拭う。

「先生、お原稿、楽しみにしております。ぜひ『男が思わず顔を洗いたくなるような作品』をお願いします」

頰に赤みが差した常務が、丁寧にお辞儀する。

「承知しました。私はこれまでも『男が思わず顔を洗いたくなるような作品』を書いてきましたからねぇ。それに、もうほとんどできてるんです。なぁ、篠田君」

霧島が上機嫌で声を掛けると、うつむいていた篠田が上座に青い顔を向けた。速水はその表情を見て、危ないと思った。完全に目が据わっていたからだ。以前聞いた霧島の声が甦る。

「あの子、危なっかしいね」――。

速水が割って入ろうとすると、篠田がしっかりと上座を見据えて言った。

「もう少し、きちんと書いていただかないと」

場が凍りついた。

虹色石鹸の面々は居心地が悪そうに視線を泳がせ、文芸誌担当の藤岡が殺気が漲る目で篠田を睨む。当の本人は、酔っ払って海藻のように揺れている。

「きちんと書く、とはどういう意味だ？」

霧島の声には強い怒りがこもっていた。

「先生、すみません。こいつは……」

フォローに入る速水を手で制し、霧島は篠田に「説明してもらおうか」と凄んだ。

「いや、説明って……。とにかく書き直しです」

「もう一回言ってみろ！」

霧島は両手の拳をおもいきりテーブルに叩きつけた。大きな音とともに、そこら中で紹興酒や杏仁豆腐のシロップがこぼれた。

「おまえ、ちょっと外に出ろっ」

藤岡が席を立つと、霧島が「いや、もういいっ」と鋭く吐いて立ち上がった。他の面々は固まったまま動けなかった。

「皆さんには申し訳ないが、私はこんな小説の『し』の字も知らん人間にコケにされてまで書くつもりはないよ。失礼する」

霧島はハンガーラックにかかったコートを力任せに引っ張り、そのまま大股で部屋を出て行ってしまった。藤岡がすぐに後を追い、速水も後に続こうとしたが、このままスポンサーを放っておいていいのか判断がつかなかった。

「速水さん、行ってください」

厳しい表情の常務が頷くのを見て、速水は深く頭を垂れた。広告担当に「頼む」と言い残してから、篠田の顔など見もせずにドアへ向かった。

店を出てすぐ、霧島の荒々しい声が聞こえた。右手約五十メートルの大通り沿いで、霧島が藤岡の腕を振り解いている。止めたタクシーの前で揉み合いになっているようだ。速水はコートとバッグを持って全速力で駆け出した。

「先生！」

霧島は速水に気付くと「ダメだ、ダメだ」と言ってタクシーに乗り込もうとする。どうやら、藤岡が引き止めていたらしい。速水は「どうぞ、どうぞ」と言って、霧島を後部座席の奥に押し込み、隣に座った。藤岡がすかさず助手席に乗る。

「君らは下りなさい」

霧島は嫌な顔をしたが、速水は本気の抵抗ではないことを見抜いた。運転手に霧島の自宅の方面を告げ「申し訳ありませんでした！」と頭を下げた。助手席の藤岡も体を向けてそれに倣う。

「やめてくれっ。俺は、もう我慢の限界だ。俺、前に言ったよね？　あの子は危ないって。こんな不愉快な酒は初めてだよ」

霧島は普段のやり取りから篠田に不満を持っていたのだろう。それに、虹色石鹸の若い広告部員が霧山達郎の名を出したことも引っ掛かっているのかもしれない。怒りは激しかった。

「篠田は今回の件から外します」

「いや、だからもういいと言ってるんだ」

「そうおっしゃらずに……」

「ダメだっ。絶対に書かん！　何であんな素人の若造に恥をかかされにゃならんのだ！」

速水は項垂れて頭を絞りに絞ったが、打開策は浮かばなかった。

「あいつは俺に何て言った？　きちんと書け、書き直しだ、あいつは俺にそう言ったんだよ！」

怒りは容易に収まりそうになかった。

「先生、あの野郎だけがどうかしてたんです。私も悔しいですよ！　あんなまともに小説を読んだこともないような奴が……何言ってやがるんだ！」

藤岡も霧島に負けず劣らず大声を出し、本気半分、芝居半分の台詞を吐いた。ここで畳み掛けなければ作家が依怙地になってしまう。タイアップは計五回で、まだ始まってもいない。この段階で企画の打ち切りにでもなれば、かなりの収入減になる。ただでさえ台所事情が苦しいのに、黒字化など夢のまた夢だ。

その一方で、速水は替えの作家を用意する、という不誠実な対応はしたくなかった。普通の編集長ならまず、頭の中で急な依頼でも引き受けてくれる作家をリストアップするだろう。広告の開始時期をひと月先送りし、態勢を整えることも不可能ではない。だが、速水はそれをよしとしなかった。物語への異常な熱量が、次善策云々を吹き飛ばした。

「とにかく、あそこまで言われて書く、なんて選択肢は私にはないよ」

霧島は窓の外に目をやったまま、編集者二人の顔を見ようともしなかった。

「先生、篠田を担当させたのは私のミスです。今回の件は私が責任を持ってお供いたしますので、今一度……」

速水は再度頭を下げた。

「いや、だから、ほんとに……」

不意に声が途切れ、不審に思った速水が顔を上げると、霧島は目元を荒々しくこすっていた。霧島が目を真っ赤にしているのを見て、声も出なかった。大の大人が、そして気難しい小説家が泣いているのだ。

「何だか情けなくてね……」

作家の胸に去来するのは篠田の無礼だけではなかった。「情けない」という言葉に滲むのは、どんなに全力を尽くして小説を書き上げても、世間に見向きもされないという虚無感ではないか。

この逆境を抜け出すには、体当たりしかない、と速水は思った。

「運転手さん、ちょっと止めてもらえますか？」

急な提案に戸惑ったのは運転手だけではなかった。体を捻って後部座席を向いている藤岡も怪訝な表情を浮かべていた。

ハザードをつけたタクシーが路肩に止まると、速水は迷うことなく車から降りた。そして、寒い中をコートも羽織らず歩道に立つと、バッグの中に手を入れた。

「一体何をするつもりなんだ」

速水が手にしていたのは、普段デスクの上に飾っているバリカンだった。

「先生、私は今ここで頭を丸めます」

タクシーの二人、いや運転手まで呆気にとられている。

「作家にとって原稿は命です。それを預かるからには、編集者にも覚悟が必要だと考えております」

「いや、でも、そんなことされたら困るよっ」

「私は今回の企画、何としてでも先生にお願いしたいと考えております」

そう言って、速水はバリカンのスイッチを入れた。

大きく息を吐いてからゆっくりと利き腕を上げていく。ウェーブのかかった長めの髪が、強い風に靡いた。耳障りなモーター音が夜気を震わせ、バリカンがまさに頭皮に触れようとしたとき、霧島が両手を前に突き出した。

「分かった！　書くよ！　書くから戻ってきてくれ」

霧島は悲痛とも言えるほどの叫び声を上げた。

「本当に書いていただけるんでしょうか？」

速水が持つバリカンは、まだモーターが唸りを上げている。

「書く。武士に二言はない。早く帰ってきてくれ。ドアが……、ドアが開いたままじゃ寒くてしょうがないじゃないか」

速水は霧島の目から怒りが消えているのを確認すると、バリカンのスイッチを切った。安堵したのと同時に、胃が縮むように痛んだ。後部座席に戻ると、タクシーが再び走り始めた。

「全く、速水さんには驚かされるよ」

「大変失礼しました。しかし、どうしてもご執筆いただきたくて」

「私もジャケットの懐に辞表を忍ばせて、というのは聞いたことあるけど、鞄にバリカンを忍ばせてっていうのは初めてだよ」

「たまたま入ってまして」

「たまたまバリカンが入ってたって？　何て人生だ」

車内に笑いが起こると、雰囲気は一変した。

「私は小説をつくるために出版社に入りましたので」

「その話は何度も聞いてるよ。デビュー間もないころ、よく朝まで付き合ってもらったからね」

それから速水と藤岡は『呼吸の代償』の感想を述べて、先ほどは語らなかった創作秘話を作者から引き出した。霧島は社会派小説を書くことの難しさを話したが、その表情は柔らかかった。

「私も自分なりに一生懸命書いてきたけどね、こうも出版不況が続くと虚しいもんだよ」

新作の単行本を出しても、よほどの仕掛けがないと売れない時代だ。それどころか、ここ数年は文庫の売上も急落している。もはや単なる不況ではなく、出版業界の構造そのものが崩れようとしていた。

しかし、速水は敢えてそのことには触れず、フォローするように言った。

「やはり増税の影響は大きかったですね」

「もうだいぶ前の話だけどね。でも、あれでかなり売れ行きが鈍ったよ。それで鈍ったまま現在に至る、だ。もう単行本は昔の値段かもしれないな」

昔の値段という作家らしい言葉を聞いて、速水は少し気が重くなった。そして、先ほど「情けない」と言って泣いた霧島の横顔を思い出し、余計に心が塞いだ。

タクシーが自宅に近づくころになると、藤岡が仕入れてきた他社のゴシップネタで盛り上がっていた。霧島の機嫌のいい横顔を見た速水は、そのタイミングで原稿の入った封筒を手渡した。

「先生、初稿も大変面白く拝読いたしましたが、せっかくのタイアップですので、もう少し攻めてみるのもありかな、と」

「そら、来た。仕事となると速水さんは手厳しいからなぁ」

「いえいえ、失礼を承知で申し上げますが、先生のような打てば響く方とご一緒すると、どうしても欲張ってしまう自分がおりまして」

「相変わらず乗せるのうまいなぁ」

――

『『スベル』なんですが、お笑い以外にも読んでみたい設定を箇条書きにしております」

「なるほど篠田君の言うところの書き直しか。でも、まぁ、速水さんに言われれば仕方ないね。もう一回考えてみるよ」

自宅前で霧島を降ろし、丁重にお詫びを述べた後、速水と藤岡はタクシーの後部座席に滑り込んだ。すぐに接待に同席してた自社の広告担当へ連絡する。

「あっ、そっちはどんな感じだ？」

騒がしい背景音が聞こえ、常務らしき男の歌声が聞こえる。ラウンジかどこかに連れて行っているのだろう。

「何とか、収まりそうです。霧島先生の方は……」

「大丈夫だ。何とかなった。今日はすまなかったね。ところで、篠田は……」

「さぁ、店に置いてきたんで分かりません」

「そのままそこで働いてくれりゃいいんだが」

礼を言って電話を切ると、速水はぐったりとしてシートにもたれかかった。藤岡と目を合わせて笑い声を上げる。

「いやぁ、今日は改めて思いましたよ」

「何が？」

「僕は速水さんについて行きます」

「じゃあ、とりあえずバリカン用意しといて」

流れていく夜の景色を眺めながら、速水は長く息を吐いた。急場は凌いだが、難局の真っ只中にいる状況に変わりはない。相沢に言われた「廃刊」の文字が脳裡をよぎる。

速水は膝の上の拳に、目いっぱい力を入れた。

何があっても、俺の雑誌を守ってみせる。

―第二章―

1

シャーペンをペントレイに置き、ひと息ついた。

速水輝也は紙コップのコーヒーを口に含んだ後、エンピツを入れ終えた原稿を整えてクリップで挟んだ。

作家、霧島哲矢の原稿は格段によくなった。これならスポンサーの虹色石鹸も満足するだろう。

全五回の一本目のテーマは「スベル」。初稿のお笑い芸人から一転、主人公がマジシャンになった。あらすじは至ってシンプルだ。

新しい手品を生み出せなくなってしまって悩む高齢の男性マジシャンが、風呂場で誤って石鹸を落としてしまう。浴槽に落ちずに縁を滑っていく様子を見て、マジシャンは幼かった息子がそうして遊んでいたことを思い出す。その瞬間、泡を使ったトリックが頭に浮かび、スランプを脱するひと筋の光を見出す。そして、理由があって長らく会っていなかった息子をショーに招待する――。

連作短編で、次はマジシャンの息子が主人公になる。これは速水が箇条書きにして渡したアイデアを基にしている。初稿のように石鹸を踏んで転倒するというスポンサーが青ざめるシーンもない。

修羅場と化した接待から四日。中華料理店で霧島に出て行かれたときはどうなることかと思ったが、何とか事が収まりそうだった。虹色石鹸の常務宛てにもすぐに手紙を送ってフォローし、折り返し丁重な電話をもらった。

もちろん、この件からは篠田充を外したが、ほとぼりが冷めてから謝罪に連れていかねばならない。そのときのために、担当外とはいえ、原稿を読ませておく必要がある。それに、編集一つで作品が生まれ変わるということを実感してほしかった。

速水は篠田を編集長席に呼んだ。

「霧島先生の改稿、読んでどう思った？」

「すごくよくなってますね」

だが、篠田は具体的にどこが変わったのかという点を説明しようとしなかった。

速水が促すと、「特にどの辺りが？」

篠田は困った顔をして目を伏せてしまった。それだけで真剣に読んでいないことが分かった。接待の翌日に謝りには来たものの、速水が「担当を外す」と告げたときには安堵の表情を浮かべた。もう関わりのない仕事ということか。

「途中で『この石鹸は泡立ちがいい』っていう文章があるじゃないですか？」

「うん」

「虹色石鹸のイメージがよくなりますよね」

速水は「ありがとう」とだけ言って、席へ返した。

エンピツを入れた原稿を郵送する際、速水は手紙と一緒に〝ちょっとした物〟を同封することにしている。今日は京都の金平糖だ。袋に「ご執筆のお供に！」と一筆箋を貼り付けて中に入れた。

「作家は編集者を選べない」と言われる。だが実際のところ、作家はよく編集者を見ている。何かにつけ「憶えている」人種だというのが速水の持論だ。

デスクにある内線電話が鳴った。

「俺や」

耳にまとわりつくような声。編集局長の相沢徳郎だとすぐに分かった。

「先日はありがとうございました」

神楽坂の蕎麦屋でごちそうになった礼を言うと、相沢は愉快そうに笑った。

「だいぶ飲んだな。家帰って背広のズボンのまま寝てしもたわ」

「あらっ、せっかくのオーダースーツを」

「何を言うてんねん。全部吊るしや。嫁はんも俺のことなんか放ったらかしやで。ほんま嫁はんオーダーしたいわ」

たとえ事務連絡でも、相沢は関西人らしく、会話に〝枕〟をほしがる。

「ほんでや、今ちょっと時間ある？」

「ええ。大丈夫です」

「ほんなら悪いけど局長室に来てぇな」

速水は『トリニティ』編集部を出ると、階段で三階上のフロアに上がった。健康と体型維持のため、上下五階までは階段を使うことにしている。

局長室のドアをノックして中に入る。相沢はデスクで雑誌を読んでいた。他社のカルチャー誌『エスプレッソ』だ。半年前に編集長が替わり、部数を伸ばしている。モットーは「いい物を長く、少しずつ」といったところか。

「これ、なかなかおもろいな」

「ええ。エッセイの執筆陣が結構なメンバーですよね」

「原稿料は嵩むやろけど、分析記事も多いから読み応えがあるわ」

「完全に中高年をターゲットにしてますね」

「手堅い商売や」

呼び出しの電話をかけ、わざわざ『エスプレッソ』を見せつける意図は何かと、速水の心中は落ち着かなかった。勧められて応接セットのソファに腰を下ろすと、相沢が「よっこいしょ」と対面に座った。

「それにしても、この前大変やったそうやな」

「大変?」

「霧島さんと石鹸屋や」

早速耳に入っているということか。速水は「面目ないです」と頭を下げる。

「作家と広告のクライアントを会わせるなんか、君らしくないミスやないか」

相沢なら篠田が突っ走ってしまったことなど百も承知だろう。部下の失態は上司の責任とでも言いたいのか。速水は「以後、気を付けます」と再び頭を垂れた。

「まぁ、でも霧島さんが出て行ってからの君の捌きは見事なもんやったらしいな」

「いえいえ、滅相もないです」

「バリカンやって？　それ、君やからできることやで。俺やったら、刈る髪の毛がほとんどあらへんがな」

相沢が頭に残る産毛のような髪をさすった。

「そんなっ。どっから見てもフサフサじゃないですか」

「ほんまか？　今度パーマ当ててみよかな」

「たとえ美容師が断っても、私は支持しますよ」

相沢はニヤリと脂っぽい笑みを浮かべると、背もたれから身を起こした。

「まぁ、とにかく次の編集長までつないでくれよ。この部屋は将来、君のもんになるんやから」

わざと声を潜めた相沢に、速水は仲間意識を強要されているようで不快感を覚えた。

薫風社はオーナー企業ではない。誰にでも社長になるチャンスがあるからこそ、出世争いは熾烈を極める。現在、社内は史上最年少でトップに就いた社長派と、労働組合の交渉窓口に立つ「労担」の専務派に分かれている。専務が社長の先輩というねじれのせいで、両派は微妙な均衡の上に成り立っていた。社長は営業出身、専務は編集出身とあって、根本的に考え方が異なる。

「いやぁ、自分にはこの部屋は広すぎますねぇ」

相沢はバリバリの専務派だ。速水は露骨な踏み絵をさらりとかわした。

「上手やなぁ」

掠れた声を出した相沢が、芝居がかった様子で首を振る。

「いえ、本音ですから」

「でも、それでこそ速水や。で、本題やけど」

すぐに真顔に切り替えた相沢が、スーツの内ポケットから一枚の紙を取り出した。

「今春の機構改革案や」

本や雑誌が売れないため、昨今の出版業界の機構改変は大胆で頻繁だ。速水の興味の対象は、部署の括りや名称の変更などという枠組みの話ではなく、もっと重大で深刻な問題——廃刊、である。

素早く目を通した速水は目を見張った。

文芸誌『小説薫風』が廃刊リストに載っていた。若い層に向けた女性誌がなくなるのは大方の予想通りだが、文芸誌をなくしてしまうのは寝耳に水だった。

「薫風を潰すんですか？」

「あぁ、それな。俺もびっくりしたけど」

「いや……、でもいくら何でも急じゃないですか？　実質あと二ヵ月ですよ。ほとんどの連載が終わりませんよ」

「だから残りは書き下ろしやろ」

「そんなっ。絶対作家と揉めますよ！　こんな話聞いたことがないっ」

自分でも取り乱していることはよく分かっていた。だが、大人しく「はい、そうですか」で済む話ではない。このような強引な着地は、作家と薫風社が長い間かけて築いてきた信頼関係を壊してしまうことになり、双方誰も得しない。

作家の収入をサラリーマンのそれに例えるなら、雑誌連載の原稿料が月給で、単行本化の際に支払われる印税がボーナスに当たる。『小説薫風』が廃刊になれば〝月給〟がもらえず、生活苦に陥る作家が続出するだろう。

確かに文芸誌は売れない。作家の原稿を確保するため、もしくは印税だけでは生活できない作家の生活を支えるため、という側面もある。大半の文芸誌が赤字で、各社もその存在を持て余しているのは事実だ。

「電子版で残すとか……」

「ないない」

受け皿がない状態で、作家と出版社をつなぐ糸を切ろうというのか。

「あと半年、何とかなりませんか？」

「もう決まったことや」

相沢は冷やかに言って視線を外した。信頼する部下が動揺する様を見苦しく思っているのかもしれない。

「それにしても、君はほんまに作家センセイが好きなんやなぁ」

相沢が〝偏り〟を指摘するように牽制球を投げてきた。

冷静さを取り戻した速水が謝ると、相沢はまたつくり笑いを浮かべた。

「心配いらん。今回、『トリニティ』には手ぇ出させへん。でも、前に言うた通りや。何とか黒字化の目途を立ててくれ。俺もできるだけのことはするから」

部屋に入ったとき、ライバル誌の『エスプレッソ』を読んでいたのは、プレッシャーをかけるためだったのだと、速水は今さらながら気付いた。

「全力を尽くします」

速水がテーブルの上にある機構改革案の用紙に触れようとすると、相沢はスッと手を伸ばしてそれを回収した。情報漏れの証拠は残さない、ということか。

「また、飲みに行こうや。専務の行きつけで、ごっつい別嬪がやってる小料理屋があるねん」

話は終わったとばかりに相沢が立ち上がる。

「それは楽しみですねぇ」

上辺だけの返事をした速水は、一礼すると編集局長室を後にした。

すぐに同じフロアにあるトイレに向かう。個室に入って鍵を閉め、ジャケットから手帳を取り出すと、記憶した機構改革案を書き殴った。事件記者をしていたとき、飲んでいる店の中で刑事からネタを仕入れると、忘れないうちにトイレに行ってメモをした。その習性が体に染み付いている。

文芸誌の廃刊に衝撃を受けるとともに、相沢との会話を思い出して奥歯を噛み締めた。速水は編集系の人間だが、他局の人間とも積極的に交わってきた希少種だ。それは単に広告や営業の仕事にも面白みを覚えていたのが半面、いざというときに無理を聞いてくれ、自らが手掛ける本を売り出しやすくしたいというのが半面だった。それに加え、作家の執筆環境を整えることにも腐心してきたため、自ずと社内外に広い人脈を持つに至った。

相沢が速水を自分たちの陣営に引き入れようとするのは、まさにその人のつながりを狙ってのことだろう。入社以来、派閥争いからは距離を取ってきたが、廃刊を盾に徐々に外堀を埋められるような気味の悪さがあった。

抗うことのできない人事の潮流に呑み込まれそうで、速水は狭い個室の中で身震いした。

2

カルチャー誌『トリニティ』には、週初めの朝に部内会議がある。

基本的には編集部員がその週の予定を話して部内で情報を共有するためのものだが、

他誌の部数報告や「タレントにインタビューする場合は、本人に名刺を渡してはならない」などといった基本的なルール確認、取材先や付き合いのある作家らとトラブルになったときの相談など多岐にわたる。

だが、今日は極めて重要な議題がある。大荒れになることは間違いないと、速水は腹を括った。

午前十時になると、編集長席の隣にあるちょっとしたスペースに、速水以外の九人の部員たちがキャスター付きの椅子を転がして集まってきた。何もなければ十分ほどで終わる会議だ。

各部員が簡単に報告を済ませ、編集長の「解散」の号令を待つ。速水は副編集長の柴崎真二に目で合図を送った。柴崎が立ち上がって、編集部員たちにレジュメを配り始めた。

「忙しいところ申し訳ないけど、大事な話があるから聞いてほしい」

いつにない編集長の声のトーンに、部員たちが怪訝な顔をする。

「これ……どういうことですか？」

柴崎と同期の女性部員、中西清美が戸惑いの声を上げた。他のメンバーも一様に動揺しているようだった。

レジュメには、今年一年で各部員が達成しなければならないノルマが書かれていた。発売すべき本の冊数と売上高だ。出版社にしろ、新聞社にしろ、「編集」と名のつく部署の人間は、総じて金の問題に疎い。口には出さないものの、心の奥底で銭勘定は卑しいと思っている節がある。

出版社の根幹を成すのは作品であって予算ではない。クリエイティブな現場が花形でその他の部署はそれを支えるためにある、といった類のことを平気で口にする古い編集員もいるぐらいだ。

「冗談じゃないですよ！」

中西が叫んで立ち上がった。ノルマなど戦時中の検閲に等しいとでも言いそうな勢いだった。続いて速水から最も遠いところに座る篠田が、珍しく手を挙げた。

「これ、あまりに露骨じゃないでしょうか？　雑誌が厳しいのは分かってますが、首輪をつけられるみたいで嫌なんですが……」

「今でも一生懸命働いてますけど」

高野恵も口を尖らせるが、隣に座る篠田への当てこすりにも聞こえる。他の部員からも非難の声が上がり、速水は黙ってそれを受け止めた。

「いずれにせよ、編集長からの説明がほしいですね」

反対派急先鋒の中西は、座り直すと挑むように脚を組んだ。

「隠し事は嫌だから正直に言う。今度の機構改革の煽りを受けて、いくつかの雑誌が廃刊になる」

一瞬にして場が静まった。雑誌編集者にとって「廃刊」の二文字は、殿様の「印籠」

であり、江戸町奉行が見せつける「桜吹雪の入れ墨」だ。雑誌がなくなればどの部署に飛ばされるか分からず、思考停止に陥ってしまう。

「実は少し前から『トリニティ』が危ないと聞かされてたんだけど、いよいよ危険水域だ。まず『小説薫風』がなくなる」

編集部員たちが息を呑んだ。皆、文芸誌を畳むには、余程の覚悟が必要だということを理解している。

「会社は本気で不採算事業をなくすつもりだ。この春は何とか持ちこたえることができた。でも客観的に見て、創刊から七年、ずっと赤字が続いている雑誌が安全圏にいるなどとても考えられない。俺は『トリニティ』が好きだし、何としても守りたいと思ってる。そのためには、みんなの協力が必要だ」

速水はそこまで一気に話すと、立ち上がって一人ひとりの目を見た。

「酷なことをお願いしているのは承知の上だ。その分、俺も汗をかく。だから、頼む」

腰を折って深く頭を下げる速水の姿を見て、怒りの潮が引いていく気配があった。普段はのほほんと構えている速水の真摯な姿勢に触れ、部員たちがただごとではないと肌で感じ取ったのだろう。

「何か……うまく丸めこまれてるような気がしますけど、事情は分かりました。でも、これ二次利用商品のノルマですよね？　雑誌自体の目標はないんですか？」

しばしの沈黙を破ったのは、正社員の中で一番年下の恵だった。ただ一人納得のいかない様子の中西が、話を前に進めようとする後輩の女子に鋭い視線を向けた。

「雑誌の実売率はギリギリ六割を保ってるが、これから分母を大きくするのは夢物語だ。広告も現状維持が精いっぱいだろう。じゃあ、二次利用に活路を見出すしかない。幸い『トリニティ』には小説と漫画の連載があって、エッセイも充実している。特集の派生でもムックはつくれる。売り方次第でもっと数字を伸ばせるはずだ」

「このノルマに個人差があるのはどういうことなんでしょうか？」

中西が絡むような口調で質問を差し挟む。中西に求められる数字は恵のものより低い。高いノルマを課せられるのは避けたいところだろうが、先輩としての面目は丸潰れだ。

「それは単に今持っているネタの強さだ。数字が見込めそうな作品を担当するなら、必然的に期待値は上がる」

何とか顔が立った形になり、中西はしぶしぶ頷いた。

「でもこれ、特集はどうするんですか？　雑誌の特集作業を進めながら、単行本もつくるということになるんでしょうか？」

「そうだ。雑誌の売上を落とせば元も子もない」

速水が恵に向け、仕方がない、といった様子で首を振る。

「数字の話が出たので、こちらも率直に言います。これだけ負荷が増えるんだったら、あと二人はいないと回りません。そもそも、今は二年前に比べて二人減の状態ですし」

どこの職場も人が減った分だけ補充される、という時代はとうに終わった。だが、速水はそれを口にせず、渋い顔を見せて「人員のことは改めて上に掛け合ってみる」とお茶を濁した。

今度は契約社員の内橋奈美が遠慮がちに手を挙げた。編集部員十人のうち、契約社員は三人。恵より一つ年上の彼女は「非正規組」のリーダー格だった。聡明で気遣いもでき、重要な戦力の一人だ。

「あのっ、私たちにはノルマがないんでしょうか？」

契約の女性三人組の仕事は、年々正社員との線引きが曖昧になってきていた。彼女たちは特集の企画立案や取材も含めて、篠田などよりよほど働いている。無論、割り当てる仕事量は少ないものの、なくてはならない存在だ。

「硬い話をすると、内橋さんたちの業務内容は『雑誌づくりに関わる』ことなんで、目標数値を設定するのはどうかな、と。もちろん、アイデアをもらえると嬉しいんだけど」

実際、総務の方からも契約社員のサービス残業について、再三注意するよう要請がきている。

「あと、廃刊になったら、私たちはどうなるんでしょうか？」

それももっともな心配だった。彼女たちは『トリニティ』編集部として採用している。社内の他誌も既に人員を揃えていることから、タイミングよく空きが出ないことには居場所がない。

「総務に聞かなければ正確なことは言えないんだけど、こちらから廃刊云々言うのはちょっとね。噂に尾ヒレがついて、いつの間にか現実になってしまうのが、この業界の怖いところだから。でも、まずはそうならないように全力を尽くさないと」

苦し紛れの返答に、内橋は納得していなさそうだったが「分かりました」と言って引き下がった。雑誌の存亡の話にもかかわらず、関係のない二次利用の書籍化に焦点が絞られ、自らの運命が同僚のノルマの達成にかかっているという状況は、随分と心許ないだろう。

その後は柴崎が仕切って各自が持っているネタを確認し、発売時期や初版部数目標などを話し合った。

「副編集長にはノルマはないんですか?」

会議が大詰めを迎えたとき、中西が意地悪く柴崎に尋ねた。仲が悪いのはいつものこととはいえ、同期のうち一方が事情を知っていて、もう一方が蚊帳の外だったことが影響しているのは間違いない。

『トリニティ』副編集長の主な仕事は、雑誌制作の進行を管理することだ。部員全てのスケジュールを頭に入れて、遅れが出れば修正に動く。校了日から逆算してデザイナーや校閲の人数を決めて手配し、印刷会社とも交渉する。事務作業が多いものの、業務が多岐にわたるため忙しいのだ。

「俺にどうしろって言うんだよ」

柴崎が気色ばむと、中西は脚を組んだままソッポを向いた。周りの部員は皆、居心地悪そうに座っている。

このまま解散すると職場の和にしこりが残る。そう判断した速水は、柴崎を指差した。

「怒ってるとこ恐縮だけど……柴崎、おまえ、今日のセーターもひどい出来だな」

緊張が弾けて大きな笑い声が起こった。確かに柴崎のセーターは八〇年代でもアウトの代物だ。白地にサスペンダーの絵が入り、胸の辺りに「NEO」と刺繍してある。

「今、関係ないじゃないですか！」

「さすがに『NEO』はまずいだろ。それ、どんな気持ちでレジに持って行ったんだよ」

「プレゼントですよ」

「だったらおまえ、嫌われてるぞ」

速水はその後も「今思えば、この前の『FRUITS』セーターにはまだ愛嬌があった」「そんなセーターは既にセクハラだ」などと言いたい放題で、重苦しい空気が霧散した。

「おまえのノルマは、まずまともなセーターを買うことだな」

「じゃあ速水さんのノルマは何なんですか？」

柴崎が冗談半分といった様子で聞くと、速水は「よくぞ聞いてくれた」と言って、部員の顔を見回した。それぞれが編集長の次の言葉に期待しているのが分かる。

速水はわざとらしく胸を張って言った。

「今晩〝将軍〟に拝謁するんだよ」

3

「君、寒くないの？　それともあれ？　そんだけ脂肪が厚かったら温かいのか？」

文壇の〝将軍〟二階堂大作が隣に座る若い女の胸を指差した。ざっくりと胸元が開いたドレスから尻のような谷間をのぞかせる女は「熱いシリコンが入ってるんです」と胸を寄せた。

「先生、脂肪だなんてデリカシーがないですよ。小説ではあんなにスマートに女性を扱ってらっしゃるのに。ユイちゃんだって、胸の内じゃ泣いてるんですよ」

少し離れたところに座るママが、存在感を示すように割り込んできた。

「こんな大きな胸の内じゃ、いくら泣いたって溢れることはないな。そうだろ、速水？」

「ええ。それにユイちゃんのおっぱいは天然ですね。シリコンにはない柔らかさがある」

「偉そうに。君、触ったことないだろう」

「いえ、分かりませんよぉ」

「けしからん奴だ」

二階堂行きつけの銀座の高級クラブ。ユイが二階堂のロックグラスに氷を入れて、ヘネシーのXOを継ぎ足す。シャンデリアの光で室内は限なく眩く、他のテーブルからも男の笑い声が聞こえる。水商売が厳しいと言われて久しいが、集まるところには客がいるもので、収容人数五十人という広い店内は、週末でもないのに満席だった。

「けんかをやめてぇ、でしたっけ？」

　せいぜい二十歳過ぎのユイが、河合奈保子を歌っておじさん用の笑いをとる。他にも三人の若い子がついていたが、トークもスタイルも彼女が頭一つ抜けていた。速水は近ごろ、二階堂と酒席をともにする機会がなかったが、この大物作家はユイがお気に入りでよく指名するらしい。

「じゃあ、速水、このおっぱいを一つずつ分けようか」

「この不肖速水、なぜおっぱいが二つあるのかと長年思い煩っておりましたが、今やっと分かった気がします」

　場が沸いて、二階堂も上機嫌に笑う。嬉しそうな顔をしてメロンをひと切れ、口に入れたのを見た速水は、ママに目配せした。

「申し訳ありません。先生のお好きな〝アレ〟、持って参りますので、少し失礼させていただきます」

　ママは四人の女の子たちにも「ちょっと手伝ってちょうだい」と声を掛けた。それぞれが二階堂と速水に挨拶して中座する。広いテーブルはあっという間に寒々しい雰囲気になった。

「まぁ、若い女もいいけど、やっぱりママが一番だな」

「私より結構上でしょうけど、年齢を感じさせませんね」

「でも確実に年は取ってるな。だって、俺は〝アレ〟を二十年以上食ってるぞ」

〝アレ〟とはママがつくる牛すじの煮込みだ。大根とこんにゃくを一緒に煮るシンプルなものだが、確かにうまい。速水も何度かごちそうになっている。

「それにしても、こんなに楽しいのは久しぶりだよ」

「そのお言葉をうちの幹部連中におっしゃっていただければ、私ももう少し出世できるんですが」

「何を言ってるんだよ。君は間違いなく幹部候補だ。長年この業界を見ている俺が言うんだから安心したまえ」

速水はヘネシーのロックをつくって、コースターに置いた。

「ところで、担当でもない俺にこんな高い酒を飲ませて、ちゃんと経費で落とせるのか？　何だったら俺が奢ってもいいんだぜ」

二階堂は編集者を思いやるように言ったが、てんでその気がないのは百も承知だ。

「ありがとうございます。しかし、それは薫風社の恥でございますので、いざとなればこの速水輝也、ATMに行って預金を下ろして参る次第です」

「そりゃあ、泣ける話というより脅しに聞こえるよ」

「滅相もありません！　そもそも二階堂大作で落ちない経費は我が社にはございません」

接待費はもう「お食事代」と考えた方がいい。数年前まで落ちた夜の街の経費は今やおとぎ話で、上司に見せてもいい領収書はゼロが一つ少なくなった。食事の後にバーで

一、二杯が基本で、三次会、四次会など滅多にない。ましてや粒ぞろいの高級クラブなど若手作家からすれば、それこそ物語の世界だ。
もちろん、作家が持っている部数によって広告費が決められるのに等しく、接待費にもランクがある。だが、出版社に余裕がない現状に誇張はなく、速水は今、「タダでは帰れない」という重圧の中でヘネシーを飲んでいる。

「まぁいい。相沢辺りにちんけなことを言われたら、俺に言ってこい」

「いやぁ、うちの編集局長では役者が違い過ぎて……」

どちらもこの業界が長いので互いのことは知っているが、二階堂と相沢は意外に波長が合わない。速水はそれを同種嫌悪ではないかと思っている。

二階堂はヘネシーを口に含むと「また本屋が潰れたよ」と話を変えた。

どんなに大物になっても、彼が書店で自分の本の扱いをチェックするのは有名な話だ。

「ご自宅近くの？」

「そうだ。十年前までは歩いて行けるとこが四軒あったのに、これであと一軒」

残った一軒は全国展開する大手の書店らしい。書店数もピーク時に比べ約四割減っている。一方で売り場面積自体はさほどの減少が見られないことから、大型チェーン化が進んでいるとも取れる。

「入れ替わるように駅前にできたのが古本屋ときた。参ったよ、全く」

中古本が売れても作家や出版社に印税が入らないので、話題の新刊を大量に買い取って安値で売る中古本販売店の存在は、つくり手にとって脅威だ。

「それに図書館だって、心中複雑なもんだ。この前のトークショーでファンだっていう若い女に言われたよ。『先生の本は人気だから、なかなか借りられないんです』だって。正気を疑うよ」

「最近の図書館はベストセラーから文庫まで随分、気前がいいですもんね。こちらとしましては、貸し出す本自体はお買い上げいただいてるので……」

二階堂が複雑だと言っているのはそこだ。売れっ子作家にとっては、図書館が充実すれば不利に働くが、売れない作家にとっては図書館への売上が初版部数に与える影響が大きい。これからの作家を支えるという点ではありがたい存在だが、手放しで喜べない現状がある。数年前から公立図書館の書籍貸出数が、販売数を上回る状態が続いている。

「買うより借りる人間の方が多くなって、尚且つ電子図書館だと？　ふざけるのもそれぐらいにしろっ」

二階堂は不満顔で、白い前髪を払った。

電子図書館は、未だ閲覧できる書籍が限られているため普及していないが、一部の大手出版社や書店が協力する姿勢を見せている。

「貸出が一定の冊数に達すると、いくらか著作権使用料が入るケースもあるそうですが……」

「そんな薄利で本当に生きていけるのか？　家にいながらタダかそれ同然で本を借りら

れるんなら、誰が金出して本を買うんだ」

ネットやスマホの定着で、無料もしくは低価格で時間が潰せる遊びが溢れている。金銭感覚が変わった上、中古本販売店や図書館が充実し、出版社と作家はじわじわと追い詰められている。

「最近は暗い話ばかりだな」

「作家と編集者が顔を合わせれば、どうしてもそうなりますよね」

「止めよう、止めよう。心にカビが生えちまう。こういうときは女のことを考えるに限る。さっきのユイ、どうだあれ？　あの乳はたまらんだろ？」

「私も久しぶりに先生のお供を致しましたが、この目でご健在ぶりを拝見できて心躍るものがあります」

「何が『心躍る』だ。随分調子がいいじゃないか。君、ひょっとしてその〝ご健在〟に託けて、何か頼み事でもあるんじゃないだろうな？」

二階堂が流し目で速水を見る。

「いやぁ、さすがのご明察、恐れ入ります。実は、お忙しいのは重々承知の上で、ご執筆をお願いできないかと思いまして……」

「そら、きた。俺のお気に入りがいる店に連れてくるなんて、弱点を知り尽くしているじゃないか」

「弱点、という発想はありませんでしたねぇ。私は二階堂先生の主戦場に随伴しているつもりでしたが」

「海外ではこれをハニートラップというんじゃないのかね?」

「先生、それは違います。日本でもハニートラップです」

二階堂が楽しげに笑い声を上げる。

「今日は太ももを触った程度だぞ。それがそんなに罪かね? こっち方面の市場規模も小さくなったもんだ。で、誰よりも俺のスケジュールを把握している君が、仕事を依頼してくる事情とやらを聞こうか」

「実は『トリニティ』が際どい立場に追いやられてまして」

速水は上目遣いで様子を見たが、二階堂は特別驚く素振りも見せずグラスを傾けた。

「それと春に『小説薫風』が廃刊になります」

「薫風が?」

二階堂が睨むように速水を見た。

「それは決まりなのか?」

「はい。これまでも先生に幾度となくお原稿をいただいておりましたので、大変残念なんですが」

「それは業界にとってもかなり痛いな。『了』の字が打てない連載原稿がいっぱいあるだろ。どうなるんだ?」

「基本的にあとは書き下ろしという方向になると思います」

二階堂はムッとした様子でグラスをコースターに置いた。

「結局、暗い話になるんだな」

「申し訳ありません。しかし、この上『トリニティ』まで廃刊になりますと、また先生方の発表の場が一つ、なくなってしまうのも事実でして」

「カルチャー誌にわざわざ小説の連載枠をつくった君の功績は大きいと思ってるよ。文芸誌とは部数が桁違いだしね。他社が『トリニティ』のやり方に続かないところを見ると、確かに君の言う通りかもしれん」

「そこで大変厚かましいお願いなんですが、例の〝アレ〟をそろそろいただけないかと考えておりまして」

「〝アレ〟……ね」

「こちらのママではありませんが、先生にもこの間、煮込んでいただいたのではないかと」

七年前、速水が文芸部で二階堂担当だったとき、彼からスパイ小説のアイデアを聞いていた。海外の諜報機関を巻き込んだかなりスケールの大きな近未来小説だ。二階堂の思い入れが強く、話を聞くうちに速水は大作に化けると確信した。ストーリー展開の巧みさだけでなく、登場人物たちの骨太の背景や経済大国の地位から滑り落ちていく国の悲哀など、真剣に考えた跡が分厚い企画書の至る所にあった。

どうしても世に出したい、と思える作品に出会うことは、編集者にとって至上の喜びだ。これは「勝負原稿」だと判断した速水は、早速根回しに動いた。しかし、当時の二階堂は再ブレイク前で、長期連載の枠が見つけられず、しかも海外取材費が出ない可能性が高かった。半端に手を出して失敗することを恐れた速水は、泣く泣く企画の実現を見送ったのだ。

「まぁ、君の熱意はよく理解しているつもりだからね」

二階堂が空になった速水のロックグラスを手にして氷を入れた。そしてヘネシーを注ぐと、ぐいっと前へ差し出した。それが作家の気持ちの表れだと察した速水は、恐縮してグラスを受け取った。

「正直言うとね、あのとき、仕事を断られてかなり頭にきてたんだ。この野郎、落ち目になったら手のひら返しかって。でもな、よくよく考えてみたら、初めから俺はそういう世界で生きてたんだよ」

「あのときは、本当に失礼しました」

「いや、君の必死さが嘘じゃないことは俺が一番よく知ってる。定期的に君から届く資料と手紙を読みながらね、感心してたんだ。ああいうのをもらうと、熱くなるんだよ。この編集者は俺と同じぐらい本気だって」

この七年間、作品に役立ちそうな資料を探しては二階堂のもとに送ってきた。担当を外れても、異動で『トリニティ』の編集長になっても、できることはしてきたつもりだ。ずっと他社で書かれることを恐れていた速水は、自分の思いが届いていたことに胸がいっぱいになった。

「まぁ、今なら海外取材費が下りるってか」

二階堂が茶化すと、速水は明るく笑った。

「しかし、会社もバカですね。結局円安になるんですから」

「スパイと言えば、まずはイギリスだな。それにアメリカ、イスラエル……」

「是非、お手柔らかにお願いします」

いたずらな目をした二階堂は、前屈みになると速水の肩をポンと叩いた。

「仕方ない。君と心中するとしよう」

「ありがとうございます！　書いていただけるんですね！」

「あぁ、二言はないよ」

嬉しさの余り、速水は腰を浮かしそうになった。一度は諦めかけた思い入れのある小説が、自らの手に戻ってきたのだ。これを『トリニティ』の編集長として手掛けることになるとは思いもよらなかったが、手間をかけた分、喜びも一入（ひとしお）だった。

「一発目はいつ渡せばいいの？」

「できるだけ早くいただければ……」

「分かった。事情が事情だから、調整しとくよ。こっちで企画書と取材希望先をまとめておくから、諸々の手配を頼む」

「承知しました」

二階堂は筆が早い。一回当たりの原稿量を多くしてもらい、できるだけ早く単行本にまとめよう。恵が取ってきた女優、永島咲の連載との兼ね合いもある。小説は願ってもない流れになってきた。次は漫画とエッセイのテコ入れも早急に図らねばならない。質の高いコンテンツを揃えれば、会社もむちゃなことは言えまい。

このクラブに来る前は、プレッシャーで胃痛がするほどだったが、多忙な二階堂から原稿を取ることができ、速水の心に陽が差した。

「君とはどうも縁があるんだな。当時もいろいろ世話になったけど」

振り返れば、二階堂の不倫旅行に同行し、偽装工作に協力したのは一度や二度のことではない。

「今後ともよろしくお願いします」

速水が深々と頭を下げると、二階堂は大きな口にピーナッツを放り込んだ。

「ところで、君んとこ、二百人ほど切るらしいね」

「はっ？」

速水は何でもないように言った二階堂の顔を覗き込んだ。

「聞いてないの？」

「それって、リストラってことでしょうか？」

「そうそう。春に機構改革があるだろ？　その先に何か発表があるかもしれん」

「全然知りませんでした……」

言葉を失っている速水を見て、二階堂は満足そうだった。

「君もまだまだ組織が分かってないね。雑誌をはじめ、いろんな不採算事業を切っているんだろ？　必然的に人が余るじゃないか」

速水は改めてこの作家が第一線を走り続けているのが分かった気がした。若いころから人に取り入る能力に長け、不遇の時代も盆暮れの贈り物は欠かさず、これと思った後輩たちを酒場に連れて行くことも忘れなかった。そうして新鮮な情報を仕入れて、常に先手を打ってきたのだ。

「さっ、そろそろママの〝アレ〟ができたかな？」

二階堂は遠くのテーブル席に着いていたママに合図すると、また一つピーナッツを口に放り込んだ。

4

西陽を煩わしく感じ、ブラインドを下げた。

電子辞書の画面を見てから、再び読みかけの本に戻った。ドリンクバーで取ってきたカップを手にしてコーヒーを口に含む。誰にも邪魔されず読書ができる時間は贅沢だ。会社に入り、家庭を持つと特にそう思う。

切りのいいところまで読み進めた速水は、本を閉じて電子辞書と一緒にバッグにしまった。夕食には少し早い中途半端な時間帯で、会社近くのファミリーレストランは空（す）いている。ちょうどいいタイミングで西村和喜（にしむらかずき）が店に入ってきた。窓際の速水に気付くと、彼は営業マンらしく笑顔で一礼した。

　ドリンクバーのつまみにポテトフライを頼み、しばらくは先日、社内の有志で行ったゴルフの話になった。

「この前の夜は、またごちそうになっちゃって」

「いや毎度の大衆居酒屋で申し訳ないけど。でも、あれだな。五人いて全員一一〇オーバーってのは情けないな」

「何回か心が折れかけましたから」

「みんなシャワー浴びてから元気になったもんな」

　後輩の西村は同じ転職組ということで馬が合い、三、四ヵ月に一度ゴルフに出掛ける仲だ。西村は今、営業部の企画担当である。

　主な仕事は、発売する本の部数を編集の担当者とすり合わせ、書店からの注文の数字を取りまとめて配本リストを作成。そのリストを出版社と書店の間を取り持つ「取次（とりつぎ）」に渡す——という流れだ。

　このうち、編集と営業が本の部数を決める会議を「部決（ぶけつ）」という。できるだけ多く刷りたい編集に対し、営業は数を抑え込んで赤字のリスクを避けるのが務めだ。特に意見が分かれるときは、さながら検察と弁護士の関係だ。作家を弁護する編集と、過去の部数や宣伝費といった証拠を積み上げる営業。速水にとっては物語の世界から現実に引きずり戻される瞬間である。

「実は君を男と見込んで頼みがある」

「そんなことじゃないかと思ってましたよ」

「先月売りの『これから』だけど、数字はどう？」

『トリニティ』で連載していた連作短編小説で、世代の違う六人の男女が留学先で一つ屋根の下で暮らし、ともに経験する「ガイコク」に戸惑い、奔走し、成長する物語だ。

「善戦はしてるんですけど、やっぱり短編の単行本は、長編に比べると不利ですよね……」

「確かに。でも、登場人物一人ひとりの書き分けがうまいし、ユーモアのセンスも抜群だと思うんだ」

「おっしゃる通り。読んでもらいたい小説であることは間違いないんですが、もうすぐ次の新刊が出ますから」

「何とかするなら、ここが最後だと考えてるんだ。重版はしんどいだろ？」

「ええ。要素がないですから」

重版を決める要因としては、まず実売率が高いことだ。次にテレビや部数の多い全国紙で取り上げられるなどメディアへの露出が増えれば、増刷しやすくなる。

「映像化が取れたらどうだ？」

「えっ？　当てでもあるんですか？」

速水はポテトフライを一つ口に入れて「なくはない」と言った。

「今からテレビ局の人間と会うんだ。向こうを説得するため、一回でもいいから重版がかかった状態にしておきたい」

西村が困惑するように眉根を寄せた。

「毎度感心しますが、さすがのフットワークの軽さと人脈ですね……。でも、映像化が先っていうのは無理ですかね？」

「映像化を実現させるための必要な工程だよ。箸にも棒にもかからない作品だと、ここまで力は入れない」

速水にしても無理を言っていることは重々承知だ。だが『小説薫風』が倒れるのを目の当たりにすると、できることは何でもしておきたかった。会社は本気だ。

「頼むよ。映像化が先か、重版が先か。胃袋に入れれば同じだ」

「ちょっと、実売の数字が……」

弱り切っている西村を見て、速水は「へっ」と声を出して笑った。

「何が面白いんですか？」

「いや……。逆の立場だったら、嫌だなぁと思って」

「何、他人事みたいに言ってるんですか。そりゃ、僕だって気持ちよくＯＫしたいですよ。でもね……」

西村がため息をついたのを見て、速水はボソッと言った。

「うち、二百人ほど切るらしいよ」

「えっ！　リストラってことですか？」

西村がのけ反って驚いた。速水はまたポテトフライをつまんで頷く。

「対象は四十歳以上、秋ごろにもやっちゃうみたいだ」

二階堂からリストラの情報を聞いてすぐ、速水は相沢に電話した。意外にも彼はこの重要情報を知らなかったらしく、翌日に「不惑以上で、秋ごろ実施みたいや」と折り返しの連絡があった。「また頼むで」という粘っこい声を聞き、速水は複雑な思いに駆られたが、今は忘れることにした。

「僕も速水さんもストライクゾーンってわけか。何か段々組織を守ることが目的になってきてる感じがして、息が詰まりそうですよ」

「息が詰まるんだったら、気持ちのいい仕事をしようじゃないかぁ、西村君」

「あっ、結局そこに帰ってくるんですね」

「君と私の友情に乾杯だ」

コーヒーカップを掲げる速水を見て、西村がやれやれといった様子で首を振る。

「分かりました。僕の負けです。バックアップはしますが、ちょっとしか積めないですよ」

これで次の部決の際に大きな後ろ盾ができた。

「恩に着る！」

強引な根回しのツケを人事情報で支払った速水は、ついでとばかりにテーブルの伝票をつかんだ。


その日の夜は風が冷たかった。

六畳ほどの和室はガスファンヒーターで暖められているものの、足下が冷える。床の間はあるが窓はなく、オレンジ色の電球の光は寂しいほどだった。恵とともに襖を背にして座り、速水は静けさを持て余していた。

「すき焼きなんて久しぶりです」

「今日はたっぷり予算をふんだくってきたからな」

男の話し声と床をする足音が聞こえ、若い女の「失礼します」の声と同時に襖が開いた。

「お待たせしましたぁ」

男二人が示し合わせたように声を揃えて部屋に入ってくる。速水と恵が立ち上がり「本日はお忙しいところ……」と挨拶する。

福永義久(ふくながよしひさ)が「そんな速水さぁん」と上座に着くことにためらいを見せると、速水はすかさず「襖を背にしていないと落ち着かないんで」と冗談を言って場を収めた。

「こっちが杉山(すぎやま)です」

福永がひょろりと背の高い男を紹介した。彫りが深く、笑ってはいたが隙がなさそうな顔つきをしている。名刺交換をしてから席に着き、瓶ビールを頼んだ。

二人は民放局の社員だ。福永が現在いる番組宣伝部は、その名の通りマスコミに番組の宣伝を依頼する部署だ。速水とは彼が制作局でドラマ班にいたときからの付き合いで、今日は彼に仲介役を頼んだのだ。

コップで乾杯した後、お通しの牛肉のしぐれ煮を突きながら、主に知り合いの二人が会話を進めた。

「もう速水さんとは何年になりますかね？」

「当時は文芸にいましたから、十年ぐらいになりますか。だって『ドレイン』のときですもんね」

「あぁ懐かしいなぁ。『ドレイン』。あれ、福永がDだっけ？」

杉山が遠い目をすると、彼と同期だという福永は「撮ったのは真ん中の一話だけ」と言って笑った。彼らの局が、速水の担当の本を映像化したのだ。

すき焼きの一式を持ってきた先ほどの女性店員が、きれいにサシが入った大ぶりの牛肉を焼いて、生卵を溶いてそれぞれの器に分けていく。四人がうまい肉に感嘆の声を上げる中、店員は黙々と鍋を整え、割り下の説明をすると部屋を出た。

しばらくは互いが持っている芸能ネタや制作ひと筋の杉山がつくったドラマの話で盛り上がった。いつものように恵が振って、速水がものまねを連発するパターンもかなりウケた。

「いやぁ、速水さん、すごいですね。銭形警部、ペ・ヨンジュンからの田中眞紀子ですからね！」

　杉山はかなりハマったようで腹を抱えて笑っていた。

「その後にちゃんと鈴木宗男を持ってくるんだから、さすがですよ」

　何度も見ているはずの福永も目に涙を溜めていた。

　場が落ち着いたところで、福永がうまく話を振ってくれた。彼も今の仕事上、マスコミとの関係は重要だった。特に『トリニティ』は部数も多く、雑誌自体にブランド力がある。

　恵が『これから』を二冊出して、プレゼン用の資料とともに前に座る男たちに渡した。資料にはあらすじはもちろん「なぜこの小説が映像化に向くのか」「なぜ今この物語なのか」という分析を載せている。

「これは連載から単行本まで私が担当したんですが、かなりの傑作だと思うんです」

　恵がレジュメに沿って説明し、作者の実力に太鼓判を押した。

「へぇ、留学という切り口ですか」

　速水はレジュメを持つ杉山に「そこにも書いてますが」と言って説得に乗り出した。

「心理描写も巧みですし、会話もうまいんですよね。年齢層がバラバラなのに、同居するとやっぱり男と女を意識しちゃう。意外なカップルが誕生する展開も強いと思います」

「六人の個性をまとめるのは大変でしょうね」

「それぞれのエピソードが絶妙につながっていて、最後のフェスティバルでフィナーレを迎えるんですけど、憎いのが各々にちゃんと『これから』を用意してるんですよね」

「そういうキャラクターがうまく立っている物語はいいですよね。失礼ですが、どれくらい売れてるんですか？」

「数字的にはまだまだですが、期待を込めて重版を予定しています」

隣で恵が息を吸い込む気配を察した。彼女にはわざと話していなかったのだ。

「速水さん推しならこれ、いいかもよ。『ドレイン』も数字よかったし」

福永もフォローに回る。

「あっ、そうだ。杉山さんは二階堂大作のファンでしたよね？」

「えぇ。学生のとき『聖の水』を読んで、それ以来ずっとファンですよ」

「これ、お荷物になるんですが……」

速水はバッグから『聖の水』を取り出して本を開いた。

「えっ、本当ですか！」

本には「杉山竜也さま」とあり「私の作品も絵になりますよ」というメッセージとともに二階堂のサインが入っていた。

「これは嬉しいなぁ」

「次、二階堂先生に原稿をいただくんですが、これはかなり期待できますよ」

もお釣りがくるぐらいだ。

「春からは永島咲の連載小説を始める予定です」

すかさず恵が身を乗り出す。

「よく獲れましたねぇ」

小説の映像化は企画から九割以上がボツになると考えていい。がめついぐらい推して

「お二人とも、ガンガンきますねぇ」

杉山が瞳に好奇心を宿らせているのを見た速水が声を潜めて言う。

「でも、ガンガン来られるのは……」

「嫌いじゃないんですよ」

「あら、あなたあれね。なかなか悪そうな顔してるわね」

「田中先生出たよ！」

たらふく食べさせ、おもいきり笑わせた後、速水はお土産に玉露のお茶を差し出した。

店に呼んだタクシーに乗り込むとき、二人のテレビマンはかなり上機嫌だった。

気疲れから速水と恵は同時に息を吐いた。

「いやぁ、うまくいったな」

「速水さん、さすがですね。完璧でしたよ」

接待が成功した解放感も手伝い、二件目のバーもかなり盛り上がった。恵は散々愚痴

をこぼし、酔いが回ると「もう篠田しばきますよ」と宙にパンチを打つようになった。調子に乗って飲み過ぎ、終電を逃したのでタクシーで帰ることにした。

半分寝ている恵を後部座席の奥に押し込み、隣に座って運転手に彼女の自宅の方面を告げる。恵が気持ち悪そうにしていたので、車内に会話はなかった。

恵の自宅マンションに着くと、速水は料金を払って彼女を引っ張り出した。肩を貸して歩き、鍵を借りてオートロックの自動ドアを解除する。エレベーターで五階まで来ると、恵は途端にしゃんとした足取りになった。彼女は自分の部屋のドアを開けると振り返って言った。

「スケベおやじ」

速水が「スケベむすめ」と返すと、恵は笑って腕を引っ張った。

自分でも恵との関係がよく分からなかった。初めて恵と関係を持ったのは一年半前。それ以来、この部屋に来るのは五、六回目だ。付き合っている、とは言えなかった。外で会ったことはないし、プライベートでLINEをすることもない。恵に彼氏がいるかどうかも分からない。一つ確かなのは、二人が密会するときは互いに酔っ払っているということだけだ。

1DKの間取りで、狭い部屋は薄汚れている。雑誌や本が散乱し、敷きっ放しのヨガマットの上には飲みかけのペットボトルと洋楽のCDがあった。好きな男にはこんな汚い部屋は見せないだろうと思うと少し寂しくなったが、反面気楽でもあった。

速水がテーブルに手をついて胡坐をかくと、恵が「早くシャワー浴びてきてよ」と急かした。

「温かいお茶ぐらい飲ませてよ」

「私はどこのおじいちゃんと話してるの？　速水さんも朝帰りはまずいんでしょ」

「でもほら、ムードってもんがあるじゃない。アロマなんか焚いてさ……」

「私、先に入るね」

恵はスタスタと歩いてユニットバスへ消えた。目に入った姿見の中に、自分の締まりのない笑みを見つけて、速水は居住まいを正した。手持無沙汰だったのでスマホを手にしたが、待ち受け画面の中で笑う娘の写真を目にし、何となく気まずくなってすぐにバッグにしまった。

恵はバスタオル一枚で出てきた。剝き出しの鎖骨に水滴がついているのを見て、速水は笑った。

「よく拭かないと風邪ひくよ」

恵は恥ずかしそうに笑うと、ベッドに腰掛けて艶めかしい細い脚を組んだ。

「やっぱエアコンだけだと寒いね」

そう言うと恵はベッドの中に入ってしまった。

シャワーを浴びて出てくると、部屋は既に暗かった。速水は裸になると掛け布団を跳ね上げ、恵の上に乗った。

「重版、ありがとね」

「あぁ、実際あれはいい作品だからね。こちらこそ、この前はありがとう」

速水は先日の部内会議のことをにおわせた。恵には事前にノルマを発表することを知らせてあった。特に加勢を頼んだ覚えはなかったが、彼女はちゃんと味方してくれた。

「あっ、『タイフーン』の広報と飲む件は、話つけたから」

「タイフーン」は日本最大のポータルサイトで、検索エンジンを主軸にオークション、ショッピング、メールなど約三十の事業を展開している。「タイフーンニュース」は月間で百五十億ページビューを超えることもあり、巨大なマスメディアとして並外れた影響力を持っている。

「助かるよ」

「私のこと、都合のいい女だと思ってない？」

「確かに。でも、俺も相当都合のいい男だぜ」

「私ね、奥さんのいる男の人、慣れてるの」

何となくそんな気はしていたが、速水は何も言わなかった。答える代わりにバスタオルをめくって恵を裸にした。

「男の嫉妬ってみっともないよね？　男が妬いたりするのを見ると冷めちゃう」

過去に何があったのか分からないが、速水は返事をせずに愛撫を始めた。ときどき吐息を漏らしながら、恵は話し続けた。

「ねぇ、何か喋ってよ。私、会話に弱いの。興奮してる声とか、乱暴な言葉とか……。思わず方言が出ることってあるじゃない？　ああいうのが好きなんだよね……」

自分で話すうちにどんどん高まっていく恵の姿と、普段の彼女の仕事ぶりを重ね合わせ、速水はその歪みに奇妙な安心感を得た。

「どうかしてるんじゃないのか」

速水が突き放すように言うと、恵がしがみついてきた。激しく唇を重ねた後、彼女が耳元で囁いた。

「私、中西さんみたいにはなりたくないの」

恵の両手を押さえつけ、速水は笑って言った。

「俺が中西とも関係してたら、怒るか？」

「全然。でも、絶対にそれはない」

「どうして？」

「速水さんが自分の時間を中西さんなんかに使うわけないから」

「何でもお見通しってわけか？」

「そう。あなたのことは何でも分かるの」

一度果てた後、速水は学生のころのように、すぐに二度目を求めた。何が自分を駆り立てるのかが分からないまま、荒々しく体を動かした。互いに汗まみれになり、これ以上ないほど満足した。

「ちょっとシャワー浴びてくるね」

恵は事後にまどろむことが好きではないようだ。帰る家がある速水にはそれがありがたかった。

スマホを見て三時過ぎになっているのを知った。

妻からの連絡はなかった。

5

管理職になったと実感するのは、要出席の会議が増えたことだ。

週一の会議が二本に、月一の会議が五本。二月は毎週開催の「企画会議」から始まった。本をつくる許可を得るため、編集者が営業部や宣伝部を含めたメンバーに情報開示をするものだ。編集局からも局長の相沢を筆頭に、雑誌や単行本担当の各部長が出席するので人数は二十人以上に膨れ上がる。

この日、プレゼンする編集者は六人。それぞれが作家の現況や本の内容、おおよそのページ数や出版予定の時期などを説明し、予算の見積もりを示す。小説が四本とエッセイが二本。小説は青春エンタメや地味な警察シリーズなどで、エッセイは収納系と身の回りの困った人を心理学者が分析するものだ。

各編集者は熱弁を振るうが、いずれも既視感があって話題性がない。かと言って大々的にメディアミックスを仕掛けるというような景気のいい展開もなさそうだ。営業から勝算の根拠を数字で問われ、気乗りしない宣伝部員の顔つきを見るうちに、編集者も現実を見つめ直し、ある者は部数減に応じ、ある者は企画そのものを引っ込めた。

五年前も「不況だ」と騒いでいたが、今考えればまだ余力があったのだ。初版部数は悪化の一途を辿っていたものの、まだ出版自体はできて、電子書籍で活路を見出せるかもしれないなどと夢も見られた。それが果てる底などないことに気付き、文学新人賞を獲った新人が、二作目も出せずに消えていくという事態が珍しくもなくなった。

やはり『小説薫風』が廃刊になるのはかなりの痛手だ。薫風社が残す小説の連載枠は、週刊誌と月刊誌を合わせても数本程度だろう。それ以外は原稿料が発生しない書き下ろしになるわけで、余程の深い付き合いか大型企画でもない限り、売れっ子の原稿は奪えない。だからと言って、小説や雑誌がネット出現以前の存在感を取り戻すことなど考えられず、赤字を生み続ける文芸誌が隅に追いやられるのは自明の理であった。

「どうも辛気くさい方に話が行くな」

上座の相沢が地黒の顔を顰めて言った。

「うちの会社大丈夫ですかね?」

発言した文芸部長の顔には笑みが浮かんでいたが、半ば本気の声音だった。

「俺は大丈夫やと思うけど、みんなは退職金ないかもよ」

相沢の言葉に小さな笑いが漏れたが、業界の人間はこの手の冗談は聞き飽きている。

「速水、例の二階堂先生の原稿はほんまに取れそうなんか？」

　速水は座ったまま指でＯＫサインをつくった。局長に対してあまりに軽すぎる返しに、場が明るくなった。

「どんな内容やった？」

「和製ジェームズ・ボンド誕生、といったところですかね」

「えらい大きく出たな。それ、ほんまやったらシリーズ化でうちも安泰や」

「えぇ。こういうのは初めにでかい花火を打ち上げるのが肝心ですからね。こっちの方、お願いしますよ」

　速水は先ほどのＯＫサインをお金のサインに変え、営業と宣伝の担当者に差し出した。あちこちから笑い声が聞こえ、勝手にプレゼンを始めた男に注目が集まる。

「聞くところによると、海外取材が必要みたいやな」

　相沢が質問すると、速水はふざけて口を尖らせた。

「だって、それはジェームズ・ボンドなんですから、全編巣鴨ロケってわけにはいかないでしょ」

「巣鴨のスパイ小説って、今までにないんちゃうか？」

「需要がないからでしょ。そもそも巣鴨にスパイはいませんよ」

「今はおらんでも、これから超高齢化社会やぞ」

「病院の待合室で健康的な情報取って何が面白いんですか。そもそも巣鴨のどこを爆破して、誰を撃つんですか」

バカバカしいやり取りで随分と雰囲気がよくなり、相沢はその機を逃さずに会をお開きにした。

速水は午後の予定を頭に描きながら『トリニティ』編集部に戻った。デスクでメールをチェックすると、受信箱に若手作家の高杉裕也（たかすぎゆうや）の名があった。「小説薫風について」という件名に、嫌な予感がする。恐らく廃刊のことを耳にしたのだ。

連載中の作家からのブーイングが、日に日に大きくなっていると聞く。長い歴史があるにもかかわらず、畳むのがあまりに急すぎた。

案の定、高杉のメールは廃刊を確認するものだった。デビューから三年。単行本二冊を発表し、今年の夏ごろから『小説薫風』で初となる連載を執筆することになっていたという。だが、小説の世界は基本的に口約束だ。担当編集者は目の前の対応に追われて、実績のない若手作家のことまで頭が回らないのだろう。

——担当の方に確認すればいいのですが、気が引け（事実を知ってしまうことへの恐れもあります）、速水さんにご相談のメールを差し上げた次第です——

高杉がデビューしたとき、速水は既に『トリニティ』に配属されていたが、文芸にいたころからの習い性で「これは」と思う新人には積極的に接触していた。

速水は両手を頭の後ろに組んでため息をついた。可能性のある若い小説家が生きるか死ぬかの瀬戸際にいるというのに、自分ではどうすることもできない。出版社で小説をつくろうと夢見ていた十代のころ、こんな世の中になるとは考えもしなかった。いつの時代も、世代に関係なく鞄の中には本があるという状態が当たり前だと思っていた。

廃刊のことは、面と向かって自分の言葉で話そう。再び嘆息した速水は「近々会いましょう」と書いて、空いている日時を添えて返信した。

デスクに置いていたスマホが振動した。画面に表示されているのは、市外局番「03」の知らない番号だ。速水が通話のマークをスライドすると「あっ、速水さんの携帯ですか?」と、耳慣れない中年男の声がした。少し苛立っているようだったので身構えた。

男が書店の名を挙げ、店長だと言ったので、速水は『トリニティ』にトラブルがあったのかと冷や汗が出た。

「何か雑誌に不備がありましたでしょうか?」

「不備? いや、何言ってんの。違いますよ。ここにお宅の奥さんがいるんですよ」

「妻が?」

「速水早紀子さんでしょ」

仕事のことでないなら、なぜ書店から電話がかかってくるのか。いや、それより、早紀子はその店で何をしているのか。

「妻がなぜ……」

「奥さんがうちの商品に手をつけましてね」

「は?」

「ですから、万引きですよ、万引き」

午後の打ち合わせをキャンセルし、タクシーで書店へ向かった。

落ち着けと自らに言い聞かせたが、土台無理な話だった。脳裡を掠めるのは、警察沙汰になった場合の娘への影響。会社に知れ渡ることも考慮に入れなければならない。ひとまず早紀子の口から事実を確認することが、夫としての筋だろう。冤罪の可能性だってある。

書店に着き、レジにいた学生のような若い女性店員に名乗ると、彼女は「あっ」と言って半笑いを浮かべた。嫌な顔をすると思ったが、速水は大人しく彼女の後に続いた。

書店のバックヤードはどこの店も似たようなものだ。台車に重そうな段ボールが積まれ、作業台にPOPやコミックに巻くビニールなどが無造作に置いてある。作家と一緒に書店回りをしてきた速水には、馴染みのある光景だった。

狭い部屋の奥にデスクがあり、腹の突き出たメガネの男と早紀子が向かい合って座っていた。うな垂れたまま、夫の方を見ようともしない早紀子の姿に、速水は冤罪などという甘い可能性を捨てた。

「店長、旦那さんです」

案内してくれた店員に礼を言うと、彼女は何も言わずに去って行った。

「このたびは申し訳ありませんでした！」

速水は腰を折って深く頭を下げた。

「いや……、もうちょっと声のボリュームを下げてもらうと助かるんですが」

「すみません……」

「とりあえず座ってください」

店長だという男がパイプ椅子を開いた。デスクの上に女性誌が一冊置いてあった。早紀子が盗ったものだろう。普段、彼女がこの雑誌を読んでいるのを見たことがなかった。

「一応確認しますが、奥さんがこの雑誌を万引きしたんですよね？」

早紀子はうつむいたまま、弱々しく頷いた。頬に涙の跡があるのを見て、速水は泣いて許しを請うたのではないかと想像した。

「本当に何とお詫びを申し上げればいいのか……」

「名刺もらえます？」

敬語は使っているが、まるで部下に接するような態度だった。渡したくはなかったが、断れないので一枚差し出すと、店長は速水の肩書きを目にして「ひぇー」と茶化すように言った。

「驚いたなぁ。薫風社さんですか。しかも『トリニティ』。私、毎月読んでるんですよ」

「それはありがとうございます」

笑い掛けるわけにもいかず、速水は硬い表情を保って礼を言った。

「特集が面白いですよね。漫画の連載もあるし。いやぁ、速水さん、ちょっとした有名人じゃないですか」

「いえ、そんな滅相もないです」

「奥さんもわざわざ他社の出版社の雑誌盗らなくてもいいのに。いや、他社だから盗るのか」

店長はこの状況を楽しんでいる様子だった。

「でも、旦那さんがまともな人でよかったですよ」

早紀子のこめかみが動いた。癇に障ったのだ。文句の言える立場かと、速水は鼻白んでお嬢様育ちの妻を見た。

「で、警察なんですが、どうしましょう?」

店長の余裕綽々とした態度に、なぜこんな男に頭を下げなければならないのかと忸怩たる思いだったが、そうするしかなかった。警察に通報されると、会社に漏れる可能性がある。

「妻がご迷惑をお掛けして本当に申し訳なく思っているんですが、できましたら……そのぉ、穏便に収めていただけないでしょうか」

自分でも声に懇願の響きがあると分かった。同じことを感じ取ったのか、早紀子が目にハンカチを当てて、静かに泣き始めた。首の筋がやけにくっきり浮いているのを目にし、彼女が痩せたことに気付いた。

「おいっ、おまえたちはあっち行ってなさいっ」

事務所の入り口に先ほどの女性店員と、同世代の若い男の店員が立っていた。書店のエプロンのポケットに手を突っ込んでいる男が「すみませぇん」と謝ると、隣にいる女が笑った。

速水は膝の上の拳に力を入れて怒りを静めた。彼らがＬＩＮＥで友人に報告するのも、ツイッターで万引きの事実を拡散させるのも止めようがなかった。

「まぁ、反省してるみたいなんで、今回は見逃しますよ」

速水はホッと胸を撫で下ろした。もう少しネチネチやられるかと思ったが、彼も仕事があるのだろう。

「旦那さんもしっかり教育しといてくださいよ。自分でつくった雑誌、万引きされたら嫌でしょ？」

教育という言葉に、再び早紀子のこめかみが動いた。店長はそれで気が済んだのか、雑誌を買い取る形にし、裏口から解放してくれた。あの若い店員たちの好奇の目に晒されるのはもうたくさんだった。

「ごめんなさい」

駐車場に出ると、早紀子は消え入るような声で謝った。

「何か甘いもんでも食って帰るか？」

「ありがとう。でも、ちょっと頭痛がするから……」

タクシーを捕まえ、早紀子を先に乗せた。後に速水が乗り込むと、自然と真ん中に距離が空いた。手を握ってやれば安心するかもしれないと思ったが、どうしても腕が動かなかった。

「やっぱり陽がないと寒いですね」

運転手が話し好きで助かった。速水は彼と天気や景気の話をして、静かな間を埋めていった。

早紀子は疲れた顔をして窓の外の流れる景色を眺めている。自宅からあの本屋は三駅ほどの距離だ。三店舗ほど展開しているが決して売り場面積が広いわけではなく、常連ということはないだろう。早紀子はわざわざ電車に乗ってここに来たのだろうか。最初から万引きするつもりで、それとも単に魔が差したのか。

あるいは書店以外に用があったのかもしれない。男でもいるのだろうか。だが、嫉妬よりも先に浮かんだのは娘の顔だった。

速水は生気が感じられない妻から目を背けたくなった。いや、実際はもっと前から背けていたのかもしれない。自分も偉そうに言える身分ではないのはよく分かっている。

娘が幼いころは、まだ自分が育児を手伝わないと回らない部分はあった。だが、美紀の成長に伴って、速水は段々と家庭から解き放たれていった。目の前の仕事をこなし、わずかな休日を美紀に当てることで精いっぱいだったのだ。そこに「妻の人生」が入り込む余地はなかった。

家に着くと、彼女はすぐに頭痛薬を飲んだ。寝室にはベッドが二つあったが、今やそれは妻のものだった。速水はほとんどの夜を自室に敷いた布団の上で過ごしている。二つあるうち、使わない方のベッドはシーツが敷いてあるだけで寒々しい。

早紀子はパジャマには着替えず、セーターとチノパン姿で掛布団と毛布のあるベッドに入った。速水が妻の横に膝をついて「大丈夫か?」と声を掛けると、早紀子は無言で頷いた。

互いにもう四十代半ばだ。大学で出会ったときは十九歳だった。考えてみれば、彼女を知ってからの人生の方が長いのだ。

同じサークルにいるころ、ぞっこんというわけでもなかったが、早紀子に密かな憧れを抱いていた。あのころの彼女はもっと無邪気で美しく、自信に満ちていた。速水にとっては社会人になって再会するまで、手が届かない存在だった。

早紀子から突然電話がかかってきたのは、大学を卒業してから七年、三十歳のときだ。驚くとともに嬉しかったが、残念ながらデートの誘いではなかった。

「大学生の甥っ子が出版社を受けたいらしいのよ」

速水は早紀子と彼女の甥に会って、業界の現状を詳細に話し、問題点や改善点などを面白おかしく話した。そして、狭き門を前に不安がる彼に、自分のように転職する道もあるから必要以上に心配しなくていいと励ましたのだった。

甥っ子と一緒にころころと笑う早紀子は愛らしかった。会話の中で彼氏がいないと知って、期待に胸が膨らんだ。当時、ソフトウェアの開発・販売会社に勤務していた彼女は、年相応の大人になっていた。次の日、早紀子に電話をかけた速水は、月並みに映画へ誘ったのだった。

「ねぇ」

我に返った速水は、早紀子が目を開けているのに驚いた。

「どうした？」

「このこと、美紀に話すの？」

いい年をした母親が万引きをしたなどと言えるわけがなかった。だが、早紀子の目は不安に揺れていた。

学生のころ、若さで眩しかったお嬢様の面影はない。速水はようやく妻の手を握った。

「何も心配しなくていい」

早紀子は両目に涙を浮かべ、何度も頷いた。彼女は自信を失っているのかもしれない。しかし、速水は次に掛けるべき言葉を見つけられなかった。

息苦しくなって立ち上がろうとすると、早紀子は行かせまいと強く手を握った。しばらく見つめ合っているうちに、速水は彼女の気持ちを察して戸惑った。

抱いてほしい、ということか。

彼女の頭にあるのは、壊れていく自分か、家庭か、それとも夫婦の絆か。早紀子は不安で仕方ないのだ。この状況で、夫としてできることは、寂しさを埋めてやることだろう。

しかし、速水は細い指をそっと解いた。

「途中で抜けて来てて……、行かなくちゃダメなんだ」

両目から涙が溢れる寸前に、早紀子は一切を遮断するように布団をかぶった。嗚咽が聞こえ、自分もこの場から逃げ出したくなった。

なぜ優しくできないのだろう。そう思うと同時に、速水は「何を今さら」と自嘲した。訳ならこの胸の内にある。

しばらくして速水は立ち上がった。ドアの前で振り返ったとき、危うく声を上げそうになった。

布団をかぶっているはずの彼女が自分を見ていた。

涙の涸れた目は、氷のように冷たかった。

―第三章―

1

編集局長室に入ったとき「まただ」と思った。

速水輝也は自分で眉間に皺が寄っていることに気付き、すぐに表情筋を緩めた。

「お忙しいところ、申し訳ありません」

速水が声を掛けると、デスクで雑誌を読んでいた相沢徳郎が顔を上げた。暑いのかカッターシャツ一枚だ。

「これ、なかなかおもろいな」

三ヵ月前にこの部屋で見た光景と同じだ。相沢の手には別冊の『エスプレッソ』がある。速水はデスクの前まで進んだ。

「旅のやつですか？」

「そうや。『喜びはエクスペリエンスにあり』って、流行りを突くやないか。この『習い事の成果が試せる旅』っていうのは、ワクワクするな。アトラクションみたいや」

「編集者から旅行会社に仕掛けた企画らしいですよ」

「やっぱりええ雑誌には、ええ編集者がおるな」

相沢は上目遣いで速水を見て、嫌味と分かる笑みを浮かべた。ときどき、この編集局長が自分のことを嫌っているのではないかと思うことがある。いわゆる〝専務派〟に引き入れたいのは本音だろうが、一方でこうしてマウントポジションを取りたがる露骨な男性ホルモンの分泌は、見ていて気持ちのいいものではない。

『トリニティ』も最近、特集にかつての勢いがないな」

「申し訳ありません。私もかつての活気を取り戻したいんですが、如何せん人数的にも寂しいものがありまして」

速水は、職場の人数が以前と比べ二人減ったことをにおわせたが、相沢は言い訳など聞きたくないとばかりに、雑誌に目を落とした。

「で、どないしたんや？」

今日は速水から連絡を入れて時間を取ってもらったのだが、いつものようにソファへは移動しないようだ。このまま立って話せということだろう。

「二階堂先生の連載の件なんですが」

「あぁ、取材費のことか？」

「もうちょっと何とかなりませんかね？」

二階堂大作は今、『トリニティ』で連載するスパイ小説のプロットをつくっている。主人公は警視庁公安部の捜査員で、アメリカの産業技術研究者とロシアの諜報部員、イギリスのジャーナリストと協力、または裏切り合って物語を展開する予定だ。主人公がそれぞれの国へ足を運ぶため、どうしても現地取材が必要となる。だが、昨日相沢から告げられた予算の上限は、冗談のように少ない額だった。

「これ、全部の国に行く必要あんの？」

「えぇ。ストリートビューを見て書いてくださいとは言えませんよ」

「何で？」

恥ずかしげもなく聞き返す相沢に、速水は絶句した。週刊誌の記者出身なら、現場を見ただけで言葉の選択肢が増えることは十分に知っているはずだ。「立場変われば人変わる」ということだろうが、その意識の低さに虚しさを覚えた。

「二階堂先生の筆力を信じているからです。先生なら必ず現場で読者を惹きつける何かを見つけられるはずです」

「前に蕎麦屋で飲んだときに、世知辛い世の中になったって言うたけど、つまりはそういうこっちゃ。『何か』とか『はずです』では、金は出んで」

「単行本になったら、映像化も何とかします。この小説が成功するか否かは、ここに懸かっています」

雑誌をデスクに置いた相沢は、突き出た腹の上に両手を組んで、しばらく瞑想するように目を閉じた。

「そもそもなんやけど、この小説、ちょっと長ない？」

先月の企画会議で二階堂の新連載について正式に発表し、お偉方の許可を得ていた。速水は何を今さらという思いで奥歯を噛み締めた。要するに、あるのは予算からの逆算だけで、読者の方に顔が向いていないということだ。

「しかし、社会派となるとある程度の分量は必要ですし……」

「この分量やったら、本にするときは二段組みの上下巻やろ？　速水、今の時代、上下巻なんか博打やぞ。それに『トリニティ』は月刊誌や。連載が終わるのに三年も四年もかかるような悠長な仕事しとって大丈夫か？」

「それは……、一回分の原稿量を多くして、極力単行本化を急ぎます」

「書き下ろしは無理なんか？」

「そんな！　二階堂大作ですよ！」

原稿をものにするまでの七年間を思うと、引くことはできなかった。

「俺が言うてんのは『トリニティ』が三年も持つんかってことや」

「でも、女優の永島咲の連載も始まりますし、特集のムック化と書籍化も進めてます」

「君、ひょっとして、雑誌の内容が充実してたら免罪符になると思ってるんとちゃうやろな？　二階堂先生が連載してようが、会社は潰すときは潰すで。何ぼ俺が頑張っても来年の四月や。それまでに『トリニティ』を黒字化せな廃刊。ケツは決まってるんや」

先回りして釘を刺され、ぐうの音も出なかった。相沢の言う通り、速水は大物の連載を獲得すれば、せめて刊行のタイミングぐらいまでは待ってくれるのではないかと思っていた。実際、今日はその相談で時間を空けてもらっていたが、甘かったようだ。デッドラインが動かせないなら、時間がかかる雑誌コンテンツの二次利用などほとんど意味がない。

「それと、その永島何たらとかいう女優やけど、原稿料が高いやないか。事務所から言われたんか知らんけど、しょうもない原稿を高値で買わされて。そんなんで大丈夫か?」

来月発売号から始まる永島咲の小説は、長く文芸畑を歩んできた速水から見ても満足のいく出来だった。観察力の鋭さにも驚いたが、彼女はきちんと自分の言葉で物語を紡いでいる。原稿を読みもしないで「しょうもない」と決めつける上司の老害に辟易し、いつものようにユーモアで返す気にもなれなかった。

「まぁ、そんな顔すんなや。君ぐらい人の気持ちがすくえる人間やと、俺のつらい心中も察してくれるやろ?」

「えぇ……」

「何や、さすがの速水も今回ばかりはあかんか。きっついこと言うたけど、俺もそれで追い返すほどひどい人間やないで」

速水は硬い表情のまま、含みを持たせる編集局長の顔を見下ろした。

「今週の金曜日空けといてくれ。一つええ話がある」


社内のカフェテリアから見える桜は、わずかに花びらを残すだけで若葉に覆われ始めていた。

三十代も半ばを過ぎた辺りから、速水は陽に輝く新緑を楽しみにするようになった。これから日を追うごとに鮮やかな葉桜になっていくのだろう。

両耳のイヤホンを外し、書き込みの多い冊子と電子辞書をバッグに仕舞った。今一つ集中できないのは、先ほどした相沢との話のせいだ。座ったまま伸びをした速水は、丼とコップが載ったトレイを持って立ち上がった。

午後二時半過ぎという半端な時間だが、遅い昼食や打ち合わせで八割方の席は埋まっている。食器の返却口にトレイを置いた速水は、窓際の席にいる男に目を留めた。ちょうど会いたいと思っていたので、後ろから近付いて声を掛けた。

「おまえさ、さすがに会社の食堂でエロ本読むのはまずいだろ」

藤岡裕樹は驚いて声を上げた。手に数枚の便箋を持っている。

「これのどこがエロ本なんですかっ。手紙ですよ、手紙」

藤岡と会うのは例の中華料理店での接待以来、約三ヵ月ぶりだ。タクシーの中で必死になって作家の霧島哲矢を宥めていたとき、『小説薫風』が廃刊するなど夢にも思っていなかった。

雑誌は三月末に最終号を出し、四十五年の歴史に幕を下ろした。あまりに早過ぎる撤退の決定に、作家からは相当数のクレームが入ったと聞く。部署の異なる速水自身、抗議の電話を受けたぐらいだ。実際、事態を収めるために走り回った藤岡の心労は、察するに余りある。この間、メールのやり取りはしていたが、直接飲みに行って愚痴を聞いてやることができなかった。速水も黒字化に奔走する日々だが、藤岡も畑違いのスポーツ雑誌に異動して、早くも「神経をやられている」らしい。

「で、おまえにその猥褻な手紙を送ったのは、どこの誰だよ？」

「あのね、速水さんももう四十四でしょ？　いつまで中坊みたいなこと言ってるんですか。これは読者からですよ」

速水は「読者？」と聞いて藤岡の対面に座った。

「薫風のね、長年の読者ですよ。多分、おじいさんです」

「何だ、じいさんかよ」

テーブルの上にはB4サイズの大きな茶封筒があり、そこに手紙やはがきが無造作に放り込まれている。廃刊に寄せて読者から送られてきたのだろう。

藤岡から封筒を受け取った速水は、その達筆の文字を見て息を呑んだ。

「どうしたんですか？」

「いや……。この人、俺が薫風にいたときにも手紙くれたから」

「この人って、匿名ですよ」

「筆跡に特徴があるだろ。万年筆のインクの色もちょっと変わってるし……」

「そうですかねぇ」

怪訝な表情の藤岡から視線を外し、速水は胸が早鐘を打つのを意識しながら便箋の文字を目で追った。

これまでに印象に残った作品名をいくつも挙げ、丁寧に感想を書き連ねてあった。毎月、連載が楽しみで仕方なかったこと、単行本になる前に感動を先取りできるのが誇らしかったこと。手紙には確かな誠意が込められていた。

雑誌の企画で参加した好きな作家のサイン会の後、一度だけ酒席をともにする機会があり、その際に小説家のひたむきな姿に心を打たれた、というエピソードを読んだとき、速水は瞬時、便箋から目を離していた。

サイン会に来ていた……。

「谷底を歩んでいる方が長い人生でしたが、すばらしい物語に何度助けられたことか」

という一文に、速水の指は震えた。

「その手紙を読むの、もう五回目ぐらいなんですけど、グッときちゃうんですよね」

藤岡の話を耳にしながら、速水は「長い間お疲れ様でした。そして、ありがとうございました」という最後の言葉を噛み締めた。

読者を一人、失ってしまった。それも、小説を心から愛する大切な読者を——。

「藤岡、この手紙、くんねぇか？」

「えっ？　何でですか？」

速水は言葉に詰まり、手元の封筒に視線を落とした。

「えっ、何かあるんですか、この手紙？」

「いや、理由を問われると困るんだが、こういうちゃんとした読者の声は、滅多にお目に掛かれないから」

「何か変だな」

「コピーじゃダメなんですか？」

速水が深く頷くと、藤岡は釈然としない様子で「じゃあ、俺にコピーをください」と引き下がった。

手紙をジャケットの内ポケットに入れた速水は、窓の外に目をやって動悸を整えた。葉桜が風に揺れている。いつの間にかカフェテリアの人影は疎らになっていた。

「霧島先生の原稿、面白いですね」

藤岡が空いた間を埋めるように言った。虹色石鹸とのタイアップ企画は速水自らが編集し、順調に回を重ねていた。

「スポンサーも気に入ってくれてるみたいだ。先生も上機嫌だし。あのときは大変だったな」

「それにしても速水さんのバリカン、強烈でしたね」

「もう止めてくれ。相沢さんにも冷やかされたんだから。『俺やったら、刈る髪の毛がほとんどあらへんがな』だって」

相沢のまねをして言うと、藤岡が「似てる」と噴き出した。

「確かに。この前、相沢さんの頭に埃がついてると思ったら、死にかけの産毛でしたよ」

「『死にかけの産毛』か。古いのか新しいのかよく分からんな。まぁ、面倒くさいから『どっから見てもフサフサじゃないですか』って慰めてやったよ」

「出世間違いなしですね」

「どうだか」

藤岡が湯呑みのお茶を飲んで、探るように言った。

「速水さんの雑誌、どれぐらい危ないんですか？」

「例えばここが戦場だとするだろ？　最低限持っておきたい武器って何だ？」

「ライフルに手榴弾、防弾チョッキもほしいですね」

「俺が持ってるのはバリカンだけだ」

「廃刊ですね」

二人して笑っていると、少し気が紛れた。そのまま「相沢あるある」で盛り上がり、飲みに行く日を決めた。

「おっ、ライバルのお出ましですよ」

「ライバル？」

速水が出入り口を振り返ると、ポケットに手を突っ込んだまま、気怠そうに歩く男の姿があった。だらしなく緩めたネクタイとは対照的に、髪はサラサラで切れ長な目に少しかかっている。

同期の秋村光一だ。あの男はいつ見かけても一人で、大抵は本を読んでいる。現在は経済誌『アップターン』の編集長を務めている。近くまで来た秋村は速水に気付くと、微かに頷いただけで前を通り過ぎようとした。

「いや、何か言えよ」

タイミングよくツッコんだ速水だったが、秋村がボケていないことはよく分かってい
る。昔から恐ろしくマイペースで、引くほど暗い。

「久々に同期の顔見たんだから、『元気か?』とか『金貸してやろうか?』とか、いろ
いろあるじゃない」

「離婚したんだ」

「それ、今言う?」

基本的に秋村の話は短く唐突だ。ほとんどが単語で、どんなに重要なことでもボソッ
と言う。

「いつ離婚したんだよ」

「四日前」

「ど不幸じゃねぇか」

上手に茶化したつもりだったが、秋村はうるさそうに前髪をはらっただけだった。秋
村は細身でそれほど背が高いわけではないものの、得体のしれない威圧感がある。

「まぁ、二回目だからな」

「えっ、おまえ再婚してたの?」

「うん。やっぱ、結婚ってつまんねぇわ」

「おまえは何してってもつまんなそうだもんな」

秋村は何がおかしかったのか、フッと息を漏らして笑った。いつも計算外のところで

笑うので調子が狂う。

「で、『トリニティ』はどうなんだ?」

もう結婚の話は終わりかと思ったが、これ以上触れても盛り上がらないのは目に見えていた。速水はわざとらしく顔を顰めて言った。

「もうタイタニックだよ」

「メガヒットか」

「映画の方じゃねぇよ。沈没しそうってことだよ。『アップターン』はどうなんだ」

「うちも似たようなもんだ。ろくな編集者がいない」

「相変わらず血も涙もないらしいな。知ってると思うけど、おまえ、かなり部下に嫌われてるぞ」

「おまえはだせぇほど好かれてるな」

「だせぇが余計なんだよ」

秋村が意味ありげに口の端を上げた。社内で速水の好感度を皮肉るのはこの男ぐらいだ。優等生が小バカにされたようで、胸にチクッとくる。

「じゃっ」

同期と旧交を温める気はないらしく、秋村は片手を上げると少し離れた窓際の席に座った。何も飲み食いはせず、ジャケットの内ポケットから少し丸まった文庫本を取り出して読み始めた。

視線を戻すと、藤岡がおかしそうにニヤついていた。

「何が面白いんだ？」

「いやぁ、あの人たらしでご高名な速水さんにも合わない人がいるんだって、改めて驚いてるんですよ」

「入社したころはもうちょっとマシだったけどな。年々病んでいってる。感情まで数値化してエクセルで管理してんじゃねぇのか」

同期ではこの秋村と小山内甫が週刊誌スタートだった。折り目正しい記者クラブの外でスクープ合戦に興じていたため、互いの腹の内は知り尽くしている。あのときはまだ、同じ釜の飯を食っているという実感があった。

「でもあの人、専務の覚えがめでたいみたいですよ」

「まぁ、確かに仕事はできるからな。異常な性格が幸いして新しい企画をバンバン出してくる。おまけに怖いもの知らずで、しぶとい」

「敵に回したくありませんね」

「あいつに味方なんかいないよ」

速水はもう一度秋村の方を見た。年の割には若い方だが、本を読む横顔には経年の厳しさがある。週刊誌記者だったころは、深夜になると誘い合ってよくラーメンを食べに行った。

もう二十代には戻れないという思いは、寂しさよりも胸騒ぎを運んできた。

2

憂鬱な金曜の夜がきた。

余分な肉で盛り上がった相沢の背中を前に、速水は店内を突き進んだ。都内のイタリアンレストラン。比較的客層が若く、ソファ席もあって居心地のよさそうな雰囲気だが、相沢は周囲には脇目も振らず奥の個室を目指した。速水はせっかちな関西人を地で行くこの上司を内心苦々しく思いながらも、口を結んだまま後に続いた。

相沢は個室のドア前で足を止めると、身だしなみを気にすることもなくノックした。

「はい」

想像していたより若い声がして、速水は意外に思った。

飾り気のないこぢんまりとした部屋に、細面の男が一人いた。メガネが理知的に見える顔立ちで、肌には四十代にない張りがある。

「ご無沙汰しております」

体にフィットしたスーツを粋に着こなす男が相沢に話し掛けると、如才ない様子で上座に誘った。

「いやぁ、ほんと久しぶりですねぇ」

相沢がいつものように尊大な様子でテーブルの椅子に腰掛けた。隣に座った速水は材質にこだわったであろう内装を見回して、「何だか落ち着きますね」とお世辞を口にした。

男は素直に礼を言った後、名刺を差し出した。事前に相沢から聞いていた通り、大手パチンコメーカーの社名があった。

清川徹(きよかわとおる)というらしい。少し緊張しているようにも見える。

「いきなりで何ですけど、そのメガネはかなり格好いいですね」

名刺交換をした後に速水がおどけて言うと、清川もそれに応じるようなわざとらしい仕草でフレームを押し上げた。

「ありがとうございます。でも、不思議と褒めていただくのは男の人ばかりなんですよね」

「そりゃ無念でしょう」

三人で笑っているところにノックの音がし、カッターシャツに蝶ネクタイをした男が入ってきた。日焼けした男は愛想よく「いらっしゃいませ」と言うと、メニューをテーブルに置いた。

「これ、弟なんです」

照れくさそうな清川の言葉に速水は驚いた。どうやら相沢は知っているらしい。

「そうなんですか……。全然気付きませんでした」

「よく言われます。僕がインドアで、彼がアウトドアのイメージだって。まっ、実際そうなんですが」

仲のいい兄弟らしく、第一印象で得た「如才なさ」が和らいでいった。

「俺にも弟がおるけど、そっくりやで」

「相沢さんのところは似てそうですよねぇ」

「どういう意味や」

「もちろん、ポジティブな意味ですよ」

同じ会社の人間同士で掛け合い、場のよそよそしさが和らいだ。速水はここに来るまで、馴染みのないパチンコメーカーという業種に身構えていた。もともと雑誌の黒字化に絡む話で、しかも相沢の紹介となればどんな古狸が出てくるかと戦々恐々だったが、相手が年下の好青年でひとまず胸を撫で下ろした。

清川が人数分のスパークリングワインを頼むと、弟が部屋を出た。

「清川さんはまだお若いけど、しっかりした人でねぇ。俺も随分頼りにしてるんや」

「いえいえ、相沢さんにはいつもお世話になりっ放しで」

速水が二人の関係を尋ねると、相沢が親しみを込めて清川を見た。

「俺が経済誌にいたときからの付き合いで、分からんことがあるたびに彼の研究所に連絡してたんや」

「研究所？」

清川は人材派遣やネット広告、出版など幅広い業種を手掛ける大手会社の名を挙げた。

「そこの研究所でちょっとした市場分析をしてただけです。ほんと大したことないんです」

「そうなんですか。私もひと目見たときから、市場分析をする研究者じゃないかと思ってたんですよ。もうメガネがね、分析する人のメガネだから」

「そんなに褒めていただいて、このメガネを買った甲斐がありました。私も今日お会いした瞬間に、こんなきれいなパーマの人は敏腕編集長に違いない、と」

「君ら、初対面で何をしょうもないこと言うとるんや」

相沢がツッコみ、会話に流れができてきた。清川はバッグの中から最新号の『トリニティ』を取り出すと、永島咲の写真が入ったページを開いた。来月号から始まる彼女の連載小説のイメージショットだ。

「これ、速水さんの企画ですか？」

「ええ。まぁ、実際連載を口説いてくれたのは部下なんですが」

「僕はもともと彼女のファンなんですけど、この小説すっごく楽しみです。前に彼女のエッセイを読んだことがあるんですが、文章が垢抜けてますね」

「いやぁ、それは嬉しいです！　本当におっしゃる通りで、彼女は相当の文才の持ち主ですよ」

「昔から小説が好きで、ジャンル問わず読んでるんですけど、今からワクワクしてますよ」

清川の気遣いがやや過剰に思えたものの、読書家だという彼からの評価と期待に、速水は純粋に嬉しくなった。

「恐らく、ご満足いただけると思います」

「ほぉ、そんなにおもろいんか？　こんな別嬪で文才まであるやなんて、ほんまの選ばれし人間やな」

先日、原稿料のことに難癖をつけ、「しょうもない原稿」と決め付けていたのは他でもない、この相沢だ。だが、これくらいは、二十面相を持つ怪人には朝飯前の芸当だろう。

「この前、顔合わせで彼女に会ったんですが、本当に素直なお嬢さんで。好きな作品を挙げればキリがなしで、ずっと喋ってましたよ。私も根っからの小説バカですから、かなり盛り上がりましてね」

それは紛れもなく速水の本音だった。永島咲の小説愛は本物で、たった一度の顔合わせですっかり彼女に魅了されてしまったのだ。速水は清川の方を向いて話してはいたが、一言一句を相沢へ発していた。ささやかな意趣返しであると同時に、編集長としてのアピールでもあった。

清川の弟がスパークリングワインを持って現れ、生ハム、トリッパ、パスタなどの皿を手際よくテーブルに並べていった。彼が去った後、速水たちはそれぞれグラスを掲げて乾杯した。

「清川さんはもともと、パチンコ業界に詳しかったんですか？」

速水の問い掛けに、清川は首を振った。

「いえ、実を言うと、パチンコは数えるほどしかしたことがないんです」

「要するに、彼はヘッドハンティングされたんやな」

トリッパに手をつけようとしていた相沢が、初対面の二人の会話にトスを上げた。

「ヘッドハンティング？」

「そんな格好いいものじゃないですけど、パチンコ業界に関するレポートを書いたことがあって、たまたま今の会社の人間が気に入ってくれた、という流れです。それで三年前に思いきって」

「パチンコって、私らと違って景気がよさそうですよね。だって二十兆とか三十兆円の市場規模でしょ？」

「いやぁ、実際は悠長なことは言っていられない状況でして。そもそも内需産業ですので、人口減少とともに自ずと売上は落ちていきますし。それに、我々の業界が抱える特殊な事情も手伝って、常に荒波の航海ですよ」

パチンコ業界が抱える特殊な事情というのは一つしかない。それはパチンコが「ギャンブル」ではなく、「遊技」と位置付けられていることだ。刑法で禁じられている「賭博」ではないので、客が得た出玉は直接換金できず、一旦景品にしてから金にする、という建前のもとに成り立っている。速水は心得た顔で頷き、先を促した。

「パチンコ依存が社会問題化するたびに、批判の矛先は業界だけでなく、主管の警察にも及びます。アタリかハズレか、つまり偶然の利益を当てにする気持ちを射幸心と言いますが、パチンコ業界の核ともガンとも言えるのが、この射幸性です」

「それは聞いたことがあります。警察の規制強化と緩和で景気が左右されるという」

「まさにおっしゃる通りです。やっぱり、当たりやすいパチンコ台が出ると、売上が伸びるんですよ。結果、射幸心を煽られて、大損をしてものめり込む人が出てくる。そのたびに警察が『射幸性を下げよ』と言って締め付けるわけです。九〇年代半ばにパチンコが社会問題化したときは、人気機種を自主撤去することになって、参加人口が一千万人減ったというデータがあります」

「一千万人ですか？」

「ええ。全体の三分の一です。でも、その後もパチスロ機で当てて息を吹き返したんですが、結局警察が規制して熱が冷めて、その繰り返しなんですよね。輸出の見込みがない以上、今後は市場規模が縮小の一途を辿りますから、業界としても何とか手を打たなければならないというわけで」

「そこで、ヘッドハンティングや。ここ四、五年かな。広告代理店とかゲーム会社、出版なんかから人材を集めてるんや」

　割って入った相沢が、うまそうにスパークリングワインを飲み干した。速水はテーブルの上の名刺に視線を落として言った。

「清川さんがいらっしゃる、このコンテンツ企画部という部署は、具体的にどんなことをしていらっしゃるんですか？」

「ここ数年、特にアニメの世界へは積極的に働きかけていますね」

「アニメですか……。ちょっとイメージが湧かないなぁ」

弟に代わって女性店員が注文を取りにきたので、ドリンクをウイスキーやワインなどに替え、追加でカキのソテーなどを頼んだ。相沢は腹が減っているのか、店員が下がるとすぐにパスタに手をつけた。

「先ほどの話ですけど、パチンコメーカーが自前でアニメ制作をしてるんですか？」

「している会社もあります。アニメや、あと映画ですね。ノウハウのある制作会社を買収して子会社にするといった形で。でも、うちの会社もそうですが、大抵は製作委員会に出資するところから始めます。さっきヘッドハンティングの話が出ましたが、少し前まで私たちにはテレビアニメや映画の製作委員会に入るのに伝手がなかったんです。だから、業界の通行手形を得るために人材を集め、どんどん橋を架けていきました」

清川の言葉の裏に、パチンコ業界に対する世間の警戒心が見てとれた。

「これには本業に流れを持って来るという狙いもあります。製作委員会の主幹事――アニメ放映を企画して、出資する会社を集める側――のことですが、この主幹事になるとパチンコ台にしやすい」

「ちょっと疑問なんですが、主幹事にならないとパチンコ台にはならないんですか？」

「いえ、製作委員会と原作者がOKしてくれればいいんですが、必ずしもそうはいかないというか……」

清川は気まずい顔をしてナプキンで口を拭いた。

「殺生なこっちゃで。同じ製作委員会でも、DVDが売れればDVDメーカーが儲かって、おもちゃが売れればおもちゃメーカーが潤う。パチンコメーカーはパチンコ台にならんと利益につながらんから、金だけ取られてサヨナラっちゅうわけや」

相沢の言い方には身も蓋もないが、実際そういうことなのだろう。

テレビのアニメーションは無料放送で、映画のように出資比率による配収があるわけではない。テレビから映画になるようなヒット作がなかなか生まれないのは、速水も知っている。

「ということは、製作委員会の一員としてお金を出していても、パチンコ台にすることを断られるってことですか？　それじゃあ、何のために出資するんです？」

「もうこの際だからはっきり言いますけど、私らは嫌われ者ってことです。もちろん、いろんな背景を抱えてはいるんですが……。それでも、新参者として頭を下げて、少しずつ人脈を広げていくのは、決して無駄なことじゃないんです」

「健気な人だなぁ」

「あぁ、何かすみません。でも、私らの業界はきれい事では済まない側面もあるので。まっ、それはさておき、人脈が無駄じゃないというのは負け惜しみじゃなくて、ちゃんと理由があるんです」

清川はそこで一旦グラスを手にし、届けられたばかりの白ワインで喉を潤した。

「私たちは自分たちでコンテンツを生み出したいんです。個人的には、コンテンツ産業として生まれ変わりたいと思ってます」

いきいきと語る若者を見て、長年ものづくりに携わってきた速水は好感を持った。

ネットが社会インフラとして盤石となる中、あらゆる産業が過渡期を迎えている。エンタメ業界も出版やテレビといった「ハコ」が絶対のものでなくなり、より視聴者や消費者に近いところでの創造が始まっている。

或いはパチンコ業界は脅威になるかもしれない。だが一方で、熱意だけではどうにもならないことも容易に想像がつく。

「でも、二十兆、三十兆円市場に代わるものは簡単にはつくり出せないでしょう？」

「もちろん、完全に取って替わるというのは、現状厳しいと思います。しかし、一からコンテンツをつくり出すことは、本業にとっても大きなメリットになります。例えば、人気漫画をパチンコ台にして爆発的にヒットしたものがいくつかありますよね？　その場合は莫大な版権使用料が必要になるんです。でも、自前でつくったものをパチンコ台にするなら、版権はこっちのものです」

「ようさん金を出してても、版権を持ってる側が『あれ嫌、これ嫌』と言うてきたら、全部呑まなあかん。その点自前のもんやったら、そんなストレスから解放されるわけや」

事情はよく分かったが、ビジネス先行の話は、どうしても作者のこだわりがないがしろにされそうで、速水は共感できなかった。そんな思いが表情に出ていたのか、清川は言い訳するように言葉を継いだ。

「いい加減なものをつくる、ということでは決してありません。まずは良質なコンテンツで社会現象を巻き起こさないと、結局台にしても当たりませんから。ですから、コンテンツをちゃんとやろうぜ、というのがいの一番です」

ここにきて、速水はなぜ相沢がここへ連れてきたのかということが不安になり始めた。もともとは雑誌の黒字化にまつわる話だったはずだ。パチンコメーカーから広告をいただくのなら、座席の上下が逆だ。その前に、カルチャー誌のイメージ、メーカー側の宣伝効果を考えると、『トリニティ』にパチンコ台の広告が載ることはない。

そこまで考えて、速水はハッとした。自分が接待されている可能性に気付いたからだ。胃が浮くような感覚がして落ち着かない。

「新しい形をつくろうという風が吹いた方が、コンテンツ業界にとってはいいと思うんです……」

熱弁する清川に目を向けながらも、速水はさりげなく相沢の様子を窺った。機嫌よく相槌を打つその横顔には、腹黒さが染み付いたような笑みが浮かび、相変わらず胸の内は読めない。

速水は内心を悟られないように気を付けながら、清川とは付かず離れずの距離を保った。

不安の度合いが増す中でも酒と料理は順調に進み、デザートを頼む段まできた。

「どうや、なかなか熱い若者やろ？　さっきの話にもあったけど、カルチャー誌の編集者もまた、人脈や」

表面を撫でるようでいて意味深な言葉に、速水は何らかの合図を感じ取った。ここからが会合の本題だと察し、お冷を口にした。

「いろいろ余計なことをお話ししてすみませんでした。最近は特にままならないことが多くあって……」

「近ごろの規制強化がだいぶきつかったみたいで、業界の景気が冷え込んでるみたいなんや」

「偉そうに夢を語ってきましたけど、会社における私のポジションは、あくまで先行投資の対象ということで、余力がないと身動きがとれないんです。つまり、本業がうまくいってこその存在というか」

先ほどまでとは打って変わり、神妙な表情を浮かべる清川を見て、速水は戸惑った。この話が自分とどう関わりがあるというのか。

「でも、逆風が吹いている今だからこそ、真価が問われるんだと思うんです。今日、私は速水さんの優れた経済感覚やものづくりに対する情熱を目の当たりにして、やっぱりお仕事をご一緒したいと、思いを新たにしました」

一緒に仕事をする……。それは全くの死角で、速水はとっさに言葉を返せなかった。

不自然に持ち上げられていることに、経験値が警報を鳴らす。

「正直に打ち明けますと、アニメの製作委員会に入るにもお金がかかります。当たりそうな作品なら尚更です。でも、パチンコ台になる保証もない。一方で自らコンテンツをつくっていくノウハウもない。あるのは、現状を変えたい、何かをつくり出したいという強い思いだけです」

清川はそこまで一気に話すと、短く息を吐いた。それはやや、芝居がかっているように見えた。

「相沢さんから、速水さんは二階堂大作先生に最も信頼されている編集者さんだと伺いました」

「二階堂先生？」

意外な名前が出てきて、速水は動揺した。二階堂は麻雀はやってもパチンコはやらない。相沢もそれは知っているはずだ。視界が開けず、動悸が速まった。

「私は二階堂先生の『忍の本懐』シリーズの大ファンでして……」

それを聞いた瞬間、速水の前にかかっていた靄が晴れていった。『忍の本懐』は二階堂が一九八〇年代に書いた傑作忍者小説だ。展開の速さと癖のある登場人物、何よりアクションシーンが満載で、第一作発表後すぐにベストセラーになった。それからシリーズは七作を数え、時代物も書ける作家として、二階堂の幅広さを証明した作品群だ。

キャラクターが立ち、派手な忍法を駆使する物語はまさしく映像向けで、それすなわちパチンコ台としても映えるということだ。当時、夢中になって本を読んでいた少年たちは、今や立派なミドル層になっていて、パチンコホールに呼び込むには願ってもない年齢層である。だが、清川の狙いには、最も肝心な点が抜け落ちている。

「清川さん、確かに私は二階堂先生にかわいがってもらっていますし、『忍の本懐』シリーズは薫風社刊です。でも、このシリーズは、先生が映像化を認めていらっしゃらないんです」

当初、連続ドラマ化の話もあったが、制作陣のあまりの士気の低さに激怒した二階堂は、現在に至るまでこのシリーズだけは映像化を認めないでいる。作者が「映像が作品の世界観に迫ることは不可能」と公言している以上、覆すことは簡単ではない。

「君にしかできひんことやから価値があるんや」

既に根回しは済んでいるということだろう。赤ら顔の相沢が清川の援護射撃をする。

「先生には先日、スケジュールに無理を言って連載を引き受けてもらったばかりです。ああいった大物作家は一つの借りが非常に重たいものになるので……」

「それは重々承知しています。ですから、私も手ぶらで来たわけではありません。もし、先生を説得していただければ、『トリニティ』の新連載の取材費に一千万円出します」

「一千万……」

確かにアニメの製作委員会に何億と出資するよりは安上がりな話なのだろう。だが、小説の取材費で一千万円の現金支給など聞いたことがない。その金があれば心ゆくまで海外取材ができる。費用について、二階堂にどう言い訳をしようか頭を抱えていただけに、速水の心は激しく揺れた。

「しかし、映像化を通り越してパチンコ台になるというのは、いくら百戦錬磨の二階堂先生でも心がついていくかどうか……」

「『伝説のシリーズ遂に映像化』と、話題性も十分でしょうから、会社への交渉次第ではテレビアニメにできるかもしれません」

「アニメですか？」

「ええ。スケールの大きい物語なので、これはもうアニメの得意分野です。仮に放映がダメでも、パチンコ台用のアニメをつくろうと考えています」

「アニメですと、ますます先生とは縁遠いというか。実写は考えていらっしゃらないんですか？」

「会社に映像化を押し込むときは、常に新台の実現性を求められます。実写ですと、クリアしなければならない役者の肖像権の数が半端ではありません」

結局ビジネスじゃないか……。一千万円はあまりに惜しく、断れば相沢の顔を潰すことにもなる。しかし、こんな話を二階堂にすれば、それこそ信頼関係が瓦解する恐れがある。言い訳を捻出しようと頭をフル回転させているとき、相沢が速水の肩にポンと手を置いた。

「取材費だけやないでぇ」

速水が隣に視線をやると、相沢が対面の清川に笑いかけた。

「よろしければ『トリニティ』さんに広告を出稿できないでしょうか？」

「広告ですか？」

速水が曖昧に首を振ると、清川が胸中を見透かすように補足した。

「もちろん、パチンコ台の広告ではありません。うちのグループ傘下に、家族向けの温泉施設と若者向けのアミューズメント施設があります。その両方を全面広告、年間契約ということでいかがでしょう？」

カルチャー誌は広告がつきにくく、しかも年間契約の全面広告とあらば、喉から手が出るほどほしい。頭のそろばんが「五千万は堅い」と弾き出す。短期的に黒字化するには、これが最後のチャンスかもしれない。

雑誌の存続か、二階堂との信頼関係か。

「広告は単年とは限らんで」

編集長の心理を知り尽くした相沢の囁きに、速水はグラッときた。編集局長自らがそう言うなら、廃刊のデッドラインを引き直す、と考えていいのか。

「速水さん、どうか末永く、よろしくお願いいたします」

二人に畳みかけられ、速水の困惑が蜘蛛の糸に絡まった。もがくほどに「一千万円」と「全面広告」「年間契約」という言葉が心に食い込み、四方どこを向いても太い糸を断ち切る刃がなかった。頭では分かっている。これに取って代わる増収策などない、と。

そして、深々と頭を下げる清川を見ているうちに、スーッと糸が解けていった。容疑者が自白する瞬間はこんな心境なのかもしれないと、他人事のように思い、テーブルに両手をついた。

「こちらこそ、よろしくお願いします」

破顔した清川がほっそりとした手を差し出した。握手に応じた速水の頭に、二階堂の冷ややかな視線が浮かんだ。

3

五月の心地いい風に吹かれたとき、食欲をそそる炭火のにおいが鼻孔をくすぐった。速水の足取りはいつになく軽かった。

長い庇の先に紺色の暖簾がかかる、古い日本家屋の二階建て。一階の正面は戸が取り払われ、店先には販売用のうなぎが並ぶ。近くにある透明の仕切りの向こうで、厨房白衣を着た店主が蒲焼の串を手にしていた。速水が声を掛けると、店主は顔に深い皺を刻んで「ご無沙汰しておりますっ」と元気よく挨拶した。十五年ほど通っているので、速水のことをよく知っている。

「お連れさま、もう来られてますよ」

店は質素で狭い。だが昼時とあって、この下町のうなぎ屋はお年寄りを中心に賑わっている。高杉裕也は速水が取っておいた一番奥のテーブルにいた。律儀に下座に着いているため、華奢な後ろ姿しか見えない。約束の時間まで十分と少しある。

「高杉さん、奥座ってくださいよ」

速水が声を掛けると、高杉は驚いたように振り向いて「いえいえ」と恐縮して手を振った。

「でも、こっちが落ち着きませんから」

若者を上座に追いやった後、特上のうな重と肝の吸い物、瓶ビールを頼んだ。

「お忙しいのに、ほんとすみません」

速水がビールを注ぐと、高杉がかしこまって頭を下げた。この小説家が、将来大物になるかもしれないと思うと愉快だった。

「いえいえ、こちらこそ、不義理をしてしまって」

二月に高杉からメールをもらった際に会う予定だったが、速水に別件ができてしまい、その後電話で『小説薫風』廃刊の事情を話したきりになっていた。改めて高杉から時間をつくってほしい旨連絡があったので、速水は作家とよく行くうなぎ屋を指定したのだった。

「その後、関根からは連絡がありましたか?」

関根は『小説薫風』の編集者だった男で、高杉に連載執筆の依頼をしていた。

「えぇ。丁寧に説明していただきましたが、今後につながるような話は……」

「そうですか……。申し訳ありませんでした。我々会社の人間も寝耳に水といった感じで、混乱しているところがありまして」

　店主が予め準備してくれていたので、気まずい会話を最低限で済ませることができた。特上はさすがにうなぎが分厚く弾力がある。高杉も箸を動かしている間は、頬を綻ばせていた。今年三十三になるはずだが、パッと見は学生のようだ。無言のうちにお重を空にし、肝の吸い物を飲み干した若い作家は、まだ物足りなそうな顔をしている。速水は追加で白焼を注文した。

「すみません。普段、こんなにおいしいもん食べられないんで」

「何を言ってるんですか。白焼で未来の売れっ子を確保できるなら安いもんですよ」

　白焼を突き、ビールをちびちびやりながら、速水は高杉の話に耳を傾けた。

「デビューした年はそんなに気にならなかったんですけど、最近は文学賞の記事をネットで見るたびに焦ってきて」

「高杉さんは丸三年でしょ。これからの人じゃないですか。プロ同士の戦いなんですから、候補に挙がるのも狭き門ですよ」

「もちろんそうなんですけど、僕、新人賞の方も気になるんですよね。後から出てきた人に抜かれるんじゃないかって」

　素人を対象にした公募型の「新人賞」とプロを対象とした「文学賞」では、当然ながらまるでレベルが違う。たまに新人賞受賞と同時に即戦力になる新人もいるが、大抵は地道に作品を発表し続けて地力をつけていく。

小説家は孤独な職業だ。それ故に「文学賞」での評価は大きな励みであり、また読者に知ってもらうためのチャンスにもなる。プロとして三年を経た高杉がそれを意識するのは当然だが、「新人賞」に心の平静を乱されるのは後ろ向きでしかない。

「賞の数だけ新人が出てくるんですから、気にしても仕方ないですよ。少なくとも私は、高杉さんが大きな作家さんになると踏んでますから。そうでないと、こんな分厚いうなぎなんか食べさせませんよ」

高杉がホッとしたような笑みを浮かべた。その表情を見て、速水も少し気が楽になった。

高杉は三十歳のとき、他社の大手出版社が主催する新人賞を取ってデビューした。第一作は女子プロ野球、二作目は女子競輪を取り上げ、業界内での評価は高かった。どちらの競技も過去に廃止の憂き目に遭い、最近になって復活したという経緯があって、ドラマの背骨としては太いものがある。

速水はその着眼点のよさと生真面目に資料に当たる姿勢、細やかな心理描写に可能性を感じて高杉と連絡を取り、『小説薫風』の編集者に紹介したのだった。

「三作目は大事だと思うんです」

高杉が真っ直ぐに速水を見て言った。そして、ビールの入ったコップを握り締めたまま、しばらく言葉を選ぶように黙った。

「デビューしたときは四社から連絡が来て、純粋に嬉しかったんですけど、それで安心してしまった面があると思います。でも、それがいけなかったんだと」

「いけなかった？」

「もっと必死に食らいつかなきゃダメだった。でも、当時は編集者さんの話を聞いているうちに、何でも書けそうな気がして……」

作家を乗せて原稿を書かせるというのが、編集者の仕事の第一歩だ。作家本人にはまず、気が滅入るようなことは言わない。速水は少し居心地の悪さを覚えた。

「本が発売されると同時に会社も辞めて、そのときは希望しかなかったんです。でも、デビュー作が売れなくて、二作目は初版部数も減って、書店からすぐに消えてしまいました。売れたわけでもないのに、本当にあっという間に平積みの棚からなくなったんです」

「それは……、こちらにも責任の一端があると思います」

速水は暗い顔をする作家にフォローも兼ねて販売システムについて説明した。

出版社と書店をつなぐ取次に預けた本については、そのまま売上としてカウントするが、売れずに返本された分については売上から差し引かねばならない。その返本分の損失を、新しい本を出版することで補塡する——最近は緩やかになってきているものの、次々と本を出すことで損失を埋めていく自転車操業のような状態が続いているのだ。

これにより、本が売れないにもかかわらず出版点数だけが増え、高杉が言うように書店にある本が次々に入れ替わるという状況に陥っている。市場規模のピークである約二十年前と比較しても、書籍の新刊点数ははるかに多い。

「編集者として、こんな事情を作家に話す日が来るとは思いもよりませんでした。出版社の人間として情けない限りですが、しかし、もうごまかしが利かないところまで来ているのが現状です」

高杉は力が入らない様子でコップを持ち上げ、ビールをひと口含んだ。

「速水さんには感謝してるんです。僕が会社を辞めようかと編集者さんに相談したとき、速水さんだけが『辞めてはいけない』とはっきり教えてくれましたから。でも、当時の僕は何だか浮ついていて、その言葉が耳に入りませんでした」

若々しい顔に疲れが差すのを見て、速水は高杉の経済状態が相当悪いのではないかと察した。

「今さらですけど、街にいる人はみんなスマホを見てるんですよ。あれでゲームやってる人や漫画を読んでる人は見たことあるんですけど、小説はない。一度もですよ」

「我々にとっては厳しい時代ですよね」

「そんな、タダで遊べるようなくだらないゲームに貴重な時間を使って……。みんな本当に何にも考えてないんでしょうね」

高杉は珍しく強い口調で話した後、バツが悪そうに笑った。感情的になったことに、恥ずかしさを覚えたようだ。だが、速水にはその気持ちがよく分かった。丁寧につくられた小説が見向きもされず、ゲームにしろ、動画にしろ、安くてお手軽な時間潰しにシェアを奪われ続けている。

しかし、それが現実なのだ。ここで何か捻り出さなければ、小説が人々の生活の中から消えてしまう。うなぎを肴に愚痴をこぼしている場合ではない。どうすれば小説を手に取ってもらえるのか。

「実は他社でも一本、長編の連載予定があるんですが……」

速水は高杉の声で我に返った。無意識のうちに一人で考え事をしていたようだ。

「それはどの雑誌で？」

高杉が大手の文芸誌の名を口にし、速水は「あぁ」と漏らして頷いた。

「編集者とうまくいかずに、企画が前に進まないんです」

「うまくいかないのはどの辺りですか？」

「編集者の言うことを汲み取ろうとするんですが、よく理解できないんです。僕もあやふやなままプロットを修正していくんで……」

「それはよくないですね。きちんと話し合った上で進めた方がいい。書きたい気持ちは分かりますが、作家と編集者が違う方を向いて仕事を進めると、ろくなことがありませんから」

「そうですよね。方向性が見出せないのがつらいです」

その社は初版五千部以下の小説は出さない、と聞いたことがある。連載の段階でかなり篩にかけるのだろう。だが、速水はまだ言うべきタイミングではないと判断し、そのことを告げなかった。

昼の時間帯ということもあり、瓶を二本空けた後に上がりをもらった。若手作家の苦しい現状を目の当たりにし、速水の胸の内は鬱々としていた。

「あのっ、こんなことお願いしていいのか、分からないんですけど……」

三十過ぎの男がもじもじとしているのがおかしく、速水は笑って先を促した。

「さっき言った編集者とはどうしても気持ちが乗らなくて、実はここのところずっと『小説薫風』で連載予定だった作品のプロットを直してたんです」

「結局、書きたいという気持ちが、一番大切だと思いますよ」

「ええ。で、やっぱりこの話は世に出したい、と強く思うようになりまして。速水さん、一度プロットを読んでいただけませんか？」

「もちろんですよ。新しい物語と最初に出会えるのは編集者の喜びですから」

作家が大切な作品を自分に託してくれることが嬉しかった。

高杉は相好を崩すと、バッグの中から封筒を取り出した。中にはそこそこ厚みのあるA４用紙の束があった。速水はなるほど今日の目的はこれか、と理解した。高杉は一枠しかない『トリニティ』の連載を狙っているのだ。

「貧困をテーマに書いてみたいと思ったんです」

「それはまた、がらりと変わりますね」

「自分が置かれてる不安定な状況もあるんですけど『格差』って言葉を具体的にしたくて」

先ほど三作目が勝負だと言っていたのは本気のようだ。

「ありがとうございます。楽しみです。これ、必ず読ませていただきますんで」

速水がプロットの用紙を封筒に戻そうとすると、高杉は「あっ」と言って右手を前に差し出した。

「厚かましいんですけど、もし、今お時間があれば読んでいただけませんか？」

表情にいつもの気弱そうな笑いを残しているものの、速水には高杉の切羽詰まった様子が伝わってきた。口約束のいい加減さを警戒する気持ちも感じ取り、きちんと両手でプロットを持った。

「ネットニュースで生活保護を受けている元弁護士がいたっていう記事を見て、それで自分の中でどんどん話が膨らんでいって……」

速水は生返事をしつつ、プロットに意識を集中させた。元弁護士を食い物にした貧困ビジネス。生活保護費を彼らに奪われ、半ば監禁されていた二畳の部屋で、弁護士は孤独のうちに死んでいく。だが、弁護士が抵抗もせずに死を受け入れたのには理由があった――。貧困だけではない。詐欺と紙一重に税金をごまかす富裕層の存在を結び付け、現代社会の「格差」を浮き彫りにする。

頭の中で登場人物が動き始め、興奮が高まっていく。速水は心中で膝を打った。決して目新しいテーマではないが、社会のより深いところへ潜ろうとする作家の強い意志を感じた。

これはものになる――。

「高杉さん、いいですよ！」

「本当ですか！」

不安げな高杉の顔が一瞬で明るくなった。

「是非、世に出しましょう！」

「ありがとうございます！」

面白い小説の原石を見つけられたことにくわえ、まず、自分にプロットを預けてくれたことに速水の胸は高鳴った。だが、次なる一手が具体的に浮かばず、もどかしさに唇を噛んだ。

「ただ……『トリニティ』の連載枠がしばらく、空きそうにないんです」

「あぁ……」

高杉は落胆を隠さず低い声を漏らした。速水も『小説薫風』廃刊の痛手を実感した。

「でも、何か手は考えます。一緒に乗り越えましょう。今、大金持ちに一矢報いることができるのは『パナマ文書』とこの小説だけですよ」

高杉の笑い声を聞いて、速水も少し胸の支えが下りた。だが、目の前にいる線の細い青年を見て、本当にこの社会派作品を書き上げられるだろうかと疑念を抱いた。数年前なら自信を持って黒い予感を払拭できただろう。だが、今の速水にはそれが難しかった。

編集部に戻ったときは、夕方近くになっていた。

ドアを開けた瞬間、速水は室内に漂う不穏な空気を察した。自らの席に着く高野恵の隣で、興奮した様子の中西清美が仁王立ちしている。室内にいる他のスタッフが、遠巻きにその様子を眺めていた。

副編集長の柴崎真二と目が合うと、彼は西洋人のように肩をすくめた。手に負えないようだ。

「なかなか気持ちのいい空気が流れてるじゃないか」

誰一人笑わなかったので、速水は相当こじれていると分かった。リングに上がっているのは間違いなく恵と中西だ。レフェリーが務まるのは、編集長の自分だけだろう。この場で話し合いは不可能だが、かと言って外に連れ出してつかみ合いの喧嘩になっても困る。

デスク席に着いた速水は空いている会議室を押さえ、当事者の二人を連れて編集部を出た。階段を上がっているとき、無言の後方が気になったものの、話し掛けたところでまともな返事があるとは思えなかった。

一番小さな会議室だったが、三人ならほとんどの部屋は広く感じる。机と椅子は全て物置きに収納されていたので、速水はパイプ椅子だけを取り出して三角に並べた。

「で、何があったの？」

気軽な様子で水を向けても、二人とも目を伏せて口を開こうとしなかった。速水は嘆息したいのを堪えて指を鳴らした。

「久しぶりにマジカルバナナでもするか」

軽快に手拍子を始めたものの、クスリともしない二人を見て、速水は静かに手を膝の上に置いた。続いて年次の高い中西に目をやって、話すよう促した。

「久谷先生の担当は私ですよね？」

速水の頭に久谷ありさの気の強そうな顔が浮かんだ。速水と同世代の恋愛小説家で、二十～四十代の女性読者に根強く支持されている。以前、文芸にいたときに半年だけ担当したことがある。

現在『トリニティ』ではエッセイを書いてもらっているが、歯に衣着せぬ物言いで評判がいい。若干過激だった回もあり、これまで二度ネットニュースになったが、いわゆる「炎上」には至らなかった。

また作家絡みか――。一月に霧島哲矢の件があり、『小説薫風』の廃刊の煽りも受けている。今年は小説の線が鬼門なのかもしれない。

「確かに担当は中西だ」

「ですよね？　そこが最も重要だと思うんです」

大きな目を剝く様は純粋に怖かったが、速水は微笑を浮かべて頷いた。

「今日、久谷先生からメールをいただいたんですが、宛名が『高野恵さま』になってたんです」

話の先が読め、これは厄介なことになりそうだと思った。

「皆まで言いませんが、メールの中身は私の悪口でした。別に自分のことを悪く言われたからどうのこうのと言うんじゃないんです。高野さんは担当の私に黙って連絡を取り続けて、しかも、陰でこそこそと原稿までチェックしてたんです」

速水は重々しく唸りながらも、これは相当な悪口が書いてあったんだなと推察した。

「明らかなルール違反ですよね？　でも、これだけじゃないんです」

「えっ、まだあるの？」

速水は軽い調子で相槌を打ち、中西の怒りのボルテージを下げようと試みたが、あまり効果はなかった。

「久谷先生と高野さんは、二人して担当替えを画策してたんです」

「画策なんてしてません」

恵はきっぱりと言ってから、ほんの少し笑いを含んだ視線を速水に向けた。自業自得だが、男女の関係を盾に取られているようで居心地が悪かった。

「じゃあ、あのメールは何なの？　次の小説の話を進めてたじゃない」

「あれは、次作のテーマについて相談を受けていただけです。まだあの原稿をうちにいただけるかどうかも分かりませんし」

「だからその相談を受けるのは、本来私じゃない。仮にあなたに連絡がいったとしても、私にひと声掛けるべきじゃない？」

「実際に企画を動かすならお声掛けしますけど、テーマを決める段階だったら、どの編集者に相談するかは作家の自由じゃないですか？」

「お声掛けしますけどって、その物言いが既にあなたの傲慢な意識を表してるよね？」

「言い方が悪かったのなら謝ります。でも、私は久谷先生の担当になろうなんて思ったこともないですし、中西さんを出し抜こうとしたこともありません。連絡が来たから相談に乗った、それだけです」

　恵は先輩に対して一歩も引かない構えのようだ。速水はベッドの上で「中西さんみたいにはなりたくないの」と言っていた彼女の声を思い出した。

　半年前『トリニティ』の編集部で久谷の誕生日会を開いたとき、恵が久谷の大学の後輩でサークルまで同じだったことが分かって意気投合したのだ。中西が面白くなさそうだったので、そのときから一抹の不安はあった。

　登場人物の女性三人には、それぞれ非がある。とりわけメールを誤送信した久谷の罪は大きいが、恵もひと声掛けるべきで、中西も大人の対応をすればよかった。

　反りの合わない女二人に握手させることは無理でも、せめて仕事に支障を来さない程度の関係を保ってもらう必要がある。

「中西さ、その久谷先生のメールには返信したの？」

「いえ、まだですけど」

「高野の方は？」

「私には連絡が来ました。『間違って送ってしまった』って」

口を開けた中西は言葉を呑み込んで、腹立たしげに脚を組んだ。

固定ファンがついている久谷は、新刊の重版が期待できる貴重な作家だ。『トリニティ』の連載原稿をまとめれば、彼女自身初となるエッセイ集を発売できる。それに美人作家の評判に違わず見栄えがするので、雑誌のちょっとした企画にも登場してもらっている。何があっても久谷の機嫌を損ねてはならない。

恵が担当になってくれれば丸く収まるが、持っていき方が難しい。

「今さら言葉を選ぶのもどうかと思うから単刀直入に聞くけど、中西は久谷先生の担当を続けたいのか？　つまり、久谷先生と一緒に本をつくっていきたいか？」

中西は少し考えた後、力なく頷いた。

「こういう状況になっても、担当でありたいんだな？」

「でも、久谷先生の気持ちが一番大事じゃないかって思うんです」

「いや、そんなことは聞いてない。熱意の問題だ。作家は編集者の熱意に敏感な生き物だ」

「熱意と言われると、正直よく分かりません」

速水はわざとらしくため息をついた。少し間を置いてから恵を見た。

「高野はどうだ？」

「私は久谷先生と一緒に仕事をしたいです」

それを聞いた中西は鼻で笑った。

「永島咲の連載も始まったし、特集もある。大丈夫か？」

「八月号の特集を別の人に振ってください。もし、久谷先生のエッセイ集を早めに出すんなら、何本か書き下ろしをお願いしなくちゃダメですし、ＰＲの方法も考えます」

ただ機械的に働いている中西とは違って、恵は数字のこともきちんと考えている。勝負ありだが、この場で告げるわけにはいかない。速水が締めの言葉を考えていると、中西が恵の方を向いた。

「その特集、私に振ろうなんて思わないでね」

恵は返事をせず、それどころか中西の方を見ようともしなかった。中西の顔が再び憤怒に歪んだが、悔しさのあまり目が潤んでいた。

「……。とりあえず、担当の件は時間をくれ」

立ち上がろうとすると、恵が手を前にして呼び止めた。

「あのっ、『待ち会』どうします？」

「『待ち会』……。あっ、明日選考会か！」

明日は大手の出版社が主催する文学賞の選考会がある。歴史ある賞で、過去にはミステリーからSFまで幅広い作品が選ばれている。久谷の恋愛小説が候補に挙がっていたのをすっかり失念していた。

待ち会とは、賞の選考会の間、作家と担当編集者たちが酒場やカフェなどで結果を待つ会合のことだ。通常は候補に挙がっている本の版元編集者と作家が、次の小説の打ち合わせや雑談をして過ごす。

「久谷先生の候補作は薫風社のじゃないだろ？」

「ええ。でも、みんなで飲む方が面白いからって、他社の担当にも声を掛けてらっしゃるみたいです」

速水は中西を見たが、彼女はそれすら知らなかったようだ。時間のクッションを置くことなく、判断を迫られることになった。状況は恵を指差している。しかし、着地を間違えれば、火種を残すことになる。雑誌づくりは実態があってないようなものだ。

明日、どちらを待ち会に送ればいいのだろうか。

4

襟元の汗を拭ってからジャケットを羽織った。

一つ息を吐いてから引き戸を開けた。注目が集まり「あれ、速水さん」「編集長自ら」などと声が掛かる。速水はカウンターの中にいる洋装のママに目礼し、靴を下駄箱に入れた。

「ちょっとお待ちしてましたよ！」

ゆったりとしたL字型カウンター。その真ん中に座っている久谷ありさは、完璧な化粧を施した顔を綻ばせた。自分が来ることは恵から聞いていたのだろう。

他社の編集者が五人。一人若い女性がいるが、彼女以外は長い付き合いだ。今日は貸し切りなので、皆広い間隔で腰掛けている。カウンターは掘りごたつのようになっていて、一番端の席に着くと、速水はママから温かいおしぼりを受け取った。

三十代半ばのママは昔銀座のクラブに出ていたが、多くの顧客をつかんだことから三年前に独立し、二階建て日本建築のバーを開いた。明るい性格だが出しゃばらず、何より美人なのでおっさん連中のファンが多い。文壇ではエンタメ系作家がよく出入りしている。

「薫風社さんって、今どなたが久谷先生の担当をしてらっしゃるんですか？」

『トリニティ』の内情を知らない他社の中堅編集者から尋ねられると、速水は何食わぬ顔で「そりゃ全社員ですよ」と言って笑わせた。文芸にも一人担当がいるが、今は別の候補作家の待ち会だ。

「速水さんって一日に何回嘘つくんですか？」

「今年はまだついてませんね」

上機嫌の久谷の問い掛けに冗談で返し、速水は到着して早々輪の真ん中に入っていった。

「十二月の二階堂先生のパーティーでも、速水さんのスピーチ嘘ばっかりだったもんな」

「二階堂先生に食べかけのロブスター持たせるんですから」

「裏を返せば、二階堂先生と速水さんの信頼関係のなせる業ですよね」

編集者たちがからかい半分で十二月のパーティーのことに触れ、探りを入れてくる。彼らは既に速水が二階堂の原稿を確保したことを知っているのだろう。編集者は担当作家が重なると、何かと顔を合わせる機会が多い。久谷のいないところで、素早い速水の動きについて話があったのかもしれない。

憂鬱をごまかすために水割りを口にする。パチンコメーカーの清川と会って三週間が過ぎていたが、まだ二階堂には話していない。へそを曲げられて連載を断られるリスクを考えれば、石橋を叩いて渡りたかった。

「まぁ、でも速水さんが来てくれて嬉しいわ。どうしてもそわそわしちゃうから、今日もいっぱい嘘ついてくださいね」

久谷が話題の中心を自分に引き戻すと、編集者たちはピタリと二階堂の話題を終えた。速水は担当のことをはっきりさせたかったので、久谷と二人で話したかったが、しばらくタイミングはなさそうだった。

恵によると、久谷は担当替えを希望しているらしい。中西にこれといった落ち度はないが、やり取りをしていて「つまらない」のだという。その中西は速水の社用アドレスにメールを送り、恵のことを「酒癖が悪く」「常にパトロンのような男がいて」「ありもしない出版他社からの引き抜き話を自慢し」「職場の和を乱す」——と辛らつに罵倒した。そして最後に「久谷先生の担当を外れるなら、ノルマの数字を見直してほしい」とちゃっかり〝調整〟を依頼するのだった。メールの送信時間が午前四時過ぎということもあり、酔っ払ったのか、精神的に不安定になったのか、いずれにせよ気になる時間帯だ。速水としては、できるだけ早く事態を収拾したかった。

複数の社がいれば特に突っ込んだ話をすることもできず、だらだらと雑談が続いた。明るく酒を飲んでいても、久谷が落ち着かない様子なのは接していて伝わってくる。

「マジカルバナナでもやりますか?」

速水が提案すると、あちこちから「何でですかっ」とツッコミが入った。朗らかに笑っていたママが出入り口にすっと視線をずらした後、すぐに引き戸が開いた。

「すみません。遅くなりました」

スーツ姿の三島雄二が入ってきたのを見て、速水は虚を衝かれた。彼もまた十二月の二階堂のパーティーに、大物漫画家の坂上実と一緒に来ていた。速水は同期の小山内の殺気立った目を思い出した。今、小山内は畑違いの営業にいる。

三島のことを知らない編集者たちは、貸し切りのバーに突如として現れた男に戸惑い、互いに目配せしていた。

「あっ、三島さん、本当に来てくれたんだ!」

「そりゃ、作家久谷ありさの大勝負ですからね」

　二人の共通点について海馬を突いた速水は、数年前に久谷の原作小説をコミック化したときの担当が三島だったと思い出した。

　場に微かな漣（さざなみ）が立ち始め、会話が途切れたタイミングで久谷のスマートフォンが振動した。画面を見た彼女が「ちょっと外します」と言ってバーを出た後、速水は他の面々に三島を紹介し、元薫風社社員でコミック編集部にいたことを話した。

「今は主に漫画家のエージェント業をやってまして」

　編集者たちは三島と名刺交換したものの浮かない様子で、コミック市場について二、三言葉を交わした後は妙な間が空いた。

「三島はこのバー、初めてだよな？　二階にいい感じのアンティークデスクがあるんだよ」

　速水が二階に誘うと、三島はあっさりと同意した。さほど親しいわけではなかったが、元薫風社社員ということに責任を感じて、一旦輪の外へ連れ出すことにした。

　二階は広い和室が一室あるのみで、奥にアンティークデスクとチェアのセットがある。経年の艶を出すメルロー色のデスクにコースターを置いてグラスを載せると、速水と三島は向かい合って座った。

　三島は四角い輪郭でなかなか精悍な顔つきをしているが、二階堂のパーティーのときに見かけたときよりも老けた印象を受けた。席に着くと「ちょっとすみません」と言ってスマホの画面をチェックし始めた。

「忙しそうだな」

「いえ……、ツイッターをチェックしなきゃと思って」

三島は自分の会社と契約している男性漫画家の名を挙げた。

「あの人、あんな顔してツイッターやってるんだ」

「あんな顔して呟いてるんですよ。でも、最近危なっかしいんですよね」

「薬でもやってるのか？」

「全然。ただ、酔っ払ってるときはヤバいですね。急に国士になっちゃうから」

「あぁ、そっち系か。日本を背負っちゃうんだろ？　固定ファンはつくけどな」

「黙って離れていく読者の数はその何倍でしょうね？　今はいいですけど、時代の潮目なんか簡単に変わっちゃうから」

速水も作家のSNSは常にチェックしている。大抵は個性を生かして上手に宣伝しているが、中にはわざとかと思うほど炎上させる人間もいる。発信した文章は永久に記録され、いくら人気作家でも落ち目になってから巨大なブーメランとなって返ってくるかもしれない。

「止めさせられないの？」

「まぁ、病気ですよ。嫌な奴はブロックしちゃえば、タイムライン上はみんな賛同者ですから。それが励みになるなら構いません」

「案外冷めてるんだな。まぁ、こんなに本が売れなきゃ、作家が自分でPRしたくなる気持ちは分かるけどな」

「人のツイッターに文句があるなら、本を売ってから言えってことですね」

三島はスマホをデスクに置いて、水割りを飲んだ。

「仕事の方は順調なのか？」

速水の問い掛けに三島は曖昧に頷いた。この男を前にすると、どうしてもコミック誌の編集長だった小山内の影がちらつく。かつて部下だった男に売れっ子漫画家たちを根こそぎ持っていかれたのだ。

「いやぁ、手広くやって何とかって感じですかね」

エージェント業は、出版社と作家の間に入って条件面を交渉するのが主な仕事だ。個人事業主の作家が言いづらいことを代弁してくれる存在だが、現実的には既に力のある作家を対象にしたもので、まだ不確定要素が多い。

小山内によると、さらなる漫画家との契約を取るために三島は大物たちへ手紙を書いて送ったが、あまり効果はなかったという。そして、その手紙のコピーが怪文書のように出回るところが、この業界の怖いところだ。

現在は、企業や教育系の冊子づくりにも携わる編集プロダクション的な仕事もしているという。

「速水さんの雑誌も大変でしょ？」

「うちだけじゃなく、ほとんどの雑誌がまずいよ。月刊誌も週刊誌も底割れを続けてる」

速水は真面目に答えると、照れ隠しの笑みを浮かべてウイスキーを口にした。

三島を二階に連れてきたのはもちろん、他の編集者に気を遣ってという面もあるが、事情通の彼と業界の突っ込んだ話をしたかった。

「伸びてるのは電子の定額読み放題ぐらいですか」

「それも安泰じゃない。完全に電子の流れになれば、まだやりようもあるけど、今が一番しんどいときじゃないか。書籍も昔の作品を電子化するのに時間と人手とコストがかかるし」

縮小の一途を辿っているとはいえ、紙の出版物の売上は大よそ一兆五千億円。一方の電子はかなりの勢いで伸びてはいるが、まだ規模は十分の一程度だ。

「印刷と流通コストが浮く分、もっと安くできればいいんですけど、電子書店の取り分もありますし」

「電子は再販制度がないから、値下げ競争になったら大変だ。でも、一番怖いのは出版社そのものを中抜きされることだよ」

実際、外資流通最大手の「ウィルソン」は出版社を通さず、作家個人に直接コンタクトを取ることもあると聞く。今はまだ大丈夫だ。コンテンツをつくる能力やノウハウは出版社が持っている。だが、優秀な編集者やPRのプロをかき集めれば、理論上は他業種の会社が全て自前で本づくりから販売までを賄うことができる。そして、それは電子書籍を扱う「ウィルソン」のような業界内の話に留まらない。速水は「コンテンツ産業に生まれ変わりたい」と語っていた清川を思い出し、地殻変動を実感した。

「確かに版元が作家をコントロールしきれなくなると厄介ですね」

　厄介と言う割には三島の表情は楽しげだった。そこでエージェント業登場というわけだ。

「さっきの定額読み放題って話ですけど、一般書籍も音楽業界みたいにアーカイブ商売になっちゃうかもしれませんよ。何かでっかいハブみたいなのがあって、皆が好きなときに好きな本を抜いて持って行くっていう」

「それで『ウィルソン』は出版社と揉めたな」

「そりゃ勝手にラインナップ削っちゃダメですよ。でも、物理的な制限がないんで、商品が動きやすいのは事実です。以前のヒット作に再び陽が当たる可能性もありますし、掘り起こし効果って言うのかな。シリーズ物だと最初の巻だけをタダにして、続きは課金するっていうのも既にありますよね。新刊に関しては読み放題に入れないとか。薄利多売になっても、動かないよりは流動性を持たせた方がいいですよ」

　確かに書店は在庫がなければ流れが止まるが、電子は常に売り続けられる。販売方法は複雑になるが、商売の機会が増えると捉えることもできる。

「今なら単行本から文庫化のみで、値下げの機会は一回きりです。でも、電子ならその山を何度もつくることができます。アーカイブもそうですけど、組み合わせ次第で儲けられるんじゃないかって、僕は思ってます」

「いずれにせよ、今のシェアじゃな。コミックの方はどんな感じなんだ?」

「紙が落ちて電子が上がるって流れに沿ってますね。紙は映像化のヒットがないと跳ねませんよ。コミックに関して言えば、来年あたり、電子が紙の売上を抜いちゃうかもしれませんよ。コミック誌は相変わらずしんどいですけど」

「コミックは読んでる時間が短いっていうのが大きいな。スマホも画面が大きくなって十分読めるし」

速水が小説を念頭に置いて話すと、三島は頷いてグラスの水滴を指でなぞった。

「活字だと自己啓発とか、ITは割といけるんじゃないですかね。単純ですけど、マーケティングがやりやすい書籍は電子でも売れやすいみたいですね。テレビ見ながらスマホいじるんで、小説もドラマになれば売上が伸びる……かな? やっぱり小説は難しいか」

「聞けば聞くほど、紙に未来がないと思えるよ。文芸も単行本は底を打ったような感触だけど、文庫の落ち込みがむちゃくちゃだ」

「かなり悪いんですよね?」

「三年連続六%台の落ち込みで、どんどん底を割ってる。単行本の売れない分を補完できなくなってて、売れないから文庫化もしないって状況が当たり前になってきてる」

「文庫の売上率が高い社はかなりきついですね」

銀座のクラブで二階堂と飲んでいたときもそうだが、どうしても暗い話になる。三島の顔にも疲れが滲んでいた。

「何か明るい話はないの？」

「国内の市場規模は縮小する一方なんで、海外しかないですね」

「その点、コミックは強いわな」

「ええ。でも、誰も開拓していないところに足を踏み入れないと、独立した意味もありませんし」

「というと？」

「速水さんを前に何なんですが、僕は日本の小説も十分海外に通用すると思ってるんです。今、プロジェクトチームをつくって全国紙と組んだり、動画サイトに働きかけたり、少しずつ形にしてるんですが……」

「それは知らなかった。でも、どうしても言葉の壁がな」

「僕もポイントは翻訳だと思ってます。活字だけでなく、いろんな展開を考えても……」

三島はそこまで言うと、しゃべり過ぎたと思ったのか言葉を濁した。この男は何か隠し玉を持っているのかもしれない。

互いのグラスが空いたところで、二人の間を流れる空気に区切りがついた。速水が両手を肘掛けに置いて立ち上がろうとすると、三島が思い出したように言った。

「あっ、そうだ。久谷さんですけど、うちでお世話させていただくことになりました」

「は？」

「正式には来月頭から。またエッセイ集の件で相談させてください」

またこの野郎が持っていくのか——。

無言のまま、三島の挑むような目を冷たく跳ね返して座り直す。久谷の件はこれから、この男を通さねばならなくなる。内輪で揉めていたことがバカバカしくなった。担当は中西でも恵でも自分でもない。三島、ということだ。

硬い沈黙を破ったのは、速水のジャケットの中に入っていたスマホの振動だった。長くかち合わせていた視線を外し、画面に目をやる。下にいる編集者の一人から、ショートメールが入っていた。

——落選。荒れそうです——

5

白いセンサーがIDカードに反応すると、自動ドアが静かに開いた。

今日、テレビ局に着いてから同じ光景を既に三度見ている。著名人を含め出入りが多いため、厳重な警備が必要なのだろう。だが、部外者からすればその厳めしさは威圧的で、特権的なにおいもする。

「ややこしくてすみませんね」

振り返った杉山竜也が、気持ちのこもらない口調で謝った。

長い廊下の両側には部屋が連なっていて、それぞれ大きさが異なるのか、ドアの間隔が不規則だ。開け放たれた室内に並んである小道具類や小走りに移動するスタッフを見て、速水はようやく制作の心臓部に来たのだと実感した。

「ここがスタジオなんですけど、今、バラエティを撮ってるんです」

杉山は重たそうな黒い扉を指差し、さらに廊下を進んだ。

恵を連れての接待から四ヵ月。連載原稿から単行本化した『これから』には何の動きもなかった。営業の後輩に無理を言って重版をかけたが売上は伸びず、書店では平積みから消えている。

速水はこの間、杉山とメールのやり取りをしていたが、映像化の話は一切なかった。速水がプレッシャーをかける意味も込めて「再びお目にかかりたい」旨を伝えた結果、テレビ局に呼ばれたのだった。

杉山は右手のドアを開き、ついているプレートを「使用中」にスライドした。中は殺風景な六畳ほどの部屋だ。

「こんなとこで申し訳ないんですけど」

「楽屋ですか？」

「いえ、ただのミーティングルームですよ。楽屋は照明付きの鏡とか洗面所があって、何かロッカールームみたいで落ち着かないんですよね。冷たい感じがして」

「テレビなんかでよく畳の部屋が映るから」

「あぁ、いろんな種類の部屋がありますよ。速水さんは局に入るの初めてですか？」

「いえ、番組宣伝部と広報部にはお邪魔したことあるんですけど、あとは映像化の絡みでロケを見学したぐらいで」

映像化の売り込みのために速水は何度か在京のテレビ局を回ったことがある。しかし、大抵局の出入り口近くのロビーで話し合いをしていたため、制作現場まで入ったことがなかった。今日は杉山が中まで案内してくれたことから、何らかの意味があるのではないかと踏んでいた。

テーブルを挟んで互いに腰を掛けると、しばらくは四ヵ月前の接待の話をした。

「あの後も福永から聞いたんですが、速水さんはかなりのやり手だって」

「いやぁ、やり手だったらテレビ局に入ってますよ」

「滅相もない。僕らは本当にいい加減な商売ですよ。こんな誰もリアルタイムでテレビを見ない時代に数字、数字って昔の物差しで騒いでますから」

「私は足し算の段階から数字って言葉が大嫌いですよ」

部下にノルマ制を提案したことなどおくびにも出さず、調子を合わせた。

しばらくは実のない話で他人行儀な空気をほぐそうと試みたが、なかなか杉山との距離は縮まらなかった。彼も速水の来訪の意図を知っているはずだが、まるで触れる気配はない。

「でも、杉山さんはその競争の激しい中でずっと結果を出し続けてこられたんだから、すごいですよ」

「そんなぁ。僕なんか、右のものを左に受け流してるだけですよって、こんなネタありましたね」

「歌いましょうか？」

「結構です」

笑い合った後、速水はもう助走には十分だと判断した。

「杉山さんが今、担当してらっしゃるドラマ。あれ、ヒロインの女の子がほんとうまいですねぇ」

「大抜擢ですからね。うちも彼女の事務所も、今回でブレークさせたいんですよ」

「うちの娘も彼女のファンで」

「それは嬉しいこと聞いたなぁ」

「本当にこれから楽しみな女優さんですねぇ……。あっ、これからで思い出しましたけど、その後うちの『これから』の方はいかがですか？」

「すごいところからボール投げてきますね」

杉山は笑って髪をかき上げた。

「本ですけど、大変面白く拝読しましたよ」

「ありがとうございます」

「おっしゃってたように、人物がよく描けてるから感情移入もしやすいし」

「嬉しい限りです。では『これから』には、これからがあると考えていいですかね？」

「と、いいますと？」

「あの作品を自宅のテレビで拝見したいなと思ってまして」

「是非そうしたいんですけどねぇ。まぁ、難しいかなぁ」

硬くなった胃と連動するように頬が引きつりそうになったが、速水は習性で笑みをつくった。

「すみません、ちょっと聞き取りづらかったんですが……」

「ない、と考えていただいていいかな」

「杉山さぁん、そんな右から左へ受け流さないでくださいよ」

より明確に否定されて、速水はグッと奥歯を嚙み締めた。『これから』の映像化は、即効性のある増収策として期待できる大きな柱だ。二階堂の新作は収穫まで数年を要し、特集で別冊のムックにまでできるネタは少ない。永島咲の新連載は各メディアに紹介されたものの、雑誌の実売を押し上げたとは言い難かった。

チラリと清川の顔が脳裡をよぎったが、業界で最も気難しいとされる作家を説得するのは至難の業だ。海外取材費のことを考えると、硬くなった胃に痛みが生じた。

速水は来客にお茶の一杯も出さない杉山から視線を外し、味気ない部屋の天井を見上げた。

「いい話なんですけど、既に似たようなのがリアリティ番組であるんですよね」

「しかし、テイストがまるで違いますし……」

「後半、恋愛要素が強くなるでしょ。正直食傷気味なんですよね。僕としては半歩先を行ったパンチの効いた物語がほしいんです」

「じゃあ、そちらの方で設定を変えて何とかなる、といった問題ではないんですね？」

「ほんと、ごめんなさいです」

少しも申し訳なさそうな顔をせず、杉山が両手を胸の前で合わせた。

「いえ、こちらも貴重なお時間を取っていただいて」

「今回は残念な結果でしたけど、速水さんとは今後とも懇意にしていただきたいと思ってるんですよ」

「それはこちらこそ是非、よろしくお願いします」

「あれ、二階堂先生の連載っていうのはいつごろから始まりそうなんですか？」

また二階堂か、と舌打ちしそうになった。ここまで連れてきたのは、こっちが狙いだったのかと鼻白む。二階堂大作の勝負作なら引く手あまたで、わざわざ頭を下げに来る必要などない。『これから』を断って舌の根も乾かぬうちに、人気作家の原作に唾をつけようとするプロデューサーの厚かましさに胸が悪くなった。結局、これが海千山千の中を泳いで渡るテレビマンという人種で、一介の雑誌編集長など何とも思っていないということだ。

「夏にプロットをいただいて、そこから取材を始めるんで、まだ先ですね」

「この前お話を伺ったとき、すごく興味を持ちましてね。僕もいつ管理職になってもおかしくないから、その前にひと花咲かせたいというか」

「こちらとしてもありがたい話ですが、如何せん二階堂原作ですから、耳の早い映像関係者からアプローチがありまして。まだプロットもできてないんですけどね」

速水はささやかな返報とばかりに、前のめりになっている杉山から距離を取った。

「そうなんですか。僕はね、連ドラでやって、その後映画というラインを考えてるんですよ。それも前編、後編の二部作で。骨太の原作にはそれぐらいの尺があって当然ですよ」

「二階堂先生がお聞きになったら、きっと大喜びでしょうね」

「速水さんからいただいたサイン本、二階堂先生が『私の作品も絵になりますよ』って。あの言葉が嬉しくて」

確かに魅力的な話だが、速水は二階堂に杉山の言葉を伝えるつもりはなかった。下手に期待を持たせて企画が実現できなければ、確実に機嫌を損ねられる。そうなると被害を受けるのは一番近くにいる編集者だ。それに連載が終わるまでの間『トリニティ』が存在している保証もない。

「福永には感謝しないとな。こんな敏腕編集長を紹介してもらって」

杉山が彫の深い顔に皺をつくった。相手の胸の内など百も承知なはずなのに、歯の浮くようなお世辞を口にする俗っぽさは、たくましくもあるが不快に変わりはない。

「また福永と高野さんを交えて飲みに行きましょうよ」

「いいですねぇ。機会があれば是非」

速水は明らかに社交辞令と分かる返事をして腰を浮かした。

「でも、そのときは高野さんがいないかもしれないな」

「えっ？」

杉山の思わせぶりな台詞に、速水は再び粗末な椅子に腰を下ろさなければならなかった。

「どういう意味です？」

余裕のある杉山の笑みを見て、速水は自分の顔色が変わっているのだと気付いた。

「いやね。先日も別の出版社の方と飲みに行きましてね。まぁ、同じような映像化に関するお話を伺ったんですが……。そこで私が速水さんと高野さんに会った話をしたんです。そうすると、その出版社の人が『高野さんが引き抜きにあってる』って教えてくれましてね」

引き抜き……。

思いもよらぬ話に、速水は固まってしまった。ショックを受けた脳が発したのは、痴情とは程遠い警報サイレンだった。恵は永島咲の担当だ。それ以外にも雑誌と関係のある小説家や漫画家、エッセイストと密な関係を保っているので、丸ごと背負って出て行かれれば致命傷になる。

「その……、杉山さんがお会いになった社に引き抜かれるということですか?」

「いえ、別会社です」

「差し支えなければ伺ってもよろしいですか?」

「ええ。構いませんよ」

杉山は薫風社と並ぶ大手出版社の名を挙げた。速水はそこで初めて、中西のメールの文言を思い出した。

——ありもしない出版他社からの引き抜き話を自慢し——

ありもしない、というのは単なる中西の僻みであり、実際は引き抜きにあっていたのだ。なおさら事情を知らなかった自分が間抜けに思える。

「何か余計なこと言っちゃったかな」

「いえいえ、大変参考になるお話でした」

「くれぐれもネタ元が僕だって言わないでくださいよ」

「ええ、それはもちろん心得ております」

部屋を出る際、杉山は「二階堂先生の件、よろしくお願いしますよ」と馴れ馴れしく念を押してきた。恵の情報をリークしたことで貸しをつくったつもりなのかもしれない。

「じゃあ、自分はこのフロアに用事があるんで」

見送りすらされず、一人で廊下を進んだ。軽んじられたことに心が乱れた速水は、思考を切り替えようと小さく深呼吸した。そこでふと、ＩＤカードなしで自動ドアが開くのだろうかと疑問に思った。セキュリティ上、出るときも必要ではないか。

だが、速水の不安にセンサーが反応したかのように、前方の自動ドアがスライドした。驚いたことに、入ってきたのは永島咲の一行だった。見ただけで女優と分かる明るいオーラを放つ咲はスマホを片手に持ち、マネージャーやスタイリストたちを引きつれて堂々と廊下の真ん中を歩いてきた。

「これは、これは。奇遇ですね」

嬉しくなった速水が大きな声で呼び掛けると、咲はスマホの画面から目を離してギョッとした表情を浮かべた。男性マネージャーが彼女をかばうように前へ出てきて、警戒心丸出しの顔で速水を見た。

憶えていない、ということだ。速水は傷口に塩を塗られた気持ちになった。もちろん、咲の連載は『トリニティ』の利益を考えてのことである。だが、自分が彼女の文才をいち早く見抜き、新しい可能性に場を提供したことに違いはない。

速水と会ったとき、緊張した面持ちで熱っぽく小説について語っていた永島咲が遠く離れていくように思えた。

「変なおじさんみたいな登場ですみません。薫風社の速水です」

名前を聞いた瞬間、咲とマネージャーの表情がパッと明るくなった。

「あっ、速水さん！　これは失礼しました！」

マネージャーが砕けた様子で速水の腕に手を置いた。

「ごめんなさい。ちょっとスマホ見てたから……」

咲も言い訳にならない言葉で気まずさをごまかそうとした。

「そんな、滅相もない。こっちは週に二回は職務質問受けてますから。侵入してないのにセコムのアラームが鳴ったこともありますし」

これからバラエティ番組の収録に臨むという咲にエールを送り、速水は一行から離れた。

うまく取り繕ったものの、心中は無礼な杉山との合わせ技一本で屈辱感に満ちていた。

「いやぁ、お待ちしてましたよぉ～」

咲を出迎える杉山の猫撫で声を背中で聞いた。彼らの軽々しさに耐えられず、早く会社に帰ろうと自動ドアの前に立った。

開かない――。

やはりIDカードが必要だったようだ。

速水はしばらくその場に立ち尽くし、苛立ちを腹の奥底に押し込んだ。やがていつものようにつくり笑いを浮かべると、痛々しいほど軽い足取りで踵を返した。

―第四章―

1

自室の小窓から覗く空は、六月のものだった。

灰色の雲は鈍く光り、生温い風まで目に見えるようだ。ぼろぼろになった便箋を封筒に入れた速水輝也は、木箱の中に手紙を仕舞った。

デスクのスタンドに吊るしている懐中時計に視線をやり、思いのほか時間が経っていることに驚いた。陽の長い季節だ。五時を回っていたが、まだあの鈍い光が消える気配はない。

最近は家で夕食を取ることが少ないので、何時ごろにダイニングへ行けばいいのか分からなかった。関係の冷え切った妻を前にすると、何とか言葉を継ごうと必死になって気疲れする。実際、顔を見る前に話題を二、三用意しておくのは億劫であり、最低限の言葉数で会話を済ませる早紀子の態度にも苛立ちを覚える。

万引き騒動から四ヵ月が経とうとしていた。あれから騒動について二人で話し合ったことはない。表面上、波風は立っていないが、波がなければ水は濁り、風がなければ空気は淀む。速水はここのところ、週末がくるたびに気が滅入っていた。

もう一度懐中時計を見る。先ほどから五分と進んでいない。たとえ月に二、三度でも休日を自宅で過ごすのは、娘の美紀のためだ。現在小学六年の美紀は、都内の名門女子中学を目指して勉強に明け暮れている。早紀子の母校とあって、もともと仲がよかった二人はさらに絆を強くしていた。一方で家の中で孤立が深まっている速水は、娘の気を引こうとテーマパークや映画館に誘うものの、つれなくされている。

いい年をした大人が自分の家でびくびくするのも情けなく思い、速水は「よしっ」と両手で膝を叩いて立ち上がった。ダイニングで時間を持て余したときのために、ペーパーバックを一冊手にした。

リビングに入るとすぐ、向こうのダイニングテーブルにいる早紀子と美紀の姿が見えた。ノートパソコンを前に楽しそうに話していた。いつの間に買ったのか、二人の前にはお揃いのピンクとオレンジ色のマグカップが並んでいる。娘がいることにホッとし、速水は美紀の対面に腰を下ろした。

「パパに何か買ってくれんのか？」

美紀はパソコンの画面から視線を上げると「あのお小遣いじゃねぇ」と笑った。最近は受験勉強で暗い顔をしていることが多いので、嬉しくなった。

「パパも飲むでしょ？」

美紀は立ち上がって食器棚に行くと、テーブルの上のものと同じ形をしたマグカップを取り出した。

「パパはこの水色のを使ってね」

「何だ、買ってくれたのか？」

「ママと一緒に買いに行ったの。パパだけ何にもないんじゃかわいそうでしょ」

仕事であまり接してやれないというのに、美紀はちゃんと父親を気遣ってくれる。娘の優しさに、速水の心がじんわりと温かくなった。

「小遣い、ちょっとなら上げてやってもいいぞ」

「えっ、ほんと！」

パッと表情を明るくした美紀とは対照的に、早紀子からは笑みが引いた。余計なことを言うなということだろうか。速水の方を見ようともしないので、何を考えているかが今ひとつ分からない。

「まっ、交渉次第だな。タダで金がもらえるほど、世の中甘かないよ」

家計に関わることなのでごまかしたが、早紀子の反応に早くも居心地が悪くなった。

「もうっ。期待させといて、嫌な感じ」

口を尖らせながらも、美紀がポットから紅茶を淹れてくれた。娘がいるおかげで、速水はリビングに避難せずに済んだ。流しに食材を入れたボウルがあるので下ごしらえはできているようだが、まだつくる気はないらしい。速水は持ってきたペーパーバックを開いた。

「あっ、これいいよ。水色のフリルのやつ」

「えーっ、幼いよぉ」

生意気を言う娘がおかしく、本から視線を上げる。また顔がしっかりしてきた。くっきりとした目元は母親譲りと思っていたが、よく見れば小さく薄い唇も細い鼻筋も早紀子に似ている。不満なときに言う「もうっ」も、ほとんど同じだ。

「私は……これ」

「ダメ。高い」

「即答だよね。予算少な過ぎない？」

「どこのお金持ちだと思ってるの」

「だって、お祖父ちゃんの家大きいよ」

「うちはうち。関係ないの」

この家で祖父母というと、早紀子の両親になる。速水の母は田舎で健在だが、あまり上京したがらない。価値観の合わない義理の娘を煙たがっているのが分かるので、いつの間にか二年に一度正月に帰る、という程度の付き合いになってしまった。

「パパも援助してよ」

「何言ってるの。もともとパパのお金なんだから」

相変わらず夫の方は見向きもしないで早紀子が言う。事実、基本的には速水の稼ぎで生活が成り立っているのだが、彼女が金のことを話すと何でも嫌味に聞こえる。裕福な両親から何かにつけ仕送りがあるため、早紀子は基本的に金のありがたみを知らない。確かに家の頭金を出してもらったことには感謝しているが、四十代半ばになっても未だ親離れできない妻に苛立ちを覚えることもある。

「何買うの?」

「ワンピース。今、これで迷ってるの」

美紀がパソコンをくるりと回転させ、速水に画面を向けた。五つのウインドウが並べられ、ワンピースが表示されている。どれも華やかでかわいらしいが、そこそこ値が張る。

「この水色のフリルのやつがいいんじゃないか」

「パパも? 感覚が昭和だよ」

「時代に関係なく、安いのは魅力だよ」

「もうっ。真面目に考えてくれる? 私の学校生活が懸かってるんだから」

「おまえね、ワンピース一着でどう世界が変わるんだよ。そもそも学校には着て行かないだろ?」

「学校に着て行かないからいいんじゃない。ギャップだよ、ギャップ」

そう言うと美紀は母親に目を向けて笑った。「ギャップ」は早紀子の受け売りかもしれない。いずれにせよ、速水は少し疎外感を覚えて本に目を落とした。仕事で家を空けることが多いので、基本的には生活の大半の時間を母子二人だけで送っているのだ。

「じゃあ、GAPの服にしろよ」

「パパ」

やや硬い声だったので、速水は何事かと活字から目を離した。

「今のつまんなかったから、一万円ちょうだい」

「どんな教育受けてんだよ」

「ちょっとでも財布軽い方が逃げるときに楽だよ」

「設定についていけないよ。そもそも誰から逃げるんだ？」

「そりゃ悪い作家だよ。決まってるじゃん」

さすが編集者の娘だと、速水は噴き出した。美紀も久しぶりの家族の団欒を楽しんでいるようだ。

「ギャップより、年に合う服を着るのが一番だよ」

「でも、男も女もギャップに弱いって書いてあったよ」

「どこに書いてたの？」

「パパの雑誌」

「あぁ……先月号ね」

「私さ、今、ちょっと分が悪いのよね。だから、一発逆転を狙わないとダメで……」

「ん？　何の分が悪いの？」

母子二人は男の鈍感さを笑うように、また目を合わせた。

「再来週の日曜にね、デートすることになったの」

「デート？」

速水はびっくりして本を閉じてしまった。しかし、それすら気にならず、嬉しそうな娘を見て呆然とした。

「デート……。デートってあのデートだよな?」

「そう。いわゆる一つのデート」

編集者の子どもだけあって口は達者だが、まだ小学生だ。もちろん、今の時代小学生同士がデートしていると聞いてもさほど驚きはしない。だが、それが我が娘の話となると穏やかではいられなくなる。受験勉強に追われているとばかり思っていたのに、ちゃっかり色恋沙汰に現を抜かしていたのである。ショックは大きい。

速水は説明を求めるように早紀子に視線を送ったものの、彼女はただ薄い笑みを浮かべるだけだった。事情は知っていたが話さなかった、ということだ。もっとも会話自体ままならない状態ではあるが。

好きな男の子がいる、という話自体は珍しいものではない。学年が上がるごとに対象が変わっていくので、特に気に留めていなかった。だが、デートとなると妙な生々しさがある。子どものこととはいえ不快だった。

「同じクラスの子?」

「気になる感じ?」

「おまえに声を掛けるなんて、金目当てとしか思えん」

「うちのどこにそんなお金があるのよ。大丈夫。年上の人だから」

「はぁ、年上? まさかおっさんじゃないだろうな」

「犯罪じゃん。中二だよ、中二」

中学生……。不快を超えて脳内の警戒ランプが灯った。この家に下ろしていたはずの錨が外れ、美紀が遠くへ流されていくように思えた。

「中学男子はまずいぞ」

「何で？」

「何でって……。普通小学生の女の子とデートするか？　変だぞ、そいつ」

「たった二つ違いだよ。パパの方がよっぽど変だよっ」

むくれる娘の隣で早紀子は目を合わせることを避け、相変わらず夫を拒むオーラを出している。さすがに速水はムッとした。万引きの件で優しくできなかったことに罪悪感を覚えていたが、恥ずべきはいい年をして商品に手をつけた方だ。通報されていてもおかしくない状況だった。

「いいのか？」

少し怒気を含んで早紀子に話し掛けたが、彼女は冷たい目を向けて「別にあなたが決めることじゃ」と小バカにするように言った。鋭い怒りが走り、胃がギュッとつかまれたように縮んだ。

「何で俺が決めることじゃないんだよ」

「もう時代が違うんだし、ねぇ？」

早紀子に話を振られた美紀は、強く頷いて速水を挑発するように見た。怒鳴り声を上げたい衝動をすんでのところで堪え、奥歯を噛み締めた。

少なくとも以前は、子どもの前でこんな露骨なことは言わなかった。早紀子が変わり始めている。雨垂れ石を穿つと言えば大げさだが、夫婦関係には既に無視できないほどの窪みができていた。

結婚前には蜜だと思っていた彼女の長所が、同居し始めると毒だと分かった。速水は早紀子の育ちのよさに純粋な憧れを持っていたが、蓋を開けてみればその余裕や依頼心が苛立ちの種となった。

「まぁ、でも、パパが心配する気持ちはよく分かるよ」

美紀が両親を見比べるようにしてフォローした。子どもに気を遣わせている状況が情けなく、速水は口を噤んで再び本を開いた。本当は相手の中学生のことやデートの場所、何時に帰ってくるのかなど聞きたいことは山ほどあったが、また早紀子に何か言われれば今度は我慢できないような気がした。

「で、パパはどれがいいと思うの？」

何とか場の空気を取り繕おうとしている美紀が健気で、速水は優しい笑みを返した。だが、視界に入る早紀子に、心がかき乱された。

美紀には申し訳ないが、今はどうしても早紀子との関係を修復する気にはなれない。それは向こうも同じだろう。廃刊の危機にあるとはいえ、まだ職場の方が落ち着いていられる。

ペーパーバックを読むふりをしながら、速水は高野恵のことを考えた。一月の接待のとき以来、プライベートの接触は一切ない。暗黙の掟を破って、LINEをしてみようかと心が揺れた。

2

翌日は朝から雨だった。

改札を抜けた速水は、傘を差すと人の流れに紛れた。ラッシュの時間は過ぎていたが、同じ方向へ進む人は少なくなかった。まだ会社に着いてもいないのに体が怠い。昨日は眠りが浅かった。

あれから当然のように夕食の会話は盛り上がらず、食後はすぐに自室に引き返した。作家の久谷ありさの初エッセイ集を夏に刊行するためゲラチェックをしていたが、まるで集中できなかった。主担当については恵になることで落ち着いたものの、印税の割合について三島雄二のエージェント事務所と交渉しなければならない。それに加え、パチンコ台の件で二階堂大作を説得し、永島咲の連載小説の書籍化、高杉裕也の連載枠の確保などの問題を解決する必要がある。

会社では黒字化のノルマに追われ、家庭でも妻との不毛な心理戦に消耗している。速水は久谷のエッセイにかこつけて、LINEで恵にメッセージを送ったが、既読のまま返信がなかった。

『トリニティ』編集部のフロアに着くと、速水は消化不良の気持ちを切り替えて部屋に入った。今朝はほとんど人影がない。通常の特集に加えて、それぞれがノルマを抱えているので確実に労働密度は増している。週初めの部内会議も、夜に開くことが多くなった。

「何でおまえタンクトップなんだよ」

速水の声を聞いて副編集長の柴崎真二が顔を上げた。いかにも体育会系の筋肉質な腕をしている。タンクトップはほぼ黒一色で、左胸のところにある「flower」という白い刺繍がどうかしている。

「クール・ビズですけど」

「フラワーじゃねぇよ。また一つ夏が嫌いな理由が増えたよ」

「速水さん、今日機嫌悪いですね」

「おまえが腕を動かすたびに腋毛がチラチラ見えるんだよ。バリカン貸してやろうか？」

「完全になくなるのも変じゃないですか。ひじきだと思って心を静めてくださいよ。それより、さっき相沢さんから連絡ありましたよ」

相沢徳郎の脂ぎった顔が浮かび、速水は首を振って席に着いた。恐らくパチンコの件を急かされるのだろう。魅力的な話ではあるが、二階堂を相手にするとなると半端な話はできない。『トリニティ』浮沈の鍵を握る交渉になる。

編集局長室へ内線を入れると、三十分後に一階上の打ち合わせ室に、とのことだった。相変わらずくだらない冗談を飛ばしていたが、機嫌の良し悪しは分からなかった。

打ち合わせ室は、ミーティングの形態ごとに大きさを変える会議室とは異なり、テーブルと椅子が設置されたままだ。窓のない、いかにも密室という感じの部屋で、食えない上司と二人きりとなると、息苦しさを覚えるのは必至だ。

少し早めに編集部を出た速水は、階段を上がりながらパチンコ台のことについてあれこれ言い訳を考えた。このひと月半の間、ほぼ何もしていないに等しい。多少の叱責は覚悟してドアの前に立った。

不在だと思っていた部屋から話し声が聞こえ、速水は怪訝に思った。遠慮がちにノックすると「はいよ」と、相沢の声がした。

「失礼します」

テーブルの奥側に男が二人座っていた。相沢の隣にいる小柄な男は専務の多田茂雄だった。速水は驚いて立ち尽くした。

「早よ戸閉めて、こっち座り」

相沢に言われて速水は慌ててドアを閉め、二人の前に座った。

「久しぶりだねぇ」

多田は少し見ない間に白髪が増え、好々爺といった雰囲気になっていた。普段はふわふわとつかみどころのない男だが、スイッチが入ると一瞬で相手を論破する様子から

「多田くらげ」の異名を持つ。

「速水君もいい顔つきになってきたねぇ」

「彼もそれなりの苦労はしてますからね」

「まぁ、相沢は年々悪い顔になっていくけどね」

「あれ、おかしいですな。この前、キャバクラ嬢にキューピーみたいって言われたんですけど」

「君がキューピー？　そりゃあ、ブラックマヨネーズだね」

「これは恐れ入りました」

急に呼び出され、専務と編集局長のじゃれ合いを見せつけられた速水は、珍しくポカンと口を開けて座っていた。

「何や、君らしくもない。ここで若手がボケな、どないすんねん」

「今日はコントの練習ですか？」

多田は笑いながら「全く、君の言う通りコントのような状況だよ」と言って身を乗り出した。

「昨日、帝国出版（ていこくしゅっぱん）の社長と飲んでてねぇ。まぁ、不景気な話ばかりになるわけだよ」

帝国出版は薫風社と双璧を成す業界最大手である。社長と同郷でつながりがあるというのは周知の事実だが、多田の交友関係の広さは社内でも有名である。酒席をともにしたことはないが、見た目と違い派手な飲み方をするらしい。

「いろんな話をしたんだがね、やっぱり昔のように紙の本が売れる、というのは考えられない。これは時計の針を逆に回すに等しい。つまり、いかに電子の特性を読み解くかが、重要になってくるって話になってね」

多田は理詰めの男だ。彼が編集局長だったころの「企画会議」は、場の空気がピンと張り詰めていた。口調は穏やかだが、数的根拠を示すまでは新刊の企画を通さなかった。それだけに彼の予測は的中することが多く、現在も相沢の話の半分は、この専務の受け売りだと言われている。

「確かに電子は伸びてるが、紙の補完には程遠い。そして、そのまま冗談のような市場規模に落ち着くことだって考えられる。従来型の思考は捨て去って、できるだけ多くのチャンネル開拓に挑むべきだと私は思う。君はどうかね？」

「自分も柔軟な姿勢で臨むべきだと考えております」

速水が畏まって告げると、多田は満足げに表情を緩めた。

「そこで、だ。電子図書館のタイトルを増やそうと考えてるんだが……」

電子図書館と聞いた瞬間、速水は「目的はこれか」と胃に痛みが走った。昨日、早紀子の口調に腹を立てたときと同じような痛み方だった。また一つ厄介事が増える。

「こんな足下がぐらついている状態だから、電子化に抵抗がある作家がいるのも理解はできる。しかし、だ。そう言って済ませられるほど悠長な状況でないことは理解してるな？」

「……はい」

「幸い二階堂先生は電子書籍化には賛成しておられる」

「しかし……先生は図書館について警戒心を強めておられて、特に電子図書館については、はっきりと不快感をお持ちです」

以前、銀座のクラブで憤慨していた様子がありありと浮かんだ。これ以上、負荷を背負い込むことは、何としてでも避けねばならなかった。

「だが、電子書籍化にはアレルギーがない。ここは重要なポイントだよ。君が文壇の中心にいる二階堂大作を説得できれば、他の作家は後に続きやすい。だから、こうして直々にお願いしてるんだ」

多田はとても頼み事をしているようには見えなかった。直々に、という言葉が彼の尊大さを裏付けている。

「しかし、娯楽施設としての図書館の充実は、作家にとっては危険だと思うんですが」

「だから考え方を変えるんだ。君だってエンタメ産業は時間の奪い合いだということは百も承知だろ。本に接する時間を増やさんことには未来はないぞ。自分のパソコンやスマホからアクセスできれば、まず図書館に行く必要がない。電子書籍を借りてもらうことで一定額を版元と著者に返し、画面上にはネット書店への誘導ボタンもつける。我々はそうやって少しでも金を生むシステムを着々とつくり上げているんだ」

「でも……」

「アメリカを見たまえ。本だけじゃなく、映像、ゲーム何でも貸し出してるぞ。しかも公立図書館の八割以上が電子に参入している。片や日本は一％だ」

　一気にまくし立てた多田に反論すべきか迷ったが、この案件を押し込まれては精神が持たない。速水は「お言葉ですが……」と言い添えて、両手をテーブルの上で組んだ。

「アメリカとは根本的に業界の構造が異なりますし、向こうは寄付文化が浸透しています。必ずしも同じ物差しでは測れないのではないですか？」

　多田は気分を害したように息を吐くと、背もたれに体を預けた。

「一端（いっぱし）のアメリカ通というわけか。しかし、君もほんとに出版文化の未来を憂うなら、嫌々をしているだけではダメだ。いいか、電子図書館は取っ掛かりで、要は定額読み放題への地均（じなら）しだよ。薄利多売から逃れられない以上、リボルバーのピストルを持っていても仕方ないぞ」

　仏頂面の多田を横目で見てから、相沢が速水に笑い掛けた。

「何で君がここに呼ばれたか。何で君に白羽の矢を立てたか。もちろん、速水の実力を嫌というほど知ってるからや。十二月のパーティーを思い出してみぃ。各社の並み居る敏腕編集者を差し置いて、君がスピーチのトップバッターを務めたやないか」

「しかし、例の件もありますし……」

　専務の前でする話か否か判断はつかなかったが、速水には他の手立てがなかった。

「パチンコの件か？　あれ、その後どないなってる？」

「いや……。まだタイミングを見計らってるところで」

「ちょうどよかったやないか。二回も連続で別件をお願い事したら向こうも腹立つかもしれんけど、セットにすることで突破口が開けるかもしれんで」

直接交渉をしないから、そんな無責任なことを言えるのだ。速水は不愉快が表面に出ないよう気を付けながら、吐息とともに怒りを吐き出した。

「八〇年代ごろまで、パチンコ業界と出版業界の市場規模に、さほどの差はなかった。それが今や、パチンコは二十兆、三十兆円市場になって、出版は一兆五千億円を割り込んどる。どうや？ これ、使われへんか？」

相沢はチラッと多田の方を見た後、下品なほど大きな声で笑った。

「それで二階堂先生は落ちませんよ」

速水が小さな抵抗の声を上げたとき、ノックの音がした。それから返事を待つ間もなく、無遠慮にドアが開いた。

「おぉ、待っとったんやぁ」

振り返ると、同期の秋村光一が面倒くさそうに突っ立っていた。専務を見ても特に驚いた様子もなく、ネクタイを直そうともしない。

「早よ、座り」

相沢に声を掛けられても、秋村は返事もせずハトのように首を突き出しただけだった。速水には目礼すらせず隣に座った。

「えらい遅かったやんけ」

「すみません。ちょっと仕事で」

「相変わらず愛想も何もないな」

相沢の小言に毒はなく、機嫌を直した多田が、微笑しながら身を起こした。

「忙しいことはいいことだよ。ネットがいいらしいじゃないか」

秋村が編集長を務める経済誌のネット版のことだろう。経済だけでなく政治や文化にも鋭いコラムを掲載している『アップターンonline』のページビューはうなぎ上りという話だ。

「ページで紹介した本が売れるらしいね」

「ええ。おかげさまで」

専務相手でもおべんちゃらを言うのは嫌らしい。ここまで徹底していると、清々しささえ感じる。

「まぁ、秋村はやる男ですよ」

相沢の一言は明らかに速水への当てつけだった。

「同期の君からも言うたってくれや。速水は二階堂先生に気ぃ遣い過ぎるんや」

秋村は無表情のまま速水を見た。何を言い出すか分からない雰囲気があるため、全身が強張る。

「何でもかんでも作家の言いなりって時代でもないぜ」

多田と相沢が声を合わせて笑った。秋村は早くも三対一の状況をつくり出した。

「でも、手のひらを返してもいいことないよ」

「心配すんな、先に作家が弱るよ」

「まるで他人事だな。ちゃんとした原稿があるから、出版業が成り立つんだぜ」

「偉いさんでなくても、ちゃんとした原稿は書ける」

「おまえの部署ではそうかもしれんが、こっちにはこっちのやり方があるんだよ」

「そのやり方、カビ生えてるぜ」

秋村と視線をかち合わせると、相沢が嬉しそうに「おー怖っ」と茶々を入れた。

「来てもらったのは他でもない。ちょっと調べてもらいたいことがあってね」

秋村はゆっくりと多田に視線を移した。

「総務の方できな臭い動きがあって、それを探ってほしい」

秋村は多田の芝居がかった台詞に特段反応を示さず、「具体的には?」とだけ聞き返した。

「意図的に退職金の数値をいじってる、という話がある」

「割引率ですか?」

「そうだ」

経済畑の長い秋村にはすぐに構図が浮かぶらしいが、速水にはちんぷんかんぷんで、概要を理解するのがやっとだった。

将来的に会社が負担する退職金の総額から、会計処理のために必要な現在の価値を「割引率」を使って計算するらしい。秋村曰くこの「割引率」を高く設定すると、負債を圧縮できるという。

「どうだ、ちょっと調べてくれんか？」

「分かりました」

速水は驚いて隣を見た。

「随分安請け合いするんだな」

「まぁ、調べるだけなら」

何でもないように引き受けた秋村に不気味なものを感じ、先ほど電子図書館の件で言い訳を重ねたことが不安になってきた。

「そうか。よろしく頼む」

多田は目を細めて秋村を見ていた。超がつくほどの現実主義者という点で、多田と秋村はよく似ている。後輩の藤岡が「専務の覚えがめでたい」と言っていたのを思い出した。

「よっしゃ。じゃあ、そんなとこや」

相沢が話は終わった、とばかりに手を打った。彼らはここに残るようだ。速水と秋村が席を立つと、多田が顰め面をつくって言った。

「君らも大変だろうけど、頑張ってくれ。秋にもまた雑誌を畳むかもしれないから」

編集系の専務として発破をかけたつもりかもしれないが、脅しにしか聞こえなかった。隣でニヤニヤしている相沢から視線を外し、速水は一礼すると、秋村とともに外へ出た。

速水がドアを閉めたときには既に、秋村は足早に遠ざかろうとしていた。

「これっ、秋村」

軽い調子の声に反応して秋村が足を止め、すぐに速水が追いついた。

「まぁ、何だ。同期がいがみ合ってても仕方がない。愚痴の一つや二つ言い合うのはどうだ？」

「職場に戻ったら愚痴しか出ねぇから、もう腹いっぱいだ。それに、兵隊が口を揃えて文句言っても不毛だ」

身も蓋もないことを言うと、秋村は再び足早に進み始めた。このまま置いて行かれるのも癪だったので、横に並んで強引に話し掛けた。

「さっきの件、おまえ、よく即答できたな」

「どうせ、社長派お膝元の総務部を揺さぶろうって魂胆だろ」

秋村は多田の企みを鼻で笑うように言った。

「聞いててよく分かんなかったけど、ヤバい話なのか？」

「何でもねぇだろ。うちの会社の規模じゃ、あんな数値いじってても知れてるし、リスクが大きすぎる。十中八九、ガセだ」

階段の前まで来て、二人は立ち止まった。

「一種の踏み絵だ」

秋村がうんざりした口調で言った。

「専務派につくなら、誠意見せろって？」

「並んで座らせりゃ、尻に火がつくとでも思ったんじゃねぇのか」

速水も同じ考えだった。端的に言えば、雑誌を人質に取られた中間管理職の悲哀だ。宮仕えの面倒を抱え込んだと思う一方で、この後の秋村の動向が気になった。

「どうだ、時間あるならお茶でも飲まねぇか」

速水がカップを傾ける仕草をすると、秋村は真顔で「まさか」と返した。

「えっ、まさか？　今、まさかって言ったの？」

秋村は頷くと、同期のことなど眼中にないといった感じで階段を上がって行った。あまりに鮮やかな退場に、速水は呆然と見送るしかなかった。

このフロアの二階上は総務部だ。先ほどの秋村の言葉がそのまま頭の中に反響する。

「まさか……もう調べに行ったんじゃないだろうな」

そう口にした途端、ジャケットに入れていたスマホが振動した。恵からのＬＩＮＥだった。

――近々、会えませんか？――

3

恵が指定したのは都内の居酒屋だった。

二人用の窮屈な和室で、掘りごたつのテーブルを挟んで座ると圧迫感を覚えるほどだった。

「テントみたいだな」

生ビールで乾杯した後、速水が部屋を見回して言った。

「密談には持ってこいですよ」

「密談ね……」

LINEをもらってから四日。この間、速水は引き抜きのことが気になっていた。永島咲の連載と久谷ありさの初エッセイ集は恵の担当だ。広告収入が落ち続ける中、この二本柱が書籍化できないとなると来期の赤字は免れない。それに、恵は特集の取材手配などを段取りよく仕切る能力にも長けている。小所帯の中で彼女が抜ける穴はあまりに大きい。

「久谷先生の件、予定通りでいけそうか？」

速水は外堀を埋める意味も込めてノルマに絡む話から入った。刊行を早めるため、久谷にはエッセイを数本書き下ろしてもらうことになっている。その分の原稿料は出ないが、久谷にしても小説の次作刊行が遅れているらしく、時期的にちょうどいいということだ。

「概ね順調です。小説と違って『人間、久谷ありさ』をさらけ出すってことで、気合い入ってるみたいです」

「結構毒吐きまくってるからな」

「ファンには堪らないと思いますよ。あっ、そうだ。永島さんに帯のコメントをもらうことにしました」

「事務所のOK出たの？　さすが仕事が早いな」

久谷ありさの読者層は女性が圧倒的に多い。永島咲も今や、表紙になると女性誌の部数が増えるほどの影響力がある。恵は他にも知り合いのメディア関係者に当たってみるという。やはり頼りになる。

「三島はその後何か言ってきた？」

久谷は元薫風社の漫画編集部員だった三島雄二が起業したエージェント事務所の所属だ。本の内容に関しては久谷本人と直接やり取りするが、条件面では三島を通して話を進めなければならない。

「特に面倒なことはないですね。むしろ、宣伝で協力してくれるみたいです」

今のところトラブルはないようだが、あの抜け目のない男のことだ。今回の宣伝協力を足場にして、次からシビアな交渉を仕掛けてくる可能性はある。速水は久谷の待ち会で見た三島のふてぶてしい表情を思い出した。
二杯目にそれぞれワインとハイボールを頼み、段々とリラックスした雰囲気になってきた。
「その後、中西とはどうなんだよ？」
久谷を巡って二人が大喧嘩してからひと月以上経っている。表面上は衝突していない
が、未だ周囲が気を遣っている。
「別に影響ないですけどね。もともとあんまり接点なかったし。速水さんのところに何
か言ってきてるんですか？」
あの言い争いの直後、中西は速水の社用アドレスにメールを送り、恵を激しく非難し
たのだが、敢えてそのことは話さなかった。これ以上部下同士をこじれさせても得るも
のはない。同期の柴崎と不仲な上、後輩の女子とも揉めた中西は、腫れ物に触るような
扱いになっている。
「あの人、局次長のところに異動させてくれって泣きついたみたいですね」
ワイングラスを空にすると、恵は嘲るように言った。確かに相沢の直属の部下に当た
る編集局次長は、昔から中西をかわいがっていた。
「噂だからどこまでほんとか分からんぞ。局次長は嬉しそうに吹聴してるみたいだけど」
「でも、中西さんならやりかねませんよ」
「前から思ってたんだけど、おまえ、中西に厳しいな」

店員からおかわりのワインを受け取った恵は、早くも赤い顔をして面白くなさそうな表情を見せた。

「私、以前『Aqua』で中西さんと一緒だったんです」

「えっ、同じ職場だったことあるの？」

「ええ。私が入社三年目のとき。半年しかいなかったんですけど」

『Aqua』は薫風社の女性ファッション誌だが、現在は廃刊になっている。同じ職場だったことは、中西の口からも聞いたことがなかった。

「そのときから、陰湿な人でしたよ。意地悪で何にも教えてくれなかった」

「半年じゃ何もできなかっただろ？」

「いろいろ大変だったんです」

半年で異動ということは何かあったに違いないが、速水がそれとなく振っても、恵は具体的に話そうとはしなかった。そんなに前から確執があるのなら、いくら編集長といえど全ての責任を背負う必要はない。

疲れが溜まっているのか、生ビールとハイボール二杯で酔いが回ってきた。速水はグラスから手を離し、話題を変えた。

「『これから』の件、すまなかったなぁ」

速水はドラマ班プロデューサーの杉山に軽んじられた日のことを思い出した。一介の雑誌編集長など歯牙にもかけないといったテレビマンの振る舞いは、未だ心に引っ掛かっている。

「まぁ、何にも伝手(つて)がないのに映像化は厳しいですよ。一度でも重版をかけてもらって感謝してます」

「接待でめっちゃものまねしたのになぁ」

「あんなに笑ってたのに。テレビマンは嘘つきですよ。疑惑の総合商社ですよ」

「嘘つきだという発言は撤回していただきたいっ。辻元(つじもと)しぇんせい」

「私、速水さんの鈴木宗男好きなんですよぉ」

「でも、テレビマンには全然響かなかったんだよ。『これから』もほんといい小説なんだけどなぁ」

速水が頰杖をついて漏らすと、恵が噴き出した。

「何だよ?」

「速水さんって、本当に小説バカですよね。文芸に戻りたいんじゃないですか?」

「今戻っても部長だろ?『小説薫風』もねぇし。俺、やっぱり編集がやりたいんだよ。こんなこと言うとおこがましいけどさ、作家は作曲家兼演奏家で、編集者はマエストロなわけよ。分かる? 楽譜の解釈で全然違う音楽になるのと同じで、編集者のエンピツで小説が化ける瞬間があるんだ。あれはたまんねぇよ」

「私、やっぱ速水さんの才能に惹かれてるのかも。霧島先生のコラボ小説、面白いですもん」

速水は頬が緩みそうになるのを何とか我慢した。ひと回り以上年下の女子に、手のひらで転がされるわけにはいかない。

「満面の笑みですね」

「あっ、笑っちゃってる？」

「うん。隠し切れないって感じで」

速水はハイボールを口に含んでから、仕切り直すように咳払いした。

「まぁ、どっちにしろ『トリニティ』は守らなきゃならんってことだ。これがなくなると、また小説の連載枠が潰れるわけだし」

「うちは部数多いですしね。永島さんの小説、ＳＮＳでじわじわきてますよ」

「あの子は文才あるよ。ただ記憶力がなぁ……」

「記憶力？」

速水はテレビ局で会ったとき、永島咲の一行が自分のことを完全に忘れていた話をした。ＩＤカードがなく、自動ドアが開かなかったことも付け加えた。酒を飲むと笑い上戸になる恵がケラケラと笑う。

「速水さんって小さいところで全然ツイてないですよね？」

「開かない自動ドアの前で直立してたのは、我ながら情けなかったな」

「でも、何かかわいいですよ」

恵のおやじキラーぶりを再認識した速水だったが、肝心の引き抜きの話を聞き出せないままだった。締めのお茶漬けを食べているとき、恵が改まった様子で話した。

「この前、なかなか返信できなくて、ごめんなさい」

唐突だったので、速水は熱いままのお茶漬けを呑み込んでしまった。

「いや……。こっちこそ悪かったな。日曜日に連絡して」

「いいえ、嬉しかったんですけど、ちょっと迷ってたことがあって」

告白の予感に、速水は茶碗を置いて真っ直ぐに恵を見た。

「実は他社から引き抜きの話があったんです。ここのところずっとしんどかったし、それで迷っちゃったんです」

「高野はそういう話があってもおかしくないと思うよ」

速水は余計なことは言わずに先を促した。

「正直、このまま『トリニティ』がなくなって、全く畑違いの部署に異動になったらどうしようって不安があったんです。『Aqua』の二の舞はやだなって。でも、今が楽しいのも事実で。久谷先生のエッセイや永島さんの小説も最後までやり遂げたいし。考えようによっては、こんな存続か廃刊か、みたいなスリリングな経験もなかなかできないし」

スリリングで片づけられるのもどうかと思うが、確かに最近は速水自身、少し仕事を楽しむ余裕を失っていた。ハードルの数が予想外に多く、それをクリアしたところでゴールできる保証もない。

「それで悩んでたから、なかなか返信できなくて」

「もう大丈夫なのか？」

「ええ。『トリニティ』と……速水さんと心中します」

速水はゆっくりと頷いて「おかえり」とだけ言った。恵は打ち明けてスッキリしたのか、晴れ晴れとした顔をしていた。

「速水さんも最近、疲れてますよね？」

「そう見える？」

「難しそうな顔してるときが多いから」

極力表情には出さないよう心掛けていたが、無意識のうちに苛立ちが顔に表れているのかもしれない。

「まぁ、ノルマだ何だって、みんなに負荷かけてるからな」

「ノルマのことはあんまり気にしないでください。頑張んなきゃ雑誌が潰れちゃうんですから」

恵は何杯目かのワインを一気に飲み干し、「とことんやりましょうよ」と言って笑った。

「おまえ、腹据わってんな」

「何が一番きついんですか？」

「選べねぇな……」

「相沢さんのプレッシャー？」

「確かに、あれは強烈だな。顔の脂見て分かると思うけど、粘っこいからな」

「速水さんでも押し切られちゃうんだ」

「何つうか……老獪なんだよ。一枚上をいこうとすると大変だよ。でも結局、出世するのはああいう人だな」

恵は「そうなんだぁ」と言って、掘りごたつの下で足を突(つつ)いてきた。速水は何食わぬ顔をして足を絡めた。

「負けないでね」

上目遣いの恵のつま先が、速水の足の甲をスーッと撫でていく。

「河岸(かし)変えるか？」

速水の誘いに何も言わず、恵は小首を傾げて笑うだけだった。男の反応を楽しんでいるように見える。恵の足先が速水のズボンの裾を捲り上げ、ゆっくりと脛を滑っていく。そして、膝下のところまでくると、不意に動きが止まった。

「今日は帰る」

虚を衝かれた速水が言葉を返せないでいると、恵はあだっぽい笑みを浮かべ、さっと足を引いた。

4

静まり返ったフロアに、若干の戸惑いを覚えた。

　これまでも何度か営業部に来たことはあったが、こんな落ち着いた雰囲気だったかと首を傾げた。『トリニティ』編集部の二倍半ほどの面積だが、大半の社員が粛然と仕事をこなしている。

　営業部のフロアは「企画」「書店」「取次(とりつぎ)」の三つの島に分かれている。速水はまず「企画」の方を見て首を伸ばした。『これから』の重版の件で無理を言った西村和喜を見つけて軽く手を挙げた。西村は手が空いているのか、速水の方へやって来た。

「今日はどうしたんですか？」

「また重版のお願いでね」

「勘弁してくださいよ。結局『これから』のドラマ化、ダメだったじゃないですか」

「悪かったよ。家にあるAVやるから」

「いりませんよ。処分したいだけじゃないですか」

「『尿意ドン！』ってタイトルなんだ」

「ストライクゾーンが狭すぎますよ」

　呆れた素振りの西村が持ち場に戻ると、速水は「書店」の島を見た。

　同期の小山内甫が受話器を片手に頭を下げている。小山内は速水に気付くとドアの向こうを指差して、外で待つように合図した。

　しばらくすると、ビジネスバッグとスーツのジャケットを手にした小山内が廊下に出てきた。

「待たせたな」

「なんか、きっちりしてない？」

六月の半ばも過ぎているのに、小山内はネクタイを締めている。編集にいたころはジーパンで会社にいた印象が強い。

「一旦、スーツに馴染んでまうと、私服着るの面倒くさなって」

久しぶりに小山内の関西弁を聞いた。部下だった三島が担当漫画家を引き連れて独立したことで、編集長だった小山内が「人事交流」名目で営業部へ異動となった。漫画家たちは三島の事務所の所属となった後も薫風社のコミック誌に連載を続けているが、見せしめの意味も込めてか、四十代の男が全く畑違いの部署へ飛ばされた。

「新しい部署は慣れたか？」

「まだ二ヵ月半やからな。全然業務内容がちゃうから、年下の上司にめっちゃ怒られてるで」

同じ雑誌編集長として、自分がこの部署に放り込まれたらと想像するとゾッとした。小山内はもともと老け顔だったが、三島が独立してからはかなり皺が深くなったように見える。速水の脳裡に相沢の顔がチラついた。

エレベーターで一階まで下りると、エントランスを通り抜けて曇り空の下に出た。

「梅雨も嫌やけど、夏も嫌やなぁ」

小山内が鉛色の雲を見上げて力のない声を漏らした。

「病人みたいな声じゃねぇか。まだ夏バテってわけじゃないんだろ?」

「仕事中は省エネや。今や五時から男のグロンサンや」

小山内はバツイチで独身だ。居酒屋で一人飲んでいる姿を想像し、空模様よろしくどんよりした気持ちになった。

「省エネって言う割には、受話器持って頭下げてたじゃないか」

「あぁ、あれな。日常茶飯事。準備体操みたいなもんや」

二人とも歩くペースが速いため、先行く人々をどんどん追い抜いていく。会社から五分ほどで駅の改札を通った。

「文芸の編集者が怒って電話かけてきたんや」

「文芸?」

プラットホームで列に加わると、小山内はバッグから扇子を取り出し、扇ぎ始めた。

「ウィルソンや」

アメリカ本社の大手ECサイトであるウィルソンは、書籍だけでなく音楽、映像、生活用品、家具などあらゆるものをサイト上で販売、配送する。その膨大な在庫数やスピーディーな配達、中古本まで購入できることから、出版業界で圧倒的存在感を放つ。各出版社、特に営業系は頭が上がらないのが現状だ。

「本の価格誤表記で、高く表示されてて、作家がお冠で編集者がその三倍ぐらいキレるってわけや」

「それ、すぐ直せないの？」

「一応ＩＤ持ってるから文章は直せるけど、価格修正は難しい。高く買ってしまった人の差額をどっちが負担するかって問題もあるし」

「ガツンと言ってやれよ」

「ウィルソンに？　夢みたいなこと言うなや。菅官房長官より怖いで」

「そりゃ、だいぶ怖いな」

「ウィルソンの上から目線なめんなよ。どの出版社でもええから聞いてみぃ。みんなシュンとしよるから」

「でも、腹立たねぇか？」

「あのな、速水。もともと消費者に仁義なんかないんや。出版から離れたら、俺らだって便利なもん選ぶやろ」

「そうだけど……」

「じゃあ、おまえウィルソン使ってないんか？」

「……使ってる」

「そういうこっちゃ」

電車に乗って隣り合わせて座ると、小山内はバッグに扇子を仕舞って代わりにコミックを取り出した。坂上実の新刊だ。

「おまえ、まだ坂上先生の作品読んでるんだな」

「異動になってからひと月ほどはコミック読むの嫌やってんけど、やっぱりこの先生の作品はおもろいんや。新刊出たらすぐ買うてもうた」

「おまえも漫画好きなんだな」

「仕事でつくってきたからな」

速水もバッグからペーパーバックを取り出して読み始めた。編集経験者が顔を突き合わせればこんなもんだ。本があるから一向に沈黙が気にならない。

目的地の最寄で降りると、午前十一時近くになっていた。案外ギリギリの時間になってしまい、二人は足早に階段を下りた。

駅前にあるのは全国展開する大手書店の大型店舗。ここにカリスマ女子店員がいる。

年に一度、全国の書店員が選ぶ文学賞はマスコミに大々的に報道され、受賞作のみならずノミネート作品までもが、書店入り口の陳列棚を独占する。賞が創設されて以来、このプロの売り手の存在感は増し、連載を持っていたり、テレビ出演したりと活動の幅が広がっている。信用の厚い店員が薦める本は、売上が伸びることも珍しいことではない。

「横山さん！」

速水が声を掛けると、文芸書コーナーを整理していた横山涼子が顔を上げた。もうすぐ三十路ということだが、小柄で学生のように見える。

「あっ、速水さん！　お久しぶりです！」

テンションの高い横山は速水と手を取り合って再会を喜んだ。横山はツイッターのフォロワーが多く、そのユニークなコメントと書籍紹介の「ＰＯＰ」のセンスで各種イベントに引っ張りだこだ。面白いことにこの若い横山が大の二階堂フリークで、作家本人からも気に入られている。

「今回はご無理を申し上げて申し訳ありません」

「いえいえ、とんでもないです。二階堂先生のフェアなんて、嬉し過ぎますよ！」

『トリニティ』の連載が始まる前のタイミングで、書店で二階堂フェアを開催し、トークイベントとサイン会を実施する計画だ。新連載のＰＲの一環も兼ね、二階堂を徹底的によいしょして「パチンコ」と「電子図書館」の両懸案にＯＫをもらう作戦である。

「何やいつ見てもピチピチしてますな」

小山内がおやじくさい台詞を吐くと、横山は目を閉じて首を振った。

「小山内さんって速水さんの同期なんでしょ？　全然見えない」

「しかも俺の方が年下やから」

「信じらんなぁい。何か、小山内さんって、松本清張（まつもとせいちょう）の小説に出てきそうな刑事って感じがするもん。公衆電話使ってそう」

「ボロクソやな。どう思うよ速水？」

「まだ刑事と公衆電話でよかったよ。容疑者とアマチュア無線だったら嫌われてるってことだから」

「俺は恵まれとったんか」

「もう埒が明かないんで、事務所にご案内しますね」

くるりと背を向けた横山について店内を突っ切る。段ボールやPOPの台紙が無造作に置かれた書店のバックヤードを通るとき、速水の胸には早紀子の顔が浮かび、胸の内に苦い思いが込み上げた。

奥にある席に小山内と並んで座ると、横山がペットボトルのお茶を出してくれた。

「二階堂先生の新連載、楽しみです。いつごろから始まるんですか？」

「永島さんの連載が終わったら、と考えてるんで、しばらく先になるんですが。今プロットの最終段階という感じですね」

最終段階とは言ったが、二階堂は未だ構想がまとまらない様子だった。それほど大きな作品ということもあるが、海外取材の目途も立っていないので、この猶予期間中に何とか態勢を整えなくてはならない。

「これが企画案なんですがね」

小山内が横山にレジュメを渡した。速水が小山内に持ち込んだ企画ということもあり、内容についてはすり合わせ済みだ。

営業部の「書店」担当は、「企画」から発売日の知らせを受けると書店に注文を取り配本リストを作成。そのリストを「取次（とりつぎ）」に渡し、書籍を流通させていく。また、今回のように店舗でのフェアを考案して話題をつくり、集客するのも大切な仕事だ。

速水は横山の持つレジュメに視線をやりながら、趣旨を説明した。

「二階堂先生の経歴と作品の関連性を分かりやすく展示して、その幅広さを堪能してもらう、というのが狙いです。特に発表から時間が経って、印象が薄くなっている、いわゆる『隠れた名作』に力を入れたいと考えています」

「改めてこの作品リストを見ると、四十年の歴史を感じますね。私が生まれるずっと前から第一線ですもんね」

「ええ。横山さんはこの『忍の本懐』って作品をお読みになったことはありますか?」

「いえ……。時代小説ですか?」

「ええ。八〇年代のヒット作です。もうキャラが立ってて、主人公の苦み走った忍者がめちゃくちゃ格好いいんですよっ。アクションシーンも見ものなんですけど、きちんと人間関係や忍者の哀愁も描いてて、未だに根強いファンがいるんです」

「シリーズで七作も出てるんですね。私、先生の作品は結構読んでるはずなんですけど、記憶にないですね」

年齢的に考えて、横山が読んできた二階堂作品はドラマや映画の原作が多いのだろう。映像化に合わせて重版となった文庫を手に取った、というところか。だが、『忍の本懐』は不幸な事情のせいで活字の域を出ていない。

「今度お送りしますから是非読んでください。横山さんならきっとハマってくれると思いますよ」

横山は「やったぁ！」と言ってパッと顔を輝かせた。この人は本当に小説が好きなんだと思うと、速水は嬉しくなった。

「えらい気合い入ってるやないか」

小山内が茶化すように割って入った。恵と飲みに行った日から、巻き返しだという気持ちが徐々に高まっている。

「おまえは他人事みたいに言ってるんじゃないよ。本チャンの仕切りは営業だぜ」

「いや、ここは二階堂大作の隠し子と言われてるおまえの主戦場や」

「あのね、先生は一時本当に隠し子がいるんじゃないかって噂が飛んだことがあるんだから。そういう冗談が案外実話として広まったりするんだよ」

横山も「小山内さぁん」と呆れるような声を出した。

「そんなことより、この前のあれ」

彼女は品薄になっていることで話題になっている政治系の新書のタイトルを挙げて続けた。

「ウィルソンさんばっかりに在庫があるじゃないですか」

「あぁ、すんません」

小山内はわざとらしく頭をかいて、気まずさをごまかしていた。頭の中では「またウィルソンか」と思っているに違いない。書店にとっても、クリック一つでお買い上げになり、本以外の商品も扱っているウィルソンは脅威だろう。

その後も二十分ほど打ち合わせをした後、薫風社の二人は横山の書店を辞した。

「うまくいくとええな」

会社を出て曇り空を見上げていたときとは打って変わり、小山内の表情は晴れやかだった。その分、普段の陰がより色濃いものに見え、速水はつらくなった。

「このまま営業で骨を埋める気はないんだろ」

歩きながら尋ねると、小山内は「へっ」と鼻を鳴らした。

「人事は会社が決めることやからな」

「でも、明らかな懲罰人事だぜ」

「まっ、確かに露骨やわな」

「おまえ藤岡って憶えてるか?」

「おう。『小説薫風』におった子やろ?」

「あいつ、組合の次期執行部なんだよ。夏闘のやり残しがあるだろ」

先日終わった夏闘は、一時金も諸要求もほとんど成果がなく幕を下ろした。

「『相次ぐ雑誌の廃刊を問い質す』ってやつか?」

「あぁ。人事異動にも触れるらしいんだが、それで小山内の件も……」

「あかん、あかん」

小山内は論外とばかりに手を振った。

「さらし者はご免や」

予想通りの一蹴に、速水はすぐに引き下がった。自分も小山内の立場なら同じ答えを返していたからだ。

「そんなことより、秋村が妙な動きしてるぞ」

「秋村が？」

例の退職金の件だと直感が働き、焦りを覚えて足を止めた。小山内もつられて立ち止まり、速水を振り返った。

「会計上の処理について聞かれた」

「退職給与のことか」

「心当たりがあるようやな。初耳やったから、知らんと答えといたけど」

「……そうか」

モノにならない、といった口ぶりだったが、きちんと裏取りに励んでいるわけだ。

「秋村が進んで社内政治に首を突っ込むなんか考えられん。相沢さん辺りが暗躍してるんやろ」

「ご明察」

「同期で共喰いか。しょうもない」

共喰いと言われて、よりはっきりと認識した。この前の呼び出しは、生き残るのは『トリニティ』か『アップターン』かという単純な話だったのだ。曲者の上司に踊らされている状況は気に食わないが、ゴールテープを切ることができるのは先頭の一人のみ。そして、そのテープはすぐにスタートラインとして引かれる。何としても勝ち残らなければならない。

スイッチが切り替わったような感覚がした。

「とことんやりましょうよ」という恵の声が甦り、胸の内で受け身の時間が終わりを告げる。

速水は小山内に礼を言うと、再び駅に向かって歩き始めた。

さて、反転攻勢だ——。

5

自動ドアの向こうは白一色だった。

広々としたエントランスの奥に受付があり、ベストの制服を着た女性が一人、座っている。気後れしたのも束の間、速水は咳払いをしてから大理石の床を踏んだ。

「コンテンツ事業部の清川さんと約束があるんですが」

目鼻立ちがはっきりした受付の女性は、お手本のような笑みを見せると「少々お待ちくださいませ」と言って受話器を手にした。速水は天井が高く、開放感のあるロビーに視線を移した。円形の造形作品に収まったフラワーオブジェを中心に、革張りのソファセットを放射状に置いている。数組の来客が打ち合わせをしていた。

そのロビーで待つように言われ、速水はソファに腰を下ろした。バッグの中から分厚いレポートを取り出す。

新聞社時代の上司がつくったもので、彼がパチンコ業界に精通していたことを思い出し、連絡を取ったのだ。元上司は突然の電話に驚いたようだが、懐かしがり『トリニティ』読んでるよ」と嬉しいことを言ってくれた。そして、会社に内緒でパチンコ雑誌に寄稿していることを打ち明け、自作のレポートを送ってくれたのだった。

久谷ありさと永島咲の単行本も大切な収入源だが、如何せん売れるか否かの博打である。その点、年間契約の広告は〝現ナマ〟であり、取材費は二階堂への何よりの手土産になる。仮にこの六千万円を手に入れたからといって、直ちに黒字になるほど雑誌の運営は甘くない。だが、ここを突破しない限り未来を切り拓けないのは確かだ。自分よりはるかに経済感覚に優れた秋村が水面下で動いている。生半可な覚悟ではあの男に勝てない。

「お待たせして、申し訳ありません」

清川は二ヵ月前と同様、体にぴったりと合ったスーツを粋に着こなしていた。メガネのフレームは前回と同じく洒落ている。

「やっぱりこう言わざるを得ないんですけど、メガネ格好いいですよね」

「いやぁ、今日は速水さんに会うんで、新しいのをかけてきたんですよ」

「そんな清川さんにお渡しするのは恐縮なんですけど、これ、佃煮の詰め合わせです」

「えっ、わざわざそんな。ありがとうございます。僕、ご飯のお供系に目がないんですよ」

「それはよかったです。清川さんのそのおメガネに適えばいいんですけど」

ちょっとしたことだが、清川には嬉しかったらしく「さっ、どうぞ、どうぞ」と機嫌よく速水を誘った。

ロビー奥の短い階段の先に分厚いドアがあり、中に入るとそこにパチンコ台がずらりと並んでいた。社員と思しきカッターシャツの男たちが所々で台の周囲に集まり、バインダーを片手に話し合っている。あちこちから玉が回る音やキャラクターの決め台詞が聞こえ、ロビーとは違って随分と賑やかだ。

物珍しそうにしている速水に清川が「新台のチェックです」と話した。防音ドア一つ隔てて、ようやくパチンコメーカーに来たのだと実感する。清川の後について階段を上がり、エレベーターホールへ出た。

「ほんとお忙しいところ、すみません」

今日の打ち合わせは速水が提案したものだった。対二階堂の戦略を練るために、まずは業界を知ることだと考えた。同時に清川の人となりを見極める狙いもあった。

「いえいえ、こちらこそお昼時にすみません。本来なら、こちらから出向かなくてはならないのに」

「滅相もないです。こちらの美しい建物に比べれば、私らの本社なんて事故物件ですよ」

エレベーターで上階に行くと、清川はフロアの奥にある応接室に案内した。よく磨かれた楕円形の木製テーブルが中央で幅を利かし、スクリーンやスピーカーを備えた高級感溢れる造りになっている。

「これはまた立派な部屋ですね」

「無駄に広いんですよね。僕はまだこの部屋でスクリーンなんて使ったことないですよ」

対面に座ると、足を伸ばしても届かないような距離だった。

「先々月はすっかりごちそうになってしまって」

「こちらこそ弟の店に来ていただいて。結局、清川家の財布にお金が戻るっていう」

「理想的なマネーロンダリングですね」

「速水さんって言葉がポンポン出てきますよね。是非もう一度お会いしたいと思ってたんですよ」

ノックの音がして女性社員が、ワゴンを押して入ってきた。

「速水さん、お昼までですよね？」

「ええ」

「お弁当で恐縮なんですが」

「そんな、すみませんっ」

女性がお弁当とお茶を置いてくれ、サプライズのもてなしに速水は驚いた。清川が蓋を取ったので、それに倣った。大ぶりな肉が何枚も入っているステーキ弁当だった。

「これは……。手土産は佃煮でよかったんでしょうか」

「もちろんですよ。弁当を突きながら話しましょう」

速水は遠慮なくステーキを口にした。ほどよく脂身のある柔らかい肉がソースと絡まって、唸るほどうまかった。ひと口だけで相当値の張る弁当だと分かった。

「清川さん、毎日こんな弁当食べてるんですか?」

「まさか。こんないいもんばっかり食べてたら、二年ぐらいで死んじゃいますよ」

箸を進めながら、速水は当たり障りのないところから質問を始めた。

「今、大抵のパチンコメーカーはコンテンツ事業部のような部署があるんですか?」

「大手はあるでしょうけど、中小はないとこが多いんじゃないですかね。そういうところは代理店が入りますね。代理店に任せちゃった方が安く済むかもしれませんけど、独立した部署があるおかげで、こうして速水さんとも出会えたわけですから、無駄じゃないと思ってます」

「結構な人数なんでしょうね」

「いえいえ、僕らの部署はこぢんまりしてますよ。僕も転職組ですけど、ほとんどプロパーがいませんから、変な小集団って感じで見られてます。実際、一芸入試よろしく、いろんなジャンルのオタクを集めたような感じですね。何かと警戒される業界なんで、人の懐に飛び込んでナンボって仕事ですから」

これはひと筋縄でいかない人間が集まっている、と速水は思った。清川自身、物腰の柔らかさとは相反する押しの強さがある。だが、この種の性格は、交渉事において決して短所にはならない。

「先日伺った広告の件なんですけど、グループ傘下の温泉施設と若者向けのアミューズメント施設、かなり業績がいいようですね」

「各社、不動産系の副業は山ほどやってますよ。うちの傘下もおかげさまで盛況のようですが、それでも本業を凌ぐことはありませんからね」

「傘下の施設に来られるようなお客さん、例えばパチンコホールに女性客を取り込む策はあるんですか?」

「非常に難しいですね。『冬のソナタ』がブームだったときは、中年女性を中心に冬ソナの台が爆発的にヒットしたんですが、僕の知る限りそれ以外に成功例はないですね」

「ヨン様を突破口にという流れにはならなかった、と」

「結論から言うとなりませんでした。これが我々の一番の課題なんですが、イメージアップの手がなかなか見つからないんです。『美容』とか『癒し』の要素はゼロですから、確かに女性はホールに入りにくいと思います」

「ちなみに私、ヨン様のものまねできますけど」

「私もできるんですよ」

速水は「ほぅ」と言うと、しばらくヨン様で会話することを提案した。速水も相当自信があったが、清川のペ・ヨンジュンは、長い台詞になっても声がブレない。マフラーも雪もチェ・ジウも目に浮かぶようで、速水の完敗だった。

「清川さんは……メガネかけてるから」

「僕、コンテンツ事業部にものまねで入ってるんです」

「先に言ってよ」

二人で同時に茶を啜り、打ち解けた雰囲気になった。

「で、話を戻しますけど、お客さんの男女比を聞いていいですか」

「八対二ってとこじゃないですかね。午後帯はまだおばちゃんの姿もあるんで、昼のメロドラマを台にしようという話もあったんですけどね」

「ファミリー層の取り込みも難しいんですよね？」

「託児所のあるホールをつくったりはしてますけど、世間の見る目は厳しいですね。東日本大震災以後は、パチンコ台のテレビCMを自主規制してますけど、復活する兆しはありませんし」

相手が話しやすいようにメモは取らなかったが、記者の習性で速水の頭のノートには質問と答えの棲み分けができていた。

「この際だから全てお話ししますけど、女性、ファミリーだけではありません。若い層をいかに惹きつけるかも重要な問題です。パチンコの平均コア層は四十代以上です。スロットはもう少し下がりますが。今、若い人って、本当にお金持ってませんよね。下手な子だと十分もしないうちに一万円なくなっちゃいますから、時代に合う台もつくっていかなきゃならないんです」

最近ではどの業界の人間に話を聞いても「過渡期」という人が多いが、パチンコ業界もそうなのだろう。二階堂に突っ込まれそうな課題を確認した速水は、方向性を変えることにした。日本茶を口に含み、きれいに平らげた弁当に蓋をした。

「二階堂先生の『忍の本懐』を改めて読み直したんですが、清川さんはさすがプロですね。あれほど絵になる小説も珍しいですよ」

「今はそういう素晴らしい作品を探すのが本当に大変なんですよ。もう枯渇してお借りするものがないというか。残っているものは絶対権利が取れないようなものばかりです」

「この前もおっしゃっていましたけど、清川さんは読書家なんですね」

「大したことはないんですが、十代のころからずっと小説を読んでますね」

速水はしばらく清川の好きな作品について話を聞いた。現代ものから時代小説まで幅広く読んでいて、その口調からも熱が伝わってきた。速水も清川が挙げた作品のほとんどを知っていたので、小説談議はかなり盛り上がった。そのまま続けたかったが、時間が限られているので話題を元に戻した。

「先ほど、新台がずらりと並んでいるのを見ましたが、映像がかなり進化してて驚きました よ」

「九〇年代に液晶に映像を映し出せるようになって、そこからエンタメ業界の方々とお付き合いするようになりました」

『忍の本懐』はアニメにするんですよね？」

「今はアニメバブルなんで、制作会社もクオリティが高いところは先まで埋まっちゃってるんですよね。これは、いくらお金積んでもやってくれない。順番通りです。だから、できるだけ早くラインを押さえたいんですよね……」

「……すみません。二階堂先生は入り口を間違えると富士の樹海なんで……」

「申し訳ありません。あまり急かしてはダメだとは思うんですけど、他社に持っていかれるのも嫌だな、と」

「諸刃の剣ですけど、あの先生はなかなか落とせませんよ。多分、かなり突っ込んで聞かれると思うんで、アニメ業界のことを詳しく教えてもらえませんか？」

「本当に熾烈な競争が続いていて、毎クール五十本ほど新作が出るんです」

「五十本？　年に二百本ですか？　そりゃすごいな」

「深夜、CS、五分間番組などいろんなタイプを含めてですが。特に深夜アニメが増加したことが原因で、二〇〇〇年代後半から激しくなったんですよ。アニメ制作の人は家に帰れないみたいです。飽和状態ですから、暇な会社はないんじゃないですか」

「儲かってそうですね」

速水は親指と人差し指で輪をつくり、ひっくり返した。

「どの世界にも勝ち負けはありますが、基盤がしっかりとしている会社は、借金までしってことはないと思います。ブルーレイが売れれば一番いいんですけど、意外と何とかなるみたいです。海外配信ではアメリカがいいみたいですね。向こうは配信が百%で、ほぼ日本のアニメとタイムラグなく放送します。うまくいくものであれば、海外配信だけで元手も回収できます。あと中国もいいですね」

「中国ですか……」

速水は海外配信についてさらに詳しく質問し、その後ハリウッド作品の権利獲得やヨーロッパへの台の売り込みなど海外に関する話も聞いた。二階堂は好奇心の塊のような男で、肉食獣の目で常にネタを探している。元も子もない言い方をすれば、作家にとってネタは金なのだ。ようやく対二階堂の戦略が見えてきた。

ノックの音がして、先ほどの女性社員がワゴンを押して入ってきた。紅茶とクッキーの皿が載っている。腕時計を見ると、既に一時間半が過ぎていた。

「長居してしまった上に、お気遣いいただいてありがとうございます」

「いえ、私も普段、自分の仕事の話をすることはありませんので楽しかったです。改めていろんな問題を抱えた業界だなぁと再認識できました」

「自分も出版業界の行く末を考えると暗くなります」

「今度は是非、プライベートで飲みませんか？　速水さんの足下にも及びませんが、僕も小説に光が当たってほしいと思ってるんで」

「ありがとうございます。本当におっしゃる通りで、このままだったら『かつて活字で物語を書いて生計を立てていた、小説家という職業がありました』なんて日本史の教科書に載るかもしれません」

「小説家が文化庁あたりから補助金もらって、伝統文化の保護に勤しむってことになったら、終わりですね」

「みんな新しい風を求めているんですけど、なかなか見つけられないんで。案外二階堂先生みたいな大御所が冒険心を持っていたりするんですよね」

速水は紅茶を飲んでから、清川を見据えた。取材のような打ち合わせを通して、このメンタルの強さなら大丈夫だと自信を深めた。

「一つ提案があるんですが、清川さん。一緒に二階堂先生のところへ行きませんか?」

「えっ、私がですか?　もちろんお会いしたい気持ちはあるんですが……、いきなりお訪ねして大丈夫ですかね」

「大丈夫です。清川さんはお若いのに落ち着いてらっしゃるし、何よりご自身の仕事を客観視しておられるので、二階堂先生のお気に入りになること間違いなしですよ。それに、あの先生はものまねが好きですからね。困ったら伊東四朗(いとうしろう)で五分は持ちます」

二階堂は、見ず知らずの人間を連れて行って機嫌を損ねるような人間ではない。何かにつけ、面白がろうとする男だ。速水一人が神妙に頭を下げても得られる同情は知れている。『トリニティ』黒字化への巻き返しを図るには、これぐらいの策が必要だ。

「今日伺ったアニメの海外配信の話なんか、飛びつくと思うんですよ。先生はもうお金に興味がないんで、いかに面白いネタを仕込めるかが勝負だと思うんです」

速水が説得に乗り出すと、清川は押し黙って紅茶を啜った。妙な間が空いたので、速水は失言があったのかもしれないと冷や汗をかいた。

「……いかがでしょうか、清川さん」

一瞬、口が滑ったのではないかと気を揉んだ速水だったが、対面の男の顔に浮かんでいるのは怒りではなく、ためらいだった。

「何か不都合でも……」

「いえ、先ほど速水さんがおっしゃったことですけど、二階堂先生がお金に興味がないっていう」

「ええ。ずっと第一線で活躍されてる方なので」

「失礼ながら私どもの方で、少し先生のことを調べたんです」

話があらぬ方向へ進み始め、速水の鼓動は速まった。

「あるエネルギー系の会社なんですけど、先生は金融ブローカーに誘われて、かなりの額を未公開株につぎ込んでいるようなんです」

「先生が株をされているとは……。結構、財テクしてるんですね」

敢えて明るい声を出した速水だったが、おぼろげながら着地点は見えていた。

「財テクになるかどうか」

「どういう意味です？」

「このブローカーは筋が悪いんですよ」

「マル暴系とか？」

「組員ではありませんが、似たようなもんです。この男は先生の金を持って既に飛んでます」

　速水は殴られたような衝撃を覚えた。これまでの長い付き合いの中で、二階堂は株の「か」の字も言ったことがなかった。あまたの酒席をともにし、不倫旅行では黒子に徹し、年月とともに信頼を勝ち得てきたつもりだった。

「全然知りませんでした」

　動揺する速水を前にしても、清川は落ち着き払っていた。彼は右手の中指でメガネのフレームを押し上げた。

「典型的な未公開株の詐欺ですよ。どうでしょう、速水さん。この線も使えそうですか？」

―第五章―

1

声の大きさからして、セミは近くで鳴いている。

出窓から差し込む陽は強く、風量を最大にした古いクーラーが唸りを上げる。梅雨明けの声はまだ届かないが、速水輝也は真夏も近いと感じた。

「本当に映画に出てきそうなお部屋ですねぇ」

革張りのソファの隣に座る清川徹が興奮した面持ちで話した。

「いやぁ、如何せん古いよ。この家も築三十年だからね。もうちょっと小さくてもいいから、きれいなところに住みたいよ」

対面に座る二階堂大作は笑みをこぼし、鷹揚にロックグラスを手にした。

横浜市内にある二階堂の邸宅。今いる書斎は家から廊下でつながっているものの、離れよろしくポツンと庭の中に佇んでいる。約二十畳の部屋は来客のためにダイニングを備え、一角を占める書棚にはすき間なく本が並んで、作家たるものこうあるべきとの主張が聞こえてきそうだ。

「先生、これが以前お話ししたフェアの絵コンテです。横山さんがつくってくれました」

先日、同期の小山内甫と訪れた書店のフェアのものだ。速水から絵コンテを受け取ると、二階堂はさっと目を通し「涼子ちゃんは元気かね?」と上機嫌に聞いた。若い女性ということもあるが、ファンである書店員がわざわざ絵コンテをつくってくれたことが嬉しいようだ。順調な滑り出しに、速水は胸を撫で下ろした。

「先生のフェアということで、横山さんも張り切ってますね」

「そういや、彼女とも久しく飲んでないなぁ」

「フェアの打ち合わせも兼ねて、近いうちにお時間をいただければと考えています」

「頼むよ。まっ、君たちも飲んでくれ。時間帯を気にするような仕事じゃないだろ」

作家との打ち合わせで昼間から飲む、というのは珍しいことではない。速水は清川と視線を合わせてから、重たいロックグラスに手を伸ばした。ブレンドのスコッチだ。まろやかな口当たりで上物だと分かる。

「速水もなかなか面白い人を連れてきたねぇ」

清川の会社を訪れて十日が過ぎていた。あれから清川は極秘裏に二階堂の懐具合の調査を進め、ヨットの売却や夜の街に繰り出す回数が減っていることなどを突き止めた。どこから仕入れたのか、都内のカプセルホテルに泊まっていたとの情報もあった。

だが、最も驚いたのは、長年連れ添った妻との間に離婚話が浮上していたことだ。二階堂の女遊びは今に始まったことではなく、速水は夫人がてっきり諦めの境地にいるものと思っていた。離婚となると財産分与も視野に入れなければならず、盤石に見えた二階堂大作も、いささかのぐらつきを感じざるを得ない。これについては、速水も他社の週刊誌記者から裏を取っていた。先ほど二階堂が「この家も築三十年だからね」と話していたのも、謙遜というよりは転居を仄めかしていたのかもしれない。

「清川さんはうちの相沢に紹介してもらったんですが、お若いのにしっかりしていらっしゃって、何より先生の大ファンということで、本日お時間を割いていただいた次第です」

三日前にアポイントを取るために電話した際、速水はパチンコ業界の人間を連れて行く旨を話したが、二階堂は「あぁ、そうなの」と大物らしい反応を示しただけで理由を問うことはなかった。

「パチンコ業界の景気はどうだね?」

二階堂が清川に挨拶代わりの話題を振った。二階堂にしても、なぜパチンコ業界の人間がここにいるか速水の真意を測りかねているだろう。一方で、こういう不確かな状況を楽しむだけの余裕を持つ作家でもある。

「あまり明るくはありませんね」

清川はそう言って、女性客や若者層の取り込み、特にイメージアップに苦心していることを打ち明けた。

「私もいろんなところで話をするけど、今はどの業界の人も新しい層をいかに獲得するかで悩んでるようだねぇ。やっぱりネットの影響は大きいみたいだな。パソコンの前に座るだけで一番安い店が探せるんだから、横着この上ないよ。エンタメだって、みんなタダかバカみたいな金額で時間を潰してるじゃないか」

これは電子図書館の話は切り出せないと判断した速水は、話の矛先を変えることにした。

「先生、イメージアップというと、我々の業界も他人事ではありませんね」

「確かにそうだ。小説なんか一年に一冊も読まん奴がザラにいるんじゃないか。金払って活字の娯楽を買うなんて狂気の沙汰ってとこか」

二階堂は自嘲気味に笑って、ソファの背もたれに体を預けた。

「そうですよね。小説を読まない人たちの入り口をつくることは容易ではないと思います。果たして一つの業界だけで足掻いていて、トンネルの出口は見えるのか……」

隣で清川が持っていたグラスをコースターに置いた。

「私たちも総合的なコンテンツ企業を目指して、さまざまな業界の方々と交流を深めてるんですが……」

清川は最初に会ったときに話した、アニメ業界との関わりを説明した。二階堂は「ほぉ」などととぼけた相槌を打っていたが、速水には真面目に耳を傾けているのが分かった。

「つまり、その映像作品の製作委員会ってのに入っても、君たちの場合はパチンコ台にならなければ利益にならないってことだな？　それはいろいろと難しいんじゃないのか？」

二階堂はさすがの慧眼で、パチンコ業界の弱みをすぐに見破ったようだ。だが、この返しも速水と清川が事前に行っていた打ち合わせの想定内だった。

「全くおっしゃる通りで。ですからネット動画は救世主なんです」

「ネット動画？　そりゃまた面白いことを言うね。私はそっち方面が疎いんだが、そんなに人気なのかね？」

「かなり伸びています。僕らのネックは自前でメディアを持っていないことですが、一方でいろんな媒体の方とお仕事ができる点はメリットだと思うんです」

二階堂を説得するためには、メディアミックスを強く意識づけることが必須だ。清川は落ち着いた様子でシナリオ通りに続けた。

「テレビは影響力という点で強いんですが、コストが高すぎます。その点、ネット動画は独占配信権の販売という形で、無料どころかこちらがお金をもらいます」

「そりゃ、すごい違いだな」

「ええ。しかも最近のテレビは、激しめの描写だとかなり高い確率でNGになりますけど、ネットではその心配がありません。ですから、アニメや映画制作は配信頼みになっています」

「へぇ、パソコンがねぇ。全く絵が浮かばんのだが、そのネット動画の配信会社ってのは、何者なんだ？」

「外資が多いですね。例えばウィルソン」

ウィルソンと聞いた瞬間、二階堂は眉を顰めた。あまりいい話を聞いていないのかもしれない。速水は受話器を手に頭を下げていた小山内の姿を思い浮かべた。

「ウィルソンはそんなところまで手を出してるのか？」

「ええ。ウィルソンと組むと、二次元に留まらず物販を動かすことができるんです。例えば、パチンコ台の映像に登場したり、流れる曲を歌ったりしているバンドがあるとします。こちらとしてはそのバンドを売り込みたいので、制作するアニメのテーマ曲を歌ってもらって、そうするとCDやグッズなどの物販が動いてウィルソンの利益になります」

「いわゆるWin-Winというやつか。君たちにしても外資の配信会社が入れば、一発で制作費が回収できる、と」

　二階堂はついていけない、とばかりにかぶりを振った。時の流れに疲れを感じるという気持ちは、四十代半ばの速水にもよく理解できた。二階堂の年齢になると、特に非常識や落ち着きのないものが、社会の中心に居座っているように思えるのだろう。

　速水は窓際にある執筆用のデスクに視線をやった。二階堂は今も愛用の万年筆を握り、ネーム入りの原稿用紙に物語を書き続けている。斜めになった木製の原稿台、万年筆やインクボトル、赤鉛筆などの筆記具、取材に使う固定電話。同じ小説家でも高杉裕也のような若手作家とは、仕事道具がまるで異なるのだろう。しかし速水にとってそれは、古さではなく威厳に映った。ただ唯一、その厳めしさに水を差すのが、家庭用のカラオケマイクだった。場違いに置いてあるこのマイクで十八番（オハコ）を歌うのは、担当編集者の通過儀礼だ。

「最近では中国マネーも入ってきてます。これはネット配信だけでなく、コストのかかるテレビアニメにも言えることで、製作委員会も中国様々というわけです。ただ、中国はリアルな戦闘ものや政府転覆ものはダメなので、萌え系の青春ものが多くなるんですが」

清川はここで一旦言葉を切って、一瞬、横目で隣を窺うような気配を見せた。速水はそれを合図と受け取り、重心を前方へ傾けた。

「面白い話があるんです。世界で日本のアニメが投資の対象になってきているそうなんです」

「投資?」

二階堂は表情こそ変わらなかったが、明らかに興味を引いた様子だった。

「ええ。これが本格的な流れになってくると、制作現場は資金面で大いに助かるんですが、反面……」

「ものづくりを銭勘定でしか見ない連中は危ないぞ」

二階堂が吐き捨てるように言った。

「全く先生のおっしゃる通りで、投資家の目的は金儲けでしかありません。ツールは何だっていいわけです。業界が投機筋の金を当てにするようになると、制作の質が落ちるのは必定。諸刃の剣になります」

目の前でロックグラスの氷を鳴らす大物作家は、清川が話していた通り、お手本のような未公開株詐欺に遭っていた。きっかけは旧知のクラブのママだ。さすがに誘い文句までは再現できないが、このママが金融ブローカーと一緒に飛んだことから、二階堂を引っ掛けたのは間違いない。二階堂が世間体を気にして、被害を訴え出ないことも見越していたのだろう。被害額は億単位。妻との離婚話も決着がつかないため、資金繰りに窮していても不思議ではない。

清川から詐欺事件の話を聞いたとき、速水はアニメ業界の投資話に結びつけて説得しようと閃いた。敵失につけ込むようなやり方だが、二階堂にとってもまとまった金をつくるチャンスでもある。無論、速水は作家のプライドを守るため、事件のことなどおくびにも出すつもりはなかった。

「そう考えると、ここにおられる清川さんは……、ちょっと健気なんですよね。製作委員会に出資しても、パチンコ台にできないこともありますし。地道に他業種の人たちと信頼関係を築いていって……顔が見えるというか」

「いや、自分らは先生のようにものを生み出す才能がありませんので、ある程度は仕方ないかな、と」

投資家を悪とし、清川を善とする。分かりやすい構図だが、三人の位置関係がスッと頭に入るはずだ。二階堂は「確かに清川さんはどちらかと言うと、胡散くさい株屋連中に一杯食わされる方だな」などと際どい台詞を吐いた。

速水は表情を読まれる前に、居住まいを正して二階堂を見据えた。

「そこで、なんですが、先生。今日伺ったのは他でもありません。一つ、ご提案があります」

「何だ、改まって」

「先生の作品をパチンコ台にしてみませんか？」

「何？　パチンコ台……」

二階堂が呆気に取られているすきに、速水は言葉を継いだ。

「私はもちろんですが、清川さんも先生の小説に惚れこんでおりますっ」

「それはありがたいが……」

「口先だけではありませんっ。清川さんが会社と交渉した結果、『トリニティ』新連載の取材費を用意していただくことになりました」

「えっ、取材費を？」

二階堂が驚いた様子で問い掛けると、清川は「はい。一千万円ほど」と静かに答えた。

「先生、まずはどちらの国から行きましょうか？　イギリス、アメリカ、ロシア……」

「ちょっ、ちょっと待ってくれ。話についていけないよ」

二階堂はシャツの胸ポケットからタバコの箱を取り出した。執筆のときはもちろんだが、昔から考え事をするとき吸い始める癖がある。タバコを喫まない速水だったが、ズボンのポケットから素早くライターを出して火をつけた。

「そもそも、小説なんかパチンコ台になるのかね……」

ゆっくりと煙を吐き出した二階堂が、独り言のように漏らした。

「正直、静かな文芸作品だと間が持ちません。作品をお借りするとすれば、やはりアニメが多くなります。私自身、小説から台になったものは記憶にありませんが、ないからこそ開拓者になれるのでは、と考えております。それに、先生の作品でしたら、認知度を高めるという困難な作業は免除されます」

「しかし、私の作品でそんな派手なものはあったかなぁ」

「はい。『忍の本懐』です。私もずっとこの作品のファンでして、是非登場人物たちのユーモア溢れる忍術を再現したいと考えて……」

清川がズバリ打ち明けると、二階堂は紫煙を盛大に吐き出した。

「ダメだ、ダメだ。あれだけはその手の話を全部断ってる」

有無を言わさぬ口調で遮る声を聞き、速水が引き受けた。

「あの作品が映像にならなかったのは、当時の制作陣の心構えが間違っていたことと、実写では表現しきれない作品のスケールにあったと思います」

「だからと言って、CGをふんだんに使った興醒めするような映像はご免だよ」

「ごもっともです。ですから、中途半端なことはせず、初めからアニメにした方が面白いと思うんです」

「アニメだと？　俺の作品を漫画にしようっていうのか」

動揺したのか、二階堂にいつもの「俺」が出てきた。

「先生、アニメの門戸は既に世界に開かれています。投資家が金を注ぎ込んでいる状況がその証拠です。過去の名作で二階堂作品の新機軸を打ち立てるためには、おもいきった戦略が必要だと思うんです」

「しかし漫画は……」

「先生、八〇年代ごろまで、パチンコ業界と出版業界は市場規模にさほどの差はありませんでした。それが今はどうですか？　パチンコは二十兆、三十兆円市場になって、出版は一兆五千億円を割り込んでいるじゃないですか」

速水は会社の打ち合わせ室で「それで二階堂先生は落ちませんよ」と話していたことなど素知らぬ顔で、相沢の受け売りをした。

二階堂は煮え切らない態度でタバコの煙を燻らせていたが、かなり心が揺れているのが分かった。速水はここが勝負どころだと判断し、二階堂のデスクを見た。「失礼します」と断りを入れて立ち上がると、デスクにあるカラオケマイクを手にした。

「何をしてるんだ君は？」

速水はそれには答えず、何もない西側の壁にポツンと置かれているテレビとマイクを有線でつないだ。二階堂だけでなく、打ち合わせにはない行動に清川もポカンと口を開けている。

「先生、不肖速水、ここで一曲歌わせていただきます」

「何でだよっ。何でこのタイミングでカラオケを始めるんだ」

「聞いてください。速水輝也で『メモリーグラス』」

「何だ、この展開はっ」

堀江淳の『メモリーグラス』は、新聞記者が披露する替え歌の代名詞である。冒頭の有名なフレーズ「水割りをくださ い～」を「特ダネをください～」ともじり、報われない事件記者の哀愁を表現するのだ。記者時代に先輩からこの替え歌を仕込まれた速水は、いざというときのために温めていた。

軽快な前奏を聞き終えると、速水はマイクを握り締め「先生っ」と声を掛けてから歌った。

「版権をください～」

あまりにくだらない展開に、ソファの二人は噴き出した。速水は二階堂への報われない愛情を大げさに歌った。よく練られた歌詞はもちろんだが、堀江淳とそっくりな声を出す速水に、さすがの二階堂も呆れるのを通り越して感心している様子だった。

「先生、私も堀江淳のものまね、できます」

清川は速水のもとまで駆け寄りマイクをもぎ取ると、かなりのクオリティで「版権をください～」と歌った。

「もういいよ！」

二階堂の叫び声がホイッスルとなり、臨時のカラオケ大会は幕を下ろした。

「どうせあれだろ？　君たちは俺が『うん』というまで居座り続けるつもりなんだろ？」

「ホームステイの覚悟で、泊まり道具も持参しております」

清川から奪い返したマイクに向かって速水が言うと、二階堂は「とりあえず、マイクを置いてここに座りなさい」と窘めた。

「分かった。君たちの好きにしたまえ」

「ありがとうございます！」

速水と清川が声を合わせて頭を下げると、二階堂はニヤついて前のめりになった。

「その代わりと言っては何だが、今日聞いたパチンコ業界の話、あれをもうちょっと教えてくれんか？」

これは書く気だと見切った速水は揉み手をせんばかりに「もちろんですぅ」と請け負った。

「まさか俺の作品がパチンコ台になるとはね。しかもあの『忍の本懐』が。台もあれなんだろ？　印税と一緒で歩合だよな？　清川さん、頑張ってくれよ」

切り替えの早い二階堂は、早くも新しい〝印税生活〟の青写真を描いているようだ。

「ええ。それはもうサラリーマン人生を懸けて頑張りますっ」

清川はきれいな笑みを浮かべながら頷いたものの、すぐに「ただ……」と言い添えて声を落とした。

「先生、権利料は歩合ではなく、一回払い切りでお願いできると助かるんですが」

2

近づいてくる足音を察知し、速水は英字新聞を閉じた。

顔を上げると、思った通り藤岡裕樹だった。速水は新聞と電子辞書をセットにしてバッグにしまった。

「お待たせしてすみません」

藤岡は特に悪びれる風でもなく、対面に腰を下ろした。社内のカフェテリアは午後の閑散とした時間帯だ。

「そう言えば、この前もここで話したたな。確か、おまえはエロ本を読んでたんだよ」

あのとき窓から見えていた桜は、深い緑色の葉をつけている。つい最近のことに思えたが、もう三ヵ月も過ぎていた。

「エロ本じゃありませんよ。読者からの手紙ですよ。ていうか、速水さんがその手紙を持って行ったんじゃないですか」

「そうだっけ?」

「前から思ってたんですけど、何で速水さんはそんな中坊みたいな戯れ言が好きなんですか?」

「もし性欲が力なら、あのころの俺は最強だった。大英帝国を懐かしむイギリスの高齢者と同じ構図だよ」

「全然違いますよ」

「随分冷たいじゃないか。何かおまえに不幸があればいいのに」

「機嫌悪いですね。嫌なことでもあったんですか？」

「娘に彼氏ができた」

「そりゃ、テンション下がりますねぇ」

先月、新しいワンピースに身を包んだ美紀は、速水に話していた中学二年の少年と映画を観に行ったという。七月に入ってからもう一度デートし、三日前に告白されたらしい。

「LINEのスタンプで告白されたんだと。どう考えても遊びだろ」

「遊びって。でも、相手は中坊か……。速水説によると性欲最強の時期じゃないですか」

「さすがにしばらく大丈夫だとは思うが、気が気でないよ。二階堂先生の自宅にいるときに、娘からLINEが入ったんだよ。『パパ、カレシできたよ～』って。腐った栗みたいなキャラのスタンプ付きで」

「大事なお知らせはみんなLINEなんですね」

「思わず二階堂先生に相談したよ。つらいですって」

「先生は何と？」

「『俺の知ったこっちゃない』って」

「心から言ってそうですね。相変わらず血も涙もない」

「いや、シンプルでいいよ。それにしても、来年受験だぜ？　あと十年ぐらい我慢できないのか」

「十年はかわいそうでしょ。でも、小六は凹むなぁ」

速水の心配をよそに、美紀は片想いが成就したことで却って精神的に落ち着いたらしく、頑張って机に向かっているようだ。だが、あくまで自己申告なので信憑性は乏しい。早紀子との仲が冷え切っていなければ、もっと情報を引き出せるのだが、今では家で顔を合わせるのも避けている。

「ところで、用件は何だ？　俺はこの後、顔油(ガンユ)と会わなきゃならんのだ」

「相沢さんのことですか？　勝手に言葉をつくらないでくださいよ。いや、真面目な相談なんですよ」

「組合関係か？」

「ええ」

藤岡は労働組合の次期執行部で、八月からの一年間、会社を代表して経営側と交渉する。通常の仕事にプラスして団体交渉や組合新聞を発行しなければならず、志願して執行部入りする人間は皆無だ。候補に挙げられた人間同士で押し付け合った結果、編集や営業など各部署から渋々首肯(しゅこう)した社員たちが集まって、重責を分かち合うのだ。

「まぁ、うちの組合は業界でも特に強いからな。大変だぞ」

「速水さんはうまく逃げてますよね？」

「そういう交渉はうまいんだ」

「だったら代わってくださいよ。雑誌は潰れるわ、団交で『多田くらげ』に刺されるわ、じゃ割に合いませんよ」

「あと顔油も結構交渉の場に出てくるからな。あれは手強いぞ」

「だからこそ、速水さんにご相談なんですよ。夏闘の諸要求で決着していない問題があるでしょ？」

「あぁ『相次ぐ雑誌の廃刊を問い質す』ってやつか。前にも言ったけど、小山内はNGだったぞ。『さらし者はご免や』って」

「それは了解しました。実は今度、臨時中央委員会が開かれることになって、そこに労担の多田専務と編集局長の相沢さんに経営側として出席してもらうことになったんです。一応、雑誌の件が引き継ぎ事項ってことになってるんで、新旧の執行部も出席して中央委員も集まって、かなり規模の大きな会になる予定なんです」

「組合員三十人ぐらい集まるんじゃないの」

「いえ、五十人です」

「ひぇー。それで経営陣は多田さんと相沢さん二人だけ？」

「はい。ここでさらにプレッシャーを与えたいんで、雑誌の編集長に五人ほど来てもらって、過密労働について語ってもらおうと」

「ちょっと待て。ひょっとして、俺に出ろって言うんじゃないだろな？」

「言いますよ。何のために来てもらったんですか」

「おいおい、勘弁してくれよ。俺、あの二人苦手なんだよ」

「何を気弱なこと言ってるんですか。うちの組合は全員参加のユニオンショップですよ。一丸とならないと勝てる戦も勝てませんよっ」

「アジってんじゃねぇよ。面倒くせぇなぁ」

「秋村さんは承諾してくれましたよ」

「えっ、秋村が？」

「ええ。僕もびっくりしましたけど。いつもの気怠い感じで『あぁ、いいよ』って」

一匹狼で現実主義者の秋村が、組合員の先頭に立って経営陣と対峙するなど想像もできなかった。

「あいつ、どういう風の吹き回しだ」

「さぁ……。でも、まさか秋村さんがOKで、みんなの速水さんがNGってことはありませんよね？」

多田と相沢は『トリニティ』廃刊の生殺与奪の権を握っている。心情的には組合側に傾いているが、言葉のバランスを考えないと自分の雑誌に影響を及ぼしてしまう。それにしても、秋村はなぜ出席を決めたのか──。

粘っても埒が明かないと思い、速水は「ジョニーウォーカーの青な」と言って後輩の依頼を受けた。

三十分ほど後、速水は編集局長室のドアをノックした。

中に入ると、相沢はデスクで本を読んでいた。

「おぉ、忙しいとこすまんな」

前まで行くと、相沢がやっと顔を上げた。今度はライバル誌の『エスプレッソ』ではなく、電子図書館に関する本を読んでいた。いつもの当て付けより、よほど性質が悪い。

「これ、なかなかおもろいな」

「そうですか」

「えらい愛想なしやな。貸したろか?」

相沢はろくに返事も聞かずに応接セットのソファに移動した。速水が向かい合って座ると、相沢は気忙しくビャクダンの扇子をパタパタと仰いだ。お香のような懐かしい香りが漂う。

「あっついなー。ロシアに住もうかなぁ」

「ご英断ですね」

「まぁ人間、やるときはやらんとな」

相沢はピシャっと扇子を閉じると「頼むで、速水」と意味ありげに頬を緩めた。電子図書館のことだろうと思ったが「いやぁ、私、ロシアの方はちょっと……」ととぼけて見せた。

「相変わらずつかみどころのない奴やなぁ。俺がプライベートであんな難しい本を読むわけないやないか」

「二階堂先生の件ですね？」

速水はまだパチンコ店のことを報告していなかった。以前は素早く人事情報などを流していたが、最近はこの本音の見えない男と接するのが億劫になっていた。秋村と競わせるようなやり方も気に食わない。

「先日、清川さんと先生の自宅に伺いまして、パチンコ台の件、ご承諾いただきました」

「ほんまか？　よかったやないか」

自分で清川を紹介しておきながら、相沢は他人事のように言った。独特の距離の取り方が薄気味悪かったが、案外清川と密に連絡を取り合っていないようで、それが意外だった。

「結構骨の折れる仕事でしたが、清川さんのおかげで何とか説得できました」

「二階堂先生は老獪(ろうかい)やからな。でも、これで年契(ねんけい)の広告も取れるし、取材費はもらえるし、万々歳やな。どうや、ええ人紹介したやろ？」

速水は粘りの交渉をアピールするつもりだったが、恩着せがましい台詞が返ってきただけだった。

「で、あっちの方はどうや」

相沢は電子図書館の本を置いているデスクの方を指差した。

「清川さんもおられましたし、パチンコ台の件で精いっぱいでして……」

「何でやぁ。もったいないやんけ」

「あそこで押しても機嫌を損ねるだけだと判断したもので」

「あかん、あかん。お願い事は勢いが大事なんや。一気呵成で行かんかいや」

無責任な相沢の態度にムッとしたが、速水は表には出さず頭を下げた。

「何や、君ももう一つ頼りないな。頼むで。俺も専務にせっつかれて大変なんや」

上司のご機嫌伺いに利用されているだけ、という自覚はあったが、こうも明け透けに言われると拍子抜けする。

「まぁ、君のことやから、何とかするとは思うけど」

何でもないことのように言う相沢が腹立たしかったが、殊勝な顔をして頷くしかなかった。また一から二階堂を説得すると思うと気が滅入る。

「それと、君は藤岡とは仲がよかったな?」

急に話が変わったので頭がついていかず、速水は「へぇ」と間抜けに答えた。

「次の執行部っていうのは知ってると思うけど、なかなか意気盛んらしい」

先ほどまで会っていたことは伏せて「そうなんですか」とシラを切った。

「何や組合の連中が月末に臨時の中央委員会を開くみたいやねんけど、俺と専務が批判の矢面に立たされると、まぁこういう展開や」

「それはつらいですね」

「分かってくれるか、速水。俺は昔から花鳥を愛でることしか能のない小市民ケーンや。今度の中央委員会はみんなで寄って集(たか)ってこのキューピーちゃんをいじめようという企てや」

多田が「ブラックマヨネーズ」と言っていたことを思い出し、速水は微笑を浮かべて耳を傾けた。

「さらに、雑誌の編集長を呼んで総攻撃の構えらしい。恐らく、君にも藤岡から出席の依頼が来るはずや」

まさか「出席するな」とでも言うのではないかと、速水は身構えた。相沢は前屈みになって太ももに両腕を置き、「そこでや」と言って手を組んだ。

「もし、藤岡からそういう依頼が来たら、是非とも受けてくれ」

「は？」

意外な提案に、今度は速水が身を乗り出した。

「話術に長けた君のことや。労使の間をうまいこと泳いでほしいと、まぁそういうわけや」

要するに、交渉窓口になる労担の多田を問い詰めてはならない、ということだろう。結局はご機嫌伺いであって、電子図書館と同じ話ではないかと、速水は鼻白んだ。

「君も分かってる通り、人減らしも廃刊も異動も、基本的には社長の考えや。俺ら編集は何とかその流れに抵抗していかなあかん。仲間割れしてる場合とちゃうで」

相沢は再びビャクダンの扇子を開き、反応の薄い速水に対しフォローの言葉を吐いた。

「編集のことは編集が一番分かってるんやから、俺らに任せとき。君も次当たりは委員長候補かもしれんけど、組合にどっぷり浸かって出世した奴なんかおらんねんから」

十年ほど前、組合執行部の一員として、舌鋒鋭く経営側を責め立てていたことなど忘れてしまったようだ。

「ほな、よろしく頼むわ」

腕時計を見た相沢が、終了とばかりに開いたばかりの扇子を閉じた。速水は中央委員会の件については言葉を濁したまま、部屋を後にした。

相次ぐ雑誌廃刊に一言物申したい思いは強い。だが、その後の不利益が目に見えるようで、胸の内の天秤は労使どちらにも傾かない。一介の編集者だったときのことを思い出して嘆息する。

重たい気持ちを引きずって歩いていると、前方から秋村が近づいてくるのが見えた。相変わらずだらしない雰囲気で、ポケットに手を突っ込んでいる。

「最近、よく会うな」

速水が話し掛けると、互いに足を止めた。

「どこに行くんだよ?」

「相沢さんとこだ」

秋村の答えを聞いて、速水は胸騒ぎがした。部屋を出る前に相沢が腕時計を見ていたのは、この同期も呼び出していたからだろう。例の退職給付金のことが気になったが、自分の狭量を笑われそうなので思い止まった。

「おまえ、臨時中央委員会出るんだって？　耳を疑ったよ」

「うちの雑誌は使えない奴ばっかだかんな。ストレスも溜まる」

「どっち向いて引き受けたんだよ。身内の文句言っても仕方ねぇぞ」

「まぁ何にせよ、雑誌潰されたら困るからな」

「それは俺も一緒だ」

「いや、おまえの場合は『トリニティ』に愛着があるとか、作家に申し訳ないとか、そんなとこだろ？　俺は違う。雑誌潰した奴って言われるのが癪だからだ」

「出世に響くって？　社長にでもなるつもりか」

「悪くないかもな」

　秋村は薄い笑みを浮かべ、「じゃっ」と右手を挙げると編集局長室に向かった。冗談で聞いたつもりだったが、あながち的外れでもないかもしれない。罷り間違ってこの男が社長になれば、数字で会話するような息苦しい職場になるだろう。

「なってどうする？」

　離れていく後ろ姿に速水が問い掛けると、秋村は歩みを止めて振り返った。

「真っ先に小説を切るな」

　込み上げる不快な感情を抑えられず、速水は柄にもなく同期を睨みつけた。秋村は冷たい笑みでその強い視線を受け流すと、再び背を向けて歩き始めた。

恐らく、秋村も相沢から中央委員会のことを言われるのだろう。だが、速水はどうしても腑に落ちなかった。秋村には話術も人望もない。だとすれば、あの男は何を命じられるのか――。

3

真っ白な徳利を傾けられ、速水は猪口を突き出した。

目の前では鳥の串を焼く白い煙が立ち上り、客からの注文が入るたびに店員たちが「ありがとうございました！」と声を張り上げる。猪口に口をつけた速水は、徳利を手にして小山内に注ぎ返す。

「燗はゆっくり酔えるからええな」

小山内は上機嫌だ。昔からよく来ている赤提灯の居酒屋で、同期の二人はカウンターに並んで座っている。店に入ったときには既に、座敷がいっぱいになっていた。庶民的だが、魚も鳥も新鮮でうまい店だ。

「で、二階堂先生の連載は無事に始まりそうなんか？」

今日は「書店フェアの打ち合わせ」と称して杯を交わしているが、互いにただ飲みたかっただけ、というのが本音で、店に入ってからの一時間はくだらない思い出話ばかりしていた。

「今のところ、永島咲の連載が秋に終わる予定だから、暮れか年始かな？」

「海外取材もあるし、おまえも大変やな。その女優の小説はモノになりそうなんか？」

「編集は大変だけど、かなり文才はあるよ。まぁ、『しょうもない原稿を高値で買わされて』って、相沢さんには不評だけど」

「あの人は編集者としてはとっくに死んでる」

小山内は吐き捨てるように言って酒を呷った。

「お前、相沢さんと同郷だったよな」

「同郷言うても大阪やからな。人多すぎて何の感慨もない。それでも昔はそれなりにかわいがってもうてたけど、俺がおべんちゃらの類が下手やからいつの間にか疎遠になったわ。そこに来て三島の独立の件や」

「ありゃあまりに露骨だ。みんな未だに引いてるよ」

「見せしめやろな。専務へのアピールも兼ねて」

小山内がまずそうに酒を飲むので、速水は話題を変えることにした。

「この前のウィルソンの一件はどうなったんだよ？」

「あぁ。文芸にしつこう謝って一件落着や」

「俺らが子どものころには考えられない時代になったな。新聞も雑誌もとっくにレガシーメディアだ」

「昔はよかったって酒飲むようなったら、俺らも終わりやな」

「全く。紙がいいとか、ウィルソンが腹立たしいとか、愚痴ばっかだもんな」

「俺は営業に来てからウィルソンのことがもっと嫌いになったけど、やっぱり頭が下がる面もある。あいつら人間の内側を金に変えよる」

「内側?」

「レガシーメディアが持ってる個人情報は、住所、氏名みたいな外側のもんばっかりや。でも、ウィルソンは客が何に興味があるのか、さらに今後何に興味を持つのか、内側の個人情報を握ってる。ジョブズが言うとったやろ」

「顧客は自分のほしいものが分かってないってやつか?」

「外国の大企業に心の中を覗かれてるようで気持ち悪いし、支配下に置かれそうな恐怖心もある。でも、奴らが提示してくる情報が的を射てたら、ほとんどの人間は惹かれてしまうんや。当日、翌日に届くんやったら、わざわざ本屋行かんでもええわって」

「でも、履歴がずっと残るってのは、どうもなぁ。忘れたり、消えたりっていうのが自然だと思うんだが。生き物って基本的に有限だぜ」

「だから気持ち悪さがあるんやろな。倫理面で疑問に感じる一方で、あいつらの発想とそれを確実に形にする技術は本物やとも思う」

真面目に語ったことで照れたのか、小山内は笑ってホッケを突いた。若いころから時代遅れな無骨さに憧憬を抱いていた男が、現実的な視点で自らの仕事を見ていることに、速水は戸惑った。昔の小山内なら「ウィルソン何するものぞ」と香車のように真っ直ぐ突っ掛かっていただろう。畑違いの部署に飛ばされ、背を向けていた銭勘定の世界で雁字搦めになるうちに手に入れた達観だとすれば、素直に喜べない。速水は疲れた同期の横顔から視線を外し、刺し身に箸を伸ばした。

「何だかなぁ。俺は世の中が簡単なものや単純なものを求め過ぎてて、しっくり来ないんだよ。社会全体が骨抜きになってる気がして」

「いつの時代もインテリがそんなこと言うてるんやろな。だから、嫌われるんや」

小山内のストレートな物言いに、速水は笑ってしまった。憂鬱をあしらわれたものの、同期の気安さが心地よかった。

「速水、雑誌の生き残りも大事やけど、準備はしとかなあかんで。いつ紙がなくなるかではなく、いつ電子に軸足を移すかが問題や。アイデア溜めときや」

他の人間に言われれば大きなお世話だと思うところも、小山内の優しさを知っている速水はありがたく拝聴することにした。

「でも、おまえも人の心配より独り身の状態を何とかした方がいいぜ。誰かいい女いないのか？」

「離婚のときに疲れ切ってしもて、面倒やねんな。性欲も全盛期の三割がええとこや」

「出版業界より落ち込みがひどいじゃないか」

「本読んだり、うまいもん食ったりしてる方が楽しいねんな。そもそも俺と話が合う女を探そ思たら、どっかの議員みたいに地球五周分のガソリンがいるで」

「二周半ぐらいで諦めろよ」

「俺のことはええねん。おまえは嫁はんとどうやねん？」

「もうダメだな」

日本酒のせいもあるが、考える前に言葉が出ていた。

「えらいはっきり言うたな。聞かせろや。俺は今、人の不幸に飢えてるんや」

「かわいい娘もいるし、おまえほど不幸じゃねぇよ」

「それは俺が決める」

「家庭内別居状態だ。会話も娘を介してって感じで、二人きりになるとどちらかが部屋を出て行く」

「それ、結構深刻やんけ。いつからや？」

「今年の冬ぐらいからかな」

続いて遠慮のない関西人が原因を聞いてきたが、速水は答えに詰まった。無論、万引きの件を話すつもりはなかったが、それは原因というよりきっかけのようなものだ。これまで夫婦関係の「なぜ」を深く考えたこともなく、早紀子のことであれこれと思い煩うのはひどく面倒なことだった。

「すれ違いの積み重ねじゃねぇか？　おまえが離婚したのも似たようなもんだろ」

「俺らはお互いに浮気しとったから」

「えっ、奥さんも？」

「そうや。元の嫁はんが酔っ払ってウタいよった。まぁ、ちょっとショックやったけど、うまいこと隠しよったなぁってその程度や」

自分はどうだろうと、速水は早紀子の様子を思い返してみたが、情報が少なすぎて判断できなかった。仮に男がいても、白けた気持ちになるだけだろうと思った。

「嫁はどうでもいいよ。俺には聡明で美人の娘がいるから。それだけでも家に帰る価値はある」

誰にも言えずに悶々としていた家庭内の不満を吐き出し、速水は少し楽になった。

「おまえは離婚しても大丈夫や。すぐに新しいのが見つかる」

「簡単に言うなよ。俺も四十半ばだぜ」

「いやいや、速水はシュッとしてるからな。着るもんもちゃんとしてるし、腹も出てないし。書店で横山さんに言われたけど、俺らどっから見ても同期には見えんぞ」

くたびれたスーツ姿の小山内が、恨めしそうに隣を見た。速水の装いは夏らしく明るかった。清涼感のあるライトブルーのシャツに細身の白いチノパン。深い葡萄(えび)色のベルトもアクセントになっている。

「小山内のことは好きだが、服は交換してやれない」

「そんな青春みたいな水色のシャツ、よう着んわ。それに陰と陽は外見だけやない。俺と違っておまえは天性の人たらしや。羨ましい限りやで」

「別にたらしてるつもりはないけどな。でも、最近は専ら社内政治に翻弄されて、まともな仕事をしてないよ。部員も疲弊して雑誌の特集も明らかに質が落ちてるし。小さい山でも、人の上に立つっていうのは、くだらんもんだな」

「〝長〟がついて得るもんは、詰め腹用の責任ぐらいや。もう俺は気楽やけど、おまえはそうもいかんらしいな」

「……おもしれぇ小説つくりたいなぁ」

アルコールで熱くなった息を吐き出す速水を見て、小山内が笑った。

「おまえ、二十年間言うてること変わらんな」

「まぁ、出版社に入ったのは、それが目的だから」

「速水が最初にミリオン出したときは、純粋に驚いたなぁ。うちの会社で、映像化を含めてメディアへの売り込みがあんなにうまくいった例は、ほとんどないで」

「あんときは事件記者のときより忙しかったな。でも今の状態じゃ、あそこまでうまくいくことはないよ。昔の話だ」

速水が猪口を空けると、小山内が徳利を傾けた。

「その後、秋村とはどないや？」

「会社入ってからずっとあいつのことが分からん。三人で週刊誌にいたときは、まだまともに話せてた気がするんだが……。それとも脳が勝手に過去を美化してるのか」

「俺も最近、古き良き週刊誌時代のことよう思い出すわ。秋村とも何回か差しで飲んだことあるけど、あいつは速水が怖いって言うてたな」

「俺が怖い？」

「うん。結局自分の思い通りにできる人間やって。俺からしたらおまえの方が怖いって言うといたけど」

「どう考えても不気味なのは秋村だろ」

「感情が読めん奴やけど、おまえのことをライバル視してることは確かや。多田や相沢もその辺のとこ見抜いてるんちゃうか」

秋村が自分のことを意識しているなど全く気付かなかったが、いずれにせよ二十年ほど前の話だ。考えるべきは「今」だ。速水は相沢から清川を紹介されたことも含め、自分と秋村が置かれている状況をかいつまんで話した。

「完全に踊らされとるやないか。電子図書館に退職給付金か。相変わらず内向きのしょうもない連中やで」

「この前、そのパチンコメーカーの人間と二階堂先生の家に伺って、何とか説得して『忍の本懐』をパチンコ台にする許可を得たんだ」

「おまえも何が本業か分からんようになってきたな」

「完全に便利屋だよ。二階堂先生に案件が集中してるから毎日胃が痛いよ。連載のスケジュールを調整してもらって、パチンコ台の件もお願いして、その上電子図書館のことを口にできるか？」

「まぁでも、相沢のおっさんの答えは想像がつくな」

「『一気呵成で行かんかいや』って怒られたよ」

「あのおっさんの言うことは気にせんでええ」

「俺もそうは思うんだが……。書店行った帰りに組合のこと話しただろ?」

「夏闘の諸要求云々ってやつか?」

「あの後、藤岡から月末の中央委員会に出てくれって言われて、相沢さんからは委員会に出席して経営側の不利にならないよう上手に立ち回れって」

「おっさんが言いそうなことや」

「で、俺の後に秋村も呼び出してたんだよ」

「ひょっとして、あいつも中央委員会に出るとか?」

速水が頷くと、小山内は持っていた猪口を置いて考え込む素振りを見せた。

「どうも解せんな……。メリットもないのに秋村がそんな面倒くさいこと引き受けるわけないやんけ」

「やっぱそうだよな……」

「秋村の件はよう分からんけど、電子図書館の件は一つ手があるんちゃうか?」

「……マジで?」

「直接専務と話せばいい」

「会うってこと? そりゃリスクが高いよ」

「そやかて、このましらばっくれることはできんやろ？　相沢通したらややこしなるだけや。ほんまに二階堂先生以外に手はないか、話し合うたら案外鉱脈が見つかるかもよ」

「なるほどね。確かにこっちも多田さんの考えが分からないと腹が据わんねぇわ。内線で連絡してみるか。驚くだろうけど」

「もっと驚かしたれや」

小山内は空になった徳利を振って、カウンターの中にいる店員におかわりを注文した。

「夜討ちや」

「えっ、家に行くってこと？」

「せや。本丸に斬り込んであかんかったら、元記者としても本望やろ」

そんな奇襲が多田に通用するかは分からないが、酔いも手伝って速水は一つやってみようと思った。

それから三十分ほどは、また昔話に花を咲かせた。次々と徳利が空き、同窓会のような雰囲気になった。

「二十年前に息苦しく思ってたことも、今から考えたら牧歌的やったな」

「小山内はかなり窮屈そうだもんな。でも、思ったより元気で安心したよ」

「久しぶりにうまい酒が飲めたからな。記者時代はおもろかった。最近よう思うんや。しんどいときが一番楽しかったなぁとか、今ならもっと粘り強く取材できるのになぁとか」

話は盛り上がったが、速水はやたらと思い出にふける同期が心配になった。

「おまえ、大丈夫か？」

「……まぁ、俺もちょっとした岐路に立ってるからな」

「岐路？」

「一週間ほど前、肩叩きにあったんや」

思いもよらなかった告白に、速水は言葉が出なかった。左遷を命じた上、退職に追い込むとは時代錯誤も甚だしい。

「例の大量リストラの話あったやろ？　とても十月までに二百人は集まらん、と」

「そんなの関係ねぇよ。小山内、もうちょっと辛抱しろ。辞めたら負けだぞ」

速水は同情よりも怒りを込めて小山内の肩に手を置いた。

「何や心がじわじわ蝕まれるみたいでしんどいんや。このまま溶けてなくなるまで痩せ細っていくんかと思ったら、夜中に目が覚めることもある」

「だからって……」

「分かってる。今から転職してもろくな仕事があらへん。でも、一人身やったら何とでもなると思って」

それは甘い、という言葉を速水はすんでのところで呑み込んだ。そんなことは小山内が一番分かっている。掛けるべき言葉もなく、速水は無力な自分がもどかしかった。

「退職金もらって大阪に帰ろかな、とも思ってるねん」

消え入りそうな声で話すと、小山内は既に刺し身がなくなった皿に箸を伸ばし、大根のけんをつまんで口に入れた。速水は酔っぱらって熱くなった手をもう一度同期の肩に置いたが、やはり何も言えなかった。

4

近ごろは会議を仕切ることが憂鬱になっていた。

久しぶりに午前中に開いた月曜の部内会議だが、週初めから雰囲気は重い。編集長席近くのスペースに椅子を転がして集まってきた部員の顔は、二日酔いのように淀んでいる。

「柴崎、おまえ何で長袖着てるんだよ」

副編集長の柴崎真二は、珍しくネルシャツを羽織っていた。季節外れの分厚さが柴崎のセンスを象徴しているが、見慣れたタンクトップ姿ではないのはしっくりこない。

「いや……自分、冷房弱いかもしれなくて」

「今年気付いたの？」

間の抜けた答えに笑いが漏れる。

「副編集長も年を取ったのね」

中西清美の嫌味に、柴崎は「いつでも脱げるよ」と言ってシャツを脱いだ。インナーが迷彩柄のタンクトップだった。

「おまえ、蚊に刺されてるじゃん」

左の肩と腕に赤い痕があり、柴崎が「かゆいんですよね」と照れて言った。速水が「知らねぇよ」と返すと場の雰囲気が和らいだ。

ノルマを発表してから、柴崎のファッションセンスのおかげで随分と助けられている。部員に小言を言うのは彼の役割なので、速水は飲みに連れて行って愚痴を聞いたり、溢れそうな仕事を引き受けたりしてフォローしていた。

特集の進行状況をチェックしたが、これといって目を引くようなネタはなかった。「ハワイに住む」「頼れる女性上司」「ミニシアターの魔力」——。それぞれある程度の数字は見込めるが、担当から話を聞いても読者を呼び込めるほどのキャッチフレーズが思い浮かばない。

「最近、こっちの実売が落ちてて、『エスプレッソ』がかなり数字を伸ばしてるって状況です。先月号は紙がほぼ完売らしい」

柴崎の報告に、部員からため息が漏れる。その後各自の予定を確認したが、一発逆転を狙えるような景気のいい話は出てこなかった。久谷ありさのエッセイ集や永島咲の小説が勝算ラインを越えれば、黒字は確保できるかもしれない。だが、打てる弾は多い方がいい。

「みんな苦しいとは思うけど、例の二次利用の件もよろしく頼む」

部員のうんざりしたような顔を苦々しく受け止めた速水は、どんよりとしてしまった空気を切り替えるため、手を打って散会の合図をした。

「ちょっといいですか」

皆が立ち上がろうとしたとき、篠田充が手を挙げた。自らが企画して台無しにしてしまった作家の霧島哲矢と虹色石鹸の接待以来、大人しくしていたので、速水は意外に思った。

「どうした？」

「上の階でこんなビラが出回ってるのをご存じですか？」

篠田が手にしていたのは白黒で印刷されたA4サイズの用紙だった。

「何だ、それ？」

「怪文書のようなんですけど……」

「怪文書？」

篠田から用紙を受け取った速水は素早く目を通した。

――編集局幹部の周りで飛び交う怪しい札束――

大きなフォントでつけられた垢抜けない見出しを目にして、速水は編集外部の仕業だと直感が働いた。文章は短く、内容も乏しかった。ある編集局内の幹部が、外部企業から得た不明朗な金で私腹を肥やしているという何とでも取れる内容で、著しく具体性に欠けていた。

「訳分かんねぇな」

怪文書は速水から柴崎へ渡され、部員の間を順に回っていった。

「これ、どこで見つけてきたんだ？」

「今朝、上の階を覗いたらざわざわしてて、同期に聞いたらこれをくれたんです。各部のデスクに不規則に置かれてたみたいで、既にコピーが出回ってました」

速水の問い掛けに、篠田は昂った様子で答えた。

「犯人分かってんの？」

「いえ、そこまでは……」

肝心な点については何の情報も持ち合わせていないようだった。

「わざわざこんなもんつくってばら撒くっていうのは、ちょっと幼稚くさいですね」

呆れるように言った柴崎に、速水は頷いて同意した。

「誰がやったか分からんが、一切具体性もないし、嫌がらせの類だろ。あんまり騒ぐのもみっともないから、放っておこう」

部内会議で持ち出すようなことではないので、速水は篠田にチクリとやった。

散会した後、中西が「少しいいですか」と編集長席に来た。午後にも一件会議があるので溜まった仕事をこなしたかったが、速水は彼女の人目を憚る雰囲気を察して自販機コーナーへ誘った。

「さっきの怪文書の件ですけど」

速水が二人分のアイスコーヒーを買ってスツールに腰掛けると、隣に座る中西が小声で礼を言った。

「何か心当たりでもあるの?」

「いえ、心当たりというほどじゃないんですけど、ちょっと気になって」

速水は紙コップに口をつけ、目で先を促した。

「先ほど速水さんがおっしゃったように、どうとでも取れるんですけど、あれって例のパチンコのことじゃないですかね?」

あまりに突飛な発想に、速水は咽せかけた。

「何でそうなんの?」

「二階堂先生のパチンコ台の件、ちょっとおかしくないですか? 年契の広告二本と新連載の取材費ですよ。金銭感覚がまともじゃありませんよ」

「確かにおいしい話だけどな」

「ですよね? 相沢さん、パチンコ業界とズブズブになって身動き取れないんじゃないですか? だから速水さんにあんな話を持ってきて——」

相沢の名前が出てきたとき、速水は少し落ち着かなくなった。あの男なら不明朗な金で私腹を肥やすことなど何とも思わないだろう。そうなると、自分もその企てに加わったことにならないか。

「心配してくれてありがとう。恐らく問題ないと思うけど、一応その線も調べてみるよ」

「すみません、ややこしいこと言って。でも、どうしても気になって」

冴えない顔の中西にもう一度礼を言い、速水はカップのアイスコーヒーを飲み干した。


蒸し暑さに耐えられず、運転席のドアを開けた。薄暗い街灯の下をうろうろしていると、近隣住民から一一〇番される恐れがある。実際、速水は新聞記者のころ、刑事の自宅前で帰りを待っているときに幾度となく通報されている。かと言ってエンジンをかけたままの車に乗っていては余計に目立ってしまう。

速水は公園横の路上に車を停めたまま、道幅の広いアスファルトを進んだ。革靴の足音が響きそうなほど閑静な場所だ。見たところ注文住宅が多く、ゆったりとした構えの家が多い。大手出版社の社員なので速水は高給取りの部類に入るが、サラリーマンの収入ではこの一画の土地も買えないだろう。

「今ならもっと粘り強く取材できる」と話していた小山内の言葉を速水は思い出した。

久しぶりの夜討ちは、なかなか心躍るものがある。

事件記者をしていたときは、自由な時間などなかった。朝から警察署に入り、昼は街ネタを探し、夕方は裁判所で起訴、提訴のチェック。そして、夜はネタ元の刑事宅や当直で署にいる顔なじみに挨拶をしに行く。もちろん、その間に殺人事件や火事があれば、現場に向かって車を飛ばす。休日も呼び出されることがままあり、常に睡眠不足でイライラしていた。

新聞紙面で人権云々を書いているのを見るたびに鼻で笑っていたが、今振り返ると若いうちに鍛えてもらっていて本当によかったと思う。こういう発想が既に時代遅れであるのは分かっているが、しぶとさだけは身についた。

多田の家は洋風の造りで、暗い中でも白い外壁が眩しかった。小山内によると、多田はこの家を三年前に建てたという。今後もローンを払い続ける速水には、五十代後半になって、今の自宅を売り新しい家を建てる、というのは想像できなかった。ガレージには外車と国産の小型車が停まっているが、多田は電車通勤なので家の中にいるか否かの判断材料にはならない。

速水は腕時計を見た。午後九時半。かれこれ二時間ほど待っている。記者のころはラジオでナイターを聞いて待っていることが多かったが、車を出る前まではスマホでCNNニュースを視聴していた。

多田はほとんど毎晩、付き合いと称して飲み歩いているという。言わずもがなだが、ただ立っているのが一番怪しまれる。帰宅までにはまだ時間があるかもしれない、と速水は近くを歩くことにした。

多田の家がある向かい側をゆっくりと歩いた。角地に建つ古い家が売り物件になっていて、その前に国産車が路上駐車している。速水はさりげなく運転席を覗いたが、誰も座っていなかった。

踵を返して来た道を戻って行く途中、前から来た車のヘッドライトに照らされ目が眩んだ。屋根に表示灯が見え、タクシーだと思った速水は歩みを速めた。車は多田の家の前に停まり、後部座席から本人が出てきた。

速水は音もなく近づいた。自分を見れば無論、多田は驚くだろう。問題はその後に浮かべる表情だ。頬を緩めるか、眉間に皺を寄せるか。タクシーが去り、門に手をかけたところで速水は背後に立った。

「専務」

多田はビクッと肩を震わせ、慌てて振り向いた。普段の好々爺といった様子や時折見せる尊大な態度ともほど遠い、狼狽する老人といった体だった。

「速水君……か？　こんなところで何をしてるんだ」

多田は不快げに眉間に皺を寄せた——外れクジだ。

「少しお伺いしたいことがありまして」

気を取り直して告げた速水に、多田は門に手をかけたまま、責めるような視線を向けた。

「こんな夜分に、しかもいきなり家に押しかけて来るなんて非常識極まるっ」

鋭く言い放った多田の息は、アルコールを含んでいた。これは嫌な酔い方をするタイプだと見切った速水は、ひたすら下手に出て頭を下げた。

「もういい。早く帰ってくれ。近所の目もあるだろっ。そんなことも分からんのか」

奇襲は完全に失敗だった。大人しく引き下がる方が、傷を最小限に止めるのには有効だ。しかし、記者だったころの血が安易な撤退を潔しとしなかった。ここからが本番だと、速水は肩掛けのバッグから、タバコをひと箱取り出した。普段、多田が吸っているものだ。

速水が箱を振って一本差し出すと、多田は呆気に取られた顔をした。

「一本だけ、お願いします」

これは夜討ちのテクニックだ。記者時代、速水の車のダッシュボードに数種類のタバコが常に用意されていた。刑事の好みのタバコを懐に入れてから、声を掛けるのである。経験上、ほとんどの刑事が銘柄を調べてきたことで態度を軟化させた。タバコだと吸い終えるまでに数分の時間がかかる。その間に手持ちのネタを当てるのだ。

タバコを差し出したまま動かない速水に根負けしたのか、多田は門から手を離して向き合った。

「で、何を聞きに来たんだ？」

多田がタバコをくわえると、すかさずライターで火をつけた。

「電子図書館の件ですが、あれは二階堂先生を説得する以外に方法はありませんか？」

「やっぱりそれか。パチンコの方はうまくいったんだろ？　もうひと押し頑張れんかね」

「なかなか難しい先生でして」

「他にアイデアでもあるのか?」

速水はダメ元で別の大物作家の名を口にしたが、案の定、多田は首を横に振った。

「弱いね。いずれにせよ、二階堂先生を説得しなきゃならない状況に変わりはないよ」

速水はこの後も「タイミングは今なのか」「本当に利益として考えられるレベルなのか」などと矢継ぎ早に問い掛けて外堀を埋めようと試みたが、返ってきたのは曖昧な答えだけだった。

「まぁ、君も相沢の後釜を狙うなら、少しぐらいがめつく生きなきゃダメだよ」

多田のタバコが短くなったので、速水は携帯灰皿を差し出した。速水は「では、最後に」と言って、篠田が持っていた怪文書のコピーをバッグから取り出した。

「今朝、こんなものがばら撒かれてたそうですね」

用紙を受け取ると、老眼の多田は腕をいっぱいに伸ばして怪文書を見た。そして「あぁ、これね」と言って鼻で笑った。

「お心当たりでもあるんですか?」

「君も文章見りゃ分かるだろ?　社長の一派がバカなことをしただけだ。こんなことをすれば、反対に弱みを握られるのに」

「うちの部下が心配してたんですが、これって、パチンコの件は関係ないですよね?」

中西の懸念を口にすると、多田は大声で笑った。酔ってボリュームの調整が利かないのだろう。

「そんなこと言ってたら、広告取引なんかできないじゃないか。心配しなくていい。百%ガセだ」

多田は最後には上機嫌になって、軽く手を挙げるとそのまま門を開けた。玄関ドアの前まで来ると、多田は振り返ってもう一度手を挙げた。

「夜分、失礼しました」

速水が深々と頭を下げていると、ドアの閉まる音がした。速水がため息をついて、無意識の内に首を振ると、視界の端で何かが動いた気がした。

角地の家の前に停めていた車だ。いつの間にか運転席に人影があった。不審に思った速水が近づこうとすると、突然車のエンジンがかかりヘッドライトが点いた。かなり強い光だったので、すぐにハイビームだと分かった。

エンジン音が迫ってくる。速水は慌てて道路の端に身を寄せ、眩んだ目を瞬いた。そして運転席を見たほんの刹那、衝撃に目を剝いた。

秋村——。

猛然と走り去る車を呆然と見送った。辺りに住宅街の静けさが戻ると、速水は自らの脚が震えていることに気付いた。

何かが起きている。

だが、宙を舞う模糊としたピースをいくら並べても、筋の通った物語にはならない。抑えきれない苛立ちに舌打ちをした。

シャツの内側から蒸すような湿気が立ち上って不快だった。速水が多田の家を振り返ると、二階の部屋のカーテンがサッと引かれた。

5

二日が過ぎた。

その日の夜、速水は一人でバーに入った。行きつけというほどでもないが、何度か訪れたことがある店だ。カウンターに座り、スコッチのロックに口をつけると単行本を開いた。だが、文字を目で追うことはなく、頭の中には秋村の横顔が浮かんでいた。

あいつは多田の家の近くで何をしていたのか——。

この二日間の思考は堂々巡りであった。つまりは秋村も同じことを考えていたということか。自分と同じように泣き言を言いに行ったのか、それとも専務が喜びそうなネタを持って馳せ参じたのか。いずれにせよ、多田に用があったのは間違いないだろう。怪文書のことも何か知っているかもしれない。

速水はスコッチをおかわりし、考え続けた。

電子図書館の件で二階堂を説得できたとして、本当にそれが赤字運営の免罪符になるのだろうか。結局、黒字を達成できなければ、社内政争の捨て駒になるだけではないのか。反対に、黒字を出し続ける体制さえ整えられれば、廃刊を命じることに道理はなくなる。だが、購買と広告収入が減っていく中で、新たなシステムを生み出すのは至難の業だ。

秋村はどう考えているのだろう。

また思考が一巡した。速水は苛ついてグラスを空けると、同じスコッチを頼んだ。自分の知らないところで、何か決定的な事柄が進んでいるのではないか。地殻変動の微かな揺れを感じ、居ても立ってもいられなくなった。

速水はストレートに近いウイスキーを喉に流し込んで顔を顰めた後、会計を済ませてバーを出た。スマホを取り出そうとバッグを覗き込んだ瞬間、クラっと視界が歪んだ。すきっ腹に酒を入れたため、酔いの回りが早いようだ。

歩きながら画面をタッチし、小山内に電話をかけた。呼び出し音を聞きながら今何時だろうかと思ったが、独り身の男に遠慮はいらない、と手前勝手に結論づけた。

「はいよ」

小山内は迷惑げな声を出した。

「今、何時だ？」

「時報やったら一一七や」

「酔ってんだよ」

「そうやろな。ちなみに、ちょっと前に日付が変わったとこや」

「じゃあ、まだ降版前だな」

「朝刊の基準で考えんなや。で、何の用や?」

「専務のところへ行ったよ」

速水は多田宅への〝夜討ち〟が不発だったことを話した。ふらついてはいたが、要領よく言葉を選んでいる自分がおかしかった。

「ほんなら、仕切り直しやな」

深夜の酔っ払いの電話など鬱陶しいに違いないだろうが、小山内は我慢強く相槌を打ってくれた。速水は同期の親切に甘え「驚くなかれ」と言って、秋村も多田の家に来ていたことを告げた。

「鉢合わせしたんか?」

「いや、あいつは近くに車停めてて、中から出てこなかったよ。でも、走り去るときに顔が見えたんだ」

「見間違いってことは?」

「ないな。秋村も専務に用があったってことだ」

「まぁ、気になるのはよう分かるけど、それをストレスにするんはバカバカしいぞ」

それは立場の違いだ、と思ったが、さすがに口にできなかった。だが、小山内は短い沈黙の中で速水の心中を察したらしく「何や、その『おまえが言うな』みたいな間は?」と冗談めかして言った。

「一月からずっと『廃刊』って言葉が頭の中にあって、何かもう疲れたんだよ。遅れて来た本厄だ」

これほど正直に弱音を吐いたのはいつ以来だろう。速水は酔っ払った頭で考え、少し戸惑った。

「雑誌を潰したくないって気持ちは理解できるけど、多田、相沢、秋村——この三人のことは一旦忘れた方がええぞ。本質とズレとる」

「本質？」

「雑誌も含めて本は読者のもんやで。速水は骨の髄から編集者や。中間管理職の仕事やったら、他の奴に任せとけ」

同期のぶっきら棒な物言いに却って温かみを感じ、速水はスマホ片手に何度も頷いた。簡潔な言葉だったが、確かに腑に落ちた。

廃刊の脅威に浮き足立つあまり、読者の顔を全て数字に換算していなかったか。雑誌づくりの根本は新しい企画であり、面白い原稿だ。そう考えれば、内容を充実させようと奔走してきたこの七ヵ月は、決して無駄なことばかりではなかった。電子図書館の件も二階堂に話してみて、ダメならまた雑誌づくりに専念すればいい。

気が楽になった速水は小山内に礼を言って、深夜の連絡を詫びた。

「まぁ、妻子持ちやねんから、早よ帰ったれや」

「そうするよ。もうとっくに寝てると思うけど」

電話を切った速水はタクシーを拾って自宅に帰った。

玄関に入ったとき、リビングへつながるドアの向こうに光を感じた。ダイニングの照明が点いているのだ。早紀子が起きていると思った速水は、そのまま自室へ行くことにした。酔っ払って帰ってきたことに嫌味を言われるかもしれず、顔を合わせて話すのが億劫だった。

靴を脱いでから音を立てないよう気をつけながら廊下を進む。階段に足を掛けたときに大きく軋む音がして、ハッと息を詰めた。それから、極力段板に体重が乗らないよう注意して上がったが、背後でドアの開く音がした。

「あなた」

速水は暗い階段の途中で奥歯を嚙み締めたが、それも一瞬のことで、振り返るときには微笑を浮かべた。

「起きてたのか?」

「ええ」

夫の白々しい切り替えしを責めるわけでもなく、早紀子はうつむいてしまった。万引きの一件から話し掛けてくることがなかったので、速水は薄気味悪いものを感じた。

「どうしたんだよ? 寝ないのか」

「ちょっと、話があるの」

思い詰めたような表情だったので適当にあしらうこともできず、速水は仕方なく階段を下りた。ダイニングへ移動する間、何かしらよくない話だろうと見当をつけたが、わざわざ話し掛けてきたことを考えると、美紀のことかもしれないと胸に不安が広がった。

　木製のティッシュ箱が一つあるだけのテーブルを挟んで座った。磨かれて光沢のあるテーブルに、早紀子の生真面目さが透けて見えるようだ。穿った見方だというのは分かっているが、胸中に迫り上がってくる息苦しさはどうしようもなかった。

「お疲れのところ、ごめんなさい」

「いや、いつも遅くなって申し訳ないとは思ってるけど……」

　深夜にもかかわらず、早紀子はジーパンに襟付きの半袖シャツを着ていた。パジャマでしたくない話なのだろうと思うと、落ち着かなかった。

「ここ何ヵ月か、いろいろ考えてたんだけど……」

　早紀子はそう言うと、緊張した面持ちで少し息を吐いた。速水も背もたれから上体を起こし、続く言葉を待った。

「精神的に参ってしまって……もう限界かなって」

　早紀子は目を伏せて細い指先を額にやった。離婚、という文字が頭に浮かんだとき、速水の鼓動が速まった。状況を整理しようと試みたが、酔いのせいもあって玉虫色の感情を正確に捉えられなかった。

「申し訳ないんだけど、もう一緒にいるのがつらいの」

「つらいって言ったって……」

　早紀子のわがままとしか思えなかった。責任のない恋人同士ではなく、子どものいる家族なのだ。好き嫌いで簡単に決まるような問題ではない。

速水は黙り込んでしまった早紀子から目を逸らした。

離婚という選択肢に意外性があったわけではない。これまで速水も考えたことがあった。だが、それは現在でも近い未来でもなく、もっと先の話だった。男と女である前に、まず父と母であるという感覚は、美紀が成長するにつれてより強固なものになっていった。少なくとも娘が自立する前、しかも小学生の女児に人生の過酷な一面を突き付けるなど論外だ。美紀のことを思うと動揺は消え、怒りが込み上げてきた。

「万引きの日のことか?」

速水は敢えてオブラートに包まずに言った。万引きと聞き、早紀子のこめかみに浮き上がる血管が動いた。

「違う。もっと前から……ずっと悩んでたの」

万引きの原因もそこにある、とでも言いたいのか。速水は鼻白んで返事をしなかった。

「結婚して、美紀が生まれて、一緒に過ごしていくうちに、段々とあなたのことが分からなくなったの」

「そりゃ、年取りゃ考え方だって変わるだろ。大人にならなきゃ、子どもなんて育てられないよ」

速水は話しながらも答えになっていないことは分かっていた。早紀子が訴えているのはもっと根本的なことだ。だが、そこに目を向けると袋小路に入り込む確かな予感があった。

「親になるって本当にそういうことかしら?」

「どういう意味だよ」

「私、ずっと我慢してきた。美紀のことがかわいいから、あの子を人生の中心にすることには何の迷いもないの。でも、ときどき思うの。私のしてることは、私じゃなくてもできるって」

「そんなことないよ」

「あなたは天職についてるから分からないのよ。私、やっぱりちゃんと働きたいの。ずっと家にいて、たまにパートみたいなことして、どんどん世界が小さくなっていく感じがして……」

「でも、専業主婦でも楽しくやってる人間はごまんといるよ」

「だから、その人は天職なのよ。でも、私は違う。想像できないかもしれないけど、私、人と上手に話せなくなってる」

「何言ってんだよ」

「あなたにはきっと分からないと思う。でも、ずっと向いてない家事ばっかりして、テレビばっかり見てると、人と会ったときに話が続かないの。昔はこんなことなかった。でも、本当に話すことがないの。うまく相槌も打てないの」

それが「どんどん世界が小さくなる」ということなのだろうと、速水は編集者の頭で考えた。しかし、そのことが離婚を選択するほどの重大事項とは思えなかった。

「PR会社を経営してる友だちから『一人空きが出た』って誘ってもらってて」

離婚を前提に動いている影が見え、速水は苛立った。自分のことを無視してきた数ヵ月の間に、着々と計画を進めていたのは明らかだ。

「美紀はどうするつもりなんだよ」

「実家に帰ろうと思ってる」

「何勝手なこと言ってんだよ。美紀は渡さないぞ」

「でも、現実的にあなた、育てられる？」

速水は言葉に詰まった。実家のサポート体制を比べれば、考えるまでもない。裁判になっても十中八九負けるだろう。

「俺だって美紀の父親だぞ。子どもを手放すことなんかできない」

「だから申し訳ないと思ってるわ」

「そんな言葉なんか無意味だ」

「できるだけのことはする。慰謝料も養育費もいらない。この家だってこのまま住んでもらっていいし……」

「そういうところなんだよ！」

速水は両手でおもいきりテーブルを叩いた。早紀子がビクッとして固まった。神経質そうな顔を見ていると、さらに怒りが増した。

「そこまでして俺と別れたいのか？」

早紀子は返事をしなかった。

「結婚して初めての正月、おまえの実家に行ったよな？　今でもあのときのことをよく思い出すんだよ」

自分でも驚くほど醒めた声になっていた。

まだ美紀が生まれる前だった。早紀子の実家には親戚も集まって、豪勢なおせちを囲んだ。速水は食材の量と質にも驚いたが、一人ひとりの箸袋に美しい書体で名前が入っているのを見て気後れした。大晦日に家長が箸袋に一家の名を書き、神棚に供えておくという習わしについては知っていた。だが、それまでの速水の人生には、おせちも祝箸も無縁であった――。

「何で今、そんな話をするの？」

「そんときにお義父さんが家系図見せてくれたよ。口先では謙遜してたけど、結局は由緒正しいってことを言いたかったんだな」

「止めてよ。何でお父さんの悪口言うの？　あなただっていっぱいお世話になってるじゃない」

「その通り、いろいろお世話してもらったよ。ゴルフセットを買ってもらったし、立派なクルーザーにも乗せてもらったし……」

だが、早紀子と彼女の家族が漂わせる余裕は、決して上品なものではなかった。買い与えることでしか示せない愛情が迷惑だった。義父は広告代理店に勤めていたが、コネ入社の御多分に漏れず、使い物にならなかっただろうことは、話していてすぐに分かる。義母も早紀子も苦労知らずの能天気だ。自分の母親が吐き捨てるように「鼻につくわ」と言った気持ちは痛いほど理解できる。

「海外出張の土産でおまえの両親に服を買ってきたことあったよな？　あんとき、おまえは渡しもしなかった。何て言ったか憶えてるか？『着ないと思うよ』って。あの服、どうしたんだよ？」

「ちょっと絡まないでよ。怖いよ」

「捨ててたよ。紙袋に入れて。誰一人袖を通さず。それは正しいことなのか？」

「今、関係ないでしょ」

「我慢してきたのはおまえだけじゃないってことだ。蝶よ花よと育てられたから周りが見えないんだよ。だから、自分のことばっかり考えて話を進めるんだ」

眉間に皺を寄せて聞いていた早紀子は、嘲笑するように息を吐いた。憤怒に唇が震えていた。速水は決定的な亀裂が走ったことを悟ったが、怒りは収まらなかった。

「何が働きたい、だ。美紀は受験なんだよ」

「ただ僻んでるだけじゃない」

「何？」

「私だって、もっとあなたが優しい人だと思ってたわよ！　私の両親があれこれ世話を焼いたのは、少しでもいろんな世界を知ってもらいたかったからよ。あなたに対する優しさでしょ？」

「同情だよ。いや、憐れみだ」

「話になんない」

　ずっと胸に溜め込んでいた澱を吐き出したものの、それが何の解決にもならないことはよく分かっていた。金属疲労を起こした夫婦関係はもはや修復のしようがない。だが、娘だけは渡したくなかった。

「とにかく、今すぐ離婚というのは論外だ」

　早紀子は「はぁ」とため息をついて両肘をテーブルに乗せ、細い指で目頭を押さえた。速水は彼女が泣いていることに気付いた。その姿を見て、また心が冷たくなっていった。

「じゃっ、俺寝るから」

　速水が立ち上がると、早紀子が顔を上げた。潤んだ目には明確な敵意があった。

「あなた、私のことどう思ってるの？」

　胸の内を全て晒せば、完全なピリオドを打つことになる。速水は既に、早紀子のことを一人の女として愛していなかった。目を合わせずに「家族だ」と答えると、早紀子は再び嘆息した。

「おまえは俺のことどう思ってるんだ？」

「私は少なくとも夫婦であろうと努力したわよ。たとえ価値観にズレがあっても、歩み寄ろうとしたわよ」

「それは俺も同じだ」

「いいえ、違うわ。父親としてはそうかもしれないけど、夫としての愛情はとっくの昔に感じなくなってたわよ。そうなんでしょ？」

速水は何も言わず、引いた椅子を元に戻した。

カチャッと音がして振り返ると、パジャマ姿の美紀がリビングに入ってくるところだった。

「何だ、まだ起きてたのか？」

美紀は笑みを浮かべて近づいてくると、速水の横を通り過ぎて食器棚の前で足を止めた。棚から速水のために選んでくれたという青いマグカップを取り出した。

「お茶でもどう？」

両親の間に漂う不穏な空気を感じ取ってのことだろう。速水は首を振り「もう遅いから、美紀も寝なさい」と言った。美紀はそれには答えず、早紀子の隣に座った。

「パパ、もうママは限界だと思う」

「は？」

何を言い出すのかと、速水は二の句が継げなかった。美紀は懸命に言葉を選んでいるようで、苦悶の表情を浮かべていた。速水はうつむいて娘の言葉を待った。審判を待つような気持ちで、時計の秒針の音がやけに大きく聞こえる。

「ママはずっと前から悩んでて、なかなか言い出せなかったの」

「言い出すって何を？」

「離婚のこと」

美紀から離婚という言葉を聞き、速水は強いショックを受けた。早紀子は自分より先に娘に話していたことになる。

「美紀に話したのか？」

怒りのこもった父の声に、美紀が慌てて言い訳を始めた。

「美紀、ちょっと待ってくれ。パパはママに聞いてるんだ」

早紀子は速水を見ることなく、濡れた目を伏せて頷いた。先に子どもを味方につけるという姑息なやり方に、腸(はらわた)が煮えくり返った。

「いくら何でもそれは順番が違うんじゃないのか？」

被害を最小限に止めたいのか、早紀子はだんまりを決め込んでいた。

「あのな、美紀は受験なんだぞ。大事な時期に離婚話を持ち出すなんて、どうかしてるんじゃないのか。美紀の人生の大切な節目だぞ。自分の母校に入れるって張り切ってたのはおまえじゃないかっ」

早紀子は涙を流すだけで何も話さなかった。子どもから見れば、ママは哀れな被害者というところか。早紀子の卑怯な振る舞いに、速水は付き合いきれないとばかりに席を立った。

「待って、パパ。聞いてほしいの」

「いや、ダメだ。いいか、美紀。これはまず、パパとママの問題だ。それを先に子どもに話すなんてフェアじゃないだろ？　パパは今、冷静な気持ちで話を聞けないよ」

「私から言ったの！」

大声を出すと、美紀は鼻の頭を真っ赤にして泣き始めた。

「どういう意味だ？」

「私から、ママに離婚したらって言ったの」

「美紀が？　どうして……」

美紀はティッシュを一枚取ると、目元を拭いた。

「パパはあんまり家にいないから分からないでしょ？　ママ、ずっと体調が悪いの。いつも頭痛薬飲んでる。傍にいて、本当につらそうだから……」

病院へ行くよう美紀が何度も説得するうちに、春ごろから早紀子が悩みを打ち明け始めたのだという。

「見ていられなくなったの。だから、一度離れた方がいいかもしれないって、私、思ったの」

夫婦間の冷戦が、いつの間にか娘の負担になっていた。彼氏をつくったのも、寂しい胸の内を聞いてくれる人がほしかったからではないか。かと言って、赤ん坊のころからずっと一緒だった娘が離れていく、という事実はなかなか受け入れられない。

初めて寝返りを打ったときに喜び、夜泣きがひどいときはひと晩中抱っこし、愛らしい言い間違いに大笑いした。幼少のころの思い出が堰を切ったように溢れ出し、速水は目が潤むのを堪えられなかった。

「ママについていくってことだな?」

鼻声の速水が尋ねると、美紀は迷いながらも頷いた。

「パパがいなくなっても、平気か?」

それを聞いた途端、美紀は「うぅっ」と唸るような声を出して泣き始めた。「ごめんなさぁい……」と言うと、泣き声はさらに大きくなり、見ていられなくなった。

速水は悲しみと愛おしさで胸が圧し潰されそうになった。娘が妻を選んだことに傷付き、娘を苦しめたことに悔悟の念が込み上げる。

「分かった」

速水はそう言うと、立ち上がって二人に背を向けた。ダイニングとリビングを突っ切り、そのまま外へ出た。美紀の泣き声が耳にこびりついて離れず、痛いほど強く拳を握った。堪えようとしても、涙が止まらず鼻の奥が痛い。

シャツの袖で涙を拭い、普段は歩かない方へ足を進める。やがて見覚えのある高架下まで来ると、壁に背を預け両手で顔を覆った。たまらなくなってその場にしゃがみ込んだ。自転車が通り過ぎる音を耳にしても構わず泣き続けた。

そしてようやく、事の大きさに気付いた。美紀はこれから、自分の知らないところで大きくなっていく。時とともに自分の存在は色褪せ、早紀子が再婚すれば、その男が父になるのだ。

子どもを育て上げることができなかった——。

速水には多感な時期から自らに二つの誓約があった。その内の一つが脆くも崩れ去ったということだ。

酒で自分をめちゃくちゃにしたくなったが、財布の入ったバッグを忘れてきたことに気付き壁を蹴った。あるのはズボンのポケットのスマホだけ。

速水は寂しさに耐えきれず、恵に電話した。だが、虚しく呼び出し音が響いた後、留守電になった。もう一度かけても同じだった。

「どうかしてんじゃねぇのか」

ままならない人生に悪態をついた。手にしていたスマホが振動し、恵かと思ったが、画面には「高杉裕也」の名が表示されていた。とても仕事をする気になれなかったが、速水は律儀に電話に出た。

「あっ、夜分にすみません、高杉です」

「いえ……」

いつも作家に接するときのようなテンションにはなれなかった。速水の暗い声を聞いた高杉は慌てた様子で「こんな時間に……迷惑でしたよね？」と話した。

「ちょっと、体調を崩してまして」

「あっ、そうなんですか……」

　普段の高杉なら謝って電話を切っているだろう。いや、それ以前に深夜に連絡などしてこない。ためらいがちに会話を続けようとする高杉に、速水は苛立ちを覚えた。

「ご相談があって……」

「すみません。明日じゃダメですか？　本当に気持ち悪くて」

「あっ、そうですよね。失礼しましたっ。お大事になさってください」

「申し訳ない」

　電話を切った後、速水の心に罪悪感が芽生えた。これまでどんな若手であっても作家にこんな対応をしたことはなかった。

　明日、フォローの電話をかけよう。速水は壁に手をつきながら、来た道を引き返した。汗ばんだ体が気持ち悪かったが、誰にも会いたくなかったので、朝までシャワーを我慢することにした。家の前まで辿り着いたとき、ポケットのスマホが振動した。恵からだと思ったが、寂しさのピークは過ぎている。

　スマホの画面を見ると二階堂だった。速水は「重なるなぁ」と無気力に呟き、通話のアイコンをスライドした。

「いやぁ、夜遅くにすまんねぇ」

「いえいえ、一日はこれからですよ」

「君ならそう言ってくれると思ったよ。いやね、ちょっと妙なことを耳に挟んだもんだから」

「妙なこと?」

「多田さんいるでしょ、専務の」

「はぁ」

速水は〝夜討ち〟の日のことを思い出した。痺れを切らして電子図書館の件を直接お願いしたのかもしれない。また厄介なことになるぞ、と身構えた。

「辞めるんだって?」

「えっ?」

「聞いてない? いやぁ、変な話でね、免職だっていうんだよ」

「免職って……」

「そうだよ。辞めさせられたってことらしいんだけど、あの人、何やったの?」

あの多田が辞めさせられる……。驚きのあまり、速水は門に手をついた。酔いは醒めていたものの、疲れ切った脳がうまく働かない。

「逮捕ってことはないよね?」

逮捕の二文字が頭に入ってきたとき、速水の脳内警報が最大限に鳴り響いた。

もし、この話が本当なら、それは専務派の瓦解を意味する。つまり、これまでやってきたことが水泡に帰すということだ。

一体、どうなっているんだ。

電話の向こうで二階堂が何やら質問を続けていたが、意識は違う方へ飛んでいた。速水はスマホから耳を離し、雲の厚い夜空を見上げた。

俺は『トリニティ』まで失うのか――。

—第六章—

1

東京は今年一番の暑さになるという。

陽は日の出から押しが強く、アスファルトまでが媚びるように熱を持つ。朝も昼も境界がひどく曖昧で、日没のころには身の回りの大半のものが疲れて見える。夏を実感すると同時に季節の出口を探すという習い性は、不惑を迎えたころから顕著になってきた。

いつものフロアでエレベーターが止まると、速水輝也は顔見知りの社員に会釈して外に出た。手持ちのハンカチをうちわ代わりにしてパタパタとあおぎ、『トリニティ』編集部のドアを開けた。

まだ朝の八時前だ。大半の編集者にとっては勤務時間外だろう。速水自身もこんな朝早く出社することは滅多にない。一番乗りに違いない、と周囲を気にせずイヤホンから流れる英文を口にしていると、部員が一人いたことに気付いた。

「おっ、びっくりしたぁ」

思わず声が大きくなったが、反応はなかった。部員が寝ているからだ。イヤホンを外した速水は、忍び足でデスクに突っ伏したまま動かない高野恵に近づいた。顔は見えないが微かな寝息が聞こえる。徹夜の作業でもあったのだろうか。恵のデスクの上にあったブランケットを手にすると、肩にかけてやった。古い社屋だがクーラーの効きはいい。

自分の席についた速水は、しばらく恵のことを眺めていた。深夜の離婚話から三日。家では自室に引きこもり、徐々に荷造りを始めている。早紀子が美紀を連れて実家に帰るとのことだが、速水はとにかく一人になりたかった。娘とはＬＩＮＥで連絡を取っているが、妻との間には深い沈黙があった。しばらくはウィークリーマンションなどで生活し、会社のゴタゴタを片付けてから身辺を整理しようと考えていた。

――電話出られなくて、ごめんなさい。何かありましたか？――

あの日の翌朝、恵から届いたＬＩＮＥには一定の距離があった。肉体関係はあるが恋人ではない。何の脈絡もなく、ほんのひとときだけ磁場が歪んで上司と部下でなくなる。それほどの距離感。速水は「酔っ払って間違い電話。すまん」と返信したが、折り返しはなかった。

早紀子の話、そして二階堂からの電話。立て続けに公私の柱が折られ、速水は未だ波に呑まれたような混乱の中にある。娘の苦悶に満ちた表情を思い出す度に胸が締め付けられ、一人で部屋にいると目が潤むことも多い。

恵とはこのまま男女の関係が終わる、という漠然とした予感があった。だが、速水にはこれといった感慨がなかった。若いころのように独占欲が疼くこともない。

腕時計の針が八時を指したのを確認し、立ち上がった。家でこそこそとしているため、職場にいる方が落ち着く。編集部から廊下に出たとき、ようやく出社した気になった。もう恵の方には視線を向けなかった。

汗が引いてくると、自ずと背筋も伸びた。あと二時間もすれば、労働組合の臨時中央委員会が開かれる。今日は濃密な一日になるだろう。

編集局長室をノックする。「あいよ」と緩んだ声が返ってきたので、中へ入った。

相沢徳郎はデスク席に座り、いつものようにこれ見よがしに本を読んでいる。相沢の前に立ち、何を読んでいるのか尋ねるのが習わしだ。

「いやぁ、組織っちゅうもんはつくづく生きもんやねんなぁ」

文化人類学の観点から経済を斬るジャーナリストが書いた本だ。細分化や専門化が、却って非効率を生んでしまうという「サイロ・エフェクト」について解説している。速水も既に読んでいたが、新刊ではないので「なぜ今ごろ？」と、頭に疑問符が浮かぶ。

「サラリーマンであっても、一寸先は闇っちゅうこっちゃ」

本をビャクダンの扇子に持ち替え、相沢が立ち上がった。多田のことを言っているとピンときたが、速水は何も口にせず、タヌキの上司に続いて応接セットのソファに腰掛けた。

二階堂の電話があった後、速水は朝まで待って相沢の携帯を鳴らした。相沢も情報収集の真っ最中だったらしい。彼は「詳細は中央委員会の日まで待ってくれ」と言って一方的に電話を切った。この三日で多田の免職情報は、綿が水を吸うようにゆっくりと社内に滲み始め、昨日の夕方になってようやく組合の知るところになったのだ。

「それにしても、多田氏には参ったで」

早くも専務から氏へと呼称が変わっていた。自分の仕えていたボスが失脚したばかりだというのに、相沢は落ち着き払っていた。「今日もあっついなぁ」と扇子を開くと、和室から漂ってきそうなビャクダンの香りが速水の鼻孔をくすぐった。その扇子に折り畳まれた紙が挟まってあり、相沢が指でつまんだ。

「何ですか、それ?」

速水が指差すと、相沢は紙を広げてテーブルに置いた。『トリニティ』編集部員の篠田充が見つけてきた、例の怪文書のコピーだ。

「これは……」

「君も知ってるやろ。わざとぼやっとした書き方してるけど、内容は多田氏のことを指してる」

「専……、多田さんは何をやったんですか?」

「あの人が方々飲み歩いてたんは知ってるな? 顔が広い、ということで何かと金を引っ張ってくるから、社としても重宝しとったんやけど、何でもやり過ぎはあかん」

専務の威を借るコバンザメだったことはきれいさっぱり忘れているらしく、「重宝」などという言葉を使うのは、さすがの変わり身の早さだ。

相沢によると、多田は関西に本社を構える美容器具販売メーカーの社長と知り合い、複数の有名モデルを使って、このメーカーの商品を宣伝する本をつくる約束をしたという。だが、これがうまくいかなかった。

「メーカーが指名した人気モデルの事務所がことごとくNGを出したんや」

「なぜですか？」

「社長が筋ワルやからや。今はすぐにネットでネガティブキャンペーンを張られるから。筋がよかったら、わざわざ出版社なんかに声掛けてへんやろ。金はあるんやから広告代理店に頼んでテレビでも何でもできるはずや」

「要するに、多田さんがメーカーと芸能事務所との間を取り持つと空手形を切った、と」

「そういうこっちゃ。仲介協力費に現ナマで三千万」

「三千万？」

「もちろん、モデルのギャラを含む制作費は別やで。多田氏は『動画サイトとSNSも絡めて派手に展開する』とか調子のええこと言うてたけど、肝心の芸能事務所が落とされへんかったから、目も当てられん」

「それで三千万も……」

「調子に乗って飲み歩くから悪いんや。『ご利用は計画的に』や。社長が関西の田舎もんやと思ってナメとったんやろ」

節操のない手のひら返しに、頷くのもためらわれた。先日、この編集局長について話していた同期の小山内甫の白けた顔が浮かぶ。

「相沢さんはその社長に会ったことはあるんですか？」

「まぁ、付き合い程度にな」

急に歯切れが悪くなった相沢に、心中でほくそ笑む。この男も甘い汁を吸っているに違いない。

「相手の社長が刑事告訴するって言い出して、こっちはとにかく内密に、と。お友だちの筋ワルも出てきて、結局、解決金は一億」

「一億！」

「もちろん、おっさんの退職金はなしやけど、高うついたって話や」

〝おっさん〟にまで格落ちすれば、もう何も思わなかった。速水は〝夜討ち〟で多田に声を掛けた際、ひどく狼狽した様子だったのを思い出した。あのときは既に追い詰められていたのだろう。立派な家も売ることになるのか。同情には値しないが、哀れではあった。

「多田さんは今、何をしてるんですかね？」

「知らん」

相沢は心底興味がなさそうに言って、気忙しく扇子を揺らした。

「常務に証拠を突き付けられても、最初は頑として否認やったそうや。そら、認めたら人生終わるからな。完落ちしたときは泣いとったそうや。みじめなもんやで」

薫風社の頂まであと少しだった。実際、社長より影響力があるとまで言われていた男が、出版人生の最晩年で一瞬にして滑落した。毎晩飲み歩き、ちやほやされ、力を誇示し、悦に入っていただろうことは想像に難くない。だが、そんなバブルはすぐに弾ける。

手に職がない還暦前の男にとって、肩書きはもはや臓器の一部である。光が強かった分、陰も深い。もう誰からも声が掛からない。家族に煙たがられても、家にいるしかない。証拠を前にしても首を横に振るしかなかった男の気持ちは、速水にも理解できた。

「今日の中央委員会はどうなるんですかね？」

「代わりに池田常務が出席されるらしい」

池田は営業と広告を行き来した社長派の中心人物である。若いころから現在の社長の右腕として働き、情け容赦ない理詰めの思考回路はボスの純粋培養だ。多田への妙な気遣いは不要になったとはいえ、社長派の急先鋒と一戦を交えるとなれば、かなりの理論武装が必要となる。「数字」という伝家の宝刀がある以上、労使交渉は端から経営側の有利なようにできている。これを受ける盾をつくるのは並大抵のことではない。

「今日はどんな戦略でいけばいいんでしょうか？」

「何がや？」

ビャクダンの扇子をあおぎながら、相沢が要領を得ない顔をしている。

「編集チームとして対策を講じないと、社長派のいいようにされてしまいます」

相沢は黙ったままパタパタと扇子で風を送り、「あっついなぁ」とうんざりしたように漏らした。

「相沢さん？」

「君の口から派閥の話が出てくるとはなぁ」

どの口が言う、という言葉を呑み込み、速水は首を傾げた。

「派閥というより、雑誌をいかに守るかということなんですが……」

「まぁしかし、社内の派閥政治っちゅうのも考えもんやな。まさにサイロ・エフェクトやで。組織は生きもんやから」

本に感化されたのか、相沢は先ほどと同じようなことを言った。まるで腹の内が読めないので、速水はどう切り返していいか分からなかった。とりあえず、先に懸案事項を片付けようと柔和な笑みを向けた。

「例の電子図書館の件はどうすればいいですかね？」

「あぁ、あれはもうええわ」

「はっ？」

「多田ちゃんが言い始めたことやからな。どうせ帝国出版の社長のご機嫌伺いや」

幹部たちのいい加減さに速水は絶句した。二階堂を説得するため、あれほど頭を悩ませていたことがバカバカしくなり、今更ながら組織に虚しさを覚える。

「ズバリ伺いますけど、相沢さんは今回の多田さんの件をどうお考えなんですか？」

相沢は扇子をあおぐ手を止めて、ぎょろりと速水に目をやった。

「まぁ、残念なことやなぁ」

「それは私も同感ですが、私が聞きたいのは今後のことです。例えば雑誌。社長が不採算事業を積極的に排しようと考えているのは、確かだと思います。しかし、専務を中心とした編集局は、少なくともその流れに抗おうとしていたはずです」

「う～ん、それはちょっとどうかなぁ」

相沢はからいものでも食べたように顔を顰めた。速水の視線を受けると、彼は閉じた扇子でコンコンとテーブルを叩いた。

「世の中そんな白黒がはっきりせんと思うんや。確かに社長と専務ではちょっとした考え方の違いはあったよ。でも、よりよい会社にしたいという点で、方向性は同じやったんちゃうかな」

速水は、相沢の口が全自動で動いているという印象を受けた。派閥の長が失脚したこの有事に、抽象的なきれい事を並べる真意とは何か。一連の会話で勘付いてはいたが、それは人間としてあまりに慎みがない。

「お話が大き過ぎて把握しづらいんですが、多田さんなき後は相沢さんが編集を引っ張っていかれる、ということでよろしいですね？」

「いや、いや。俺はそんな器やないよ。君も知っててそんなこと言うんやから、性悪いな」

「すみません。全く状況が分からないんですが」

「そんな複雑に考える必要あれへん」

「では『トリニティ』はどうなるんでしょう？」

「そうそう。それは大事な話や。今日、君に来てもらったんは他でもない。『トリニティ』の可能性について話し合おうと思ってな」

「可能性？」

「うん。まぁ、君の獅子奮迅の活躍で今期は黒字になるかもしれん。でも、これからの雑誌の流れとか人件費のこととか考えると、今からちゃんと体制を整えた方がええと思ってな」

言い訳めいた内容から入った時点で、速水は嫌な予感がした。深夜に二階堂から電話を受けてからずっと抱いていた疑念が鎌首をもたげる。

「やっぱり紙を減らしていく方向は止められんと思うんや」

「ちょっと待ってください……」

相沢は「いやっ」と言って右手を突き出し、速水を制した。

「君の言わんとしてることは分かる。でもな、多田ちゃんがこうなった以上、これまで通りにはいかん。陣営を整える必要がある。そこでや。『トリニティ』をWEBマガジン化する気はないか？」

「それは……」

陣営を整える、とは言ったが、相沢はもはや信用のならない存在になっている。この男の素性を考えれば、既に社長派に取り入っていると判断した方がよさそうだ。つまり、WEBマガジン化は廃刊へ移行するクッションでしかない。経費削減のため、内容を簡素化し、人員を減らすのは目に見えている。小説の連載枠など以ての外だろう。

「受け入れられません」

自分でも顔が青ざめていると分かる。一月から散々振り回しておいて、強欲な専務が免職になったという一点のみで雑誌が潰されるなら、これほど理不尽なことはない。冷静になれ、と自らに言い聞かせても、胸中は怒りで波打っていた。

「私はこれまで雑誌の存続に身を砕いてきました。部員にも随分無理を言ってきました」

「状況が変わったんや、速水」

相沢は突き放すように言うと、面白くなさそうに鼻を鳴らした。

「二階堂先生の連載はどうするんです？　パチンコの年間契約も。永島咲の連載もまだ続いてます」

「君は船長として、小さくてもええから船を残す、という道を選択せなあかん。何人か適任者を残して、WEBマガジン化を進めてくれ」

決定事項というわけか。速水は返事をせずに視線を逸らした。相沢は感情的になる部下のことなど歯牙にもかけないようにニヤつくと、前屈みになった。

「君には文芸に席を用意する。どうや、もう一回ちゃんと小説つくりたいやろ？」

文芸に異動する、というのは魅力的な話に違いない。だが、組織になされるがままの状態では、どうしても裏取引に応じる気になれなかった。

「お断りします」

速水は冷たく言って立ち上がった。この行動が後にどんな厄災をもたらすかについては、もう考える気力もなかった。『トリニティ』は廃刊の道へ進む。それは避けられないだろう。だが、その沈没に手を貸すつもりは毛頭なかった。

「まぁ、今はカッカしてるかもしれんけど、先のこと見据えて頭冷やし。くれぐれも今日の中央委員会は、よう考えて発言しいや」

「失礼します」

相沢が引き止めるように「あっ、これ」と言って、速水に怪文書のコピーを差し出した。意味が分からず、速水は問い掛ける視線を送った。

「これ、誰がやったか分かるか？」

嬉しそうに破顔する相沢は気味が悪かった。底なし沼に引きずり込まれそうな予感に、速水は無意識のうちに後ずさった。

「秋村や」

「えっ……」

「あいつの別れた嫁はん、社長の嫁の従妹らしい」

秋村は社長派のスパイだったわけだ。速水はお手上げとばかりに両手を頭に乗せて嘆息した。社内に蔓延る魑魅魍魎に吐き気がする。〝夜討ち〟の日、車で走り去った秋村光一の横顔を思い浮かべ、多田がさっと引いたカーテンの絵がチラついた。

速水は表情を見られないよう相沢に背を向けると、黙ったまま部屋を出た。

2

大会議室は人いきれがした。

奥行きのある部屋の端まで長机が並べられ、大きな島が八つ。ここに各職場を代表して選出された「中央委員」が座り、ドアの反対側の壁に沿って設置している長机に、労働組合総代として経営側と交渉する「執行部」が陣取っている。

「すごいですね……」

会議室に入った瞬間、速水の後ろにいた女性誌の編集長が感嘆の声を漏らした。藤岡裕樹は五十人ほどと言っていたが、パッと見で七十人は堅い。今回の会議は引き継ぎの意味合いも兼ねているため、新旧のメンバーが顔を揃えている。つまり、いつもの倍の人間がいるということだ。皆「団結」と白抜きで書かれた赤い腕章をしている。

薫風社の労働組合はユニオンショップ制なので、社員になると同時に全員が組合員になるというシステムだ。通常業務に加え、経営陣と一年中タフな交渉を続けるため、誰もが執行部員になりたがらない。中央委員も執行部よりは負担が軽いものの、秋年末闘争、春闘、夏闘という三大闘争の諾否権を持っているので、この闘争期間中は職場離脱して深夜まで交渉に付き合うことになる。

組合側の長机は「縦」の方向に設置しているが、前方に一つある長机は「横」向きだ。

ここに経営陣——池田常務と相沢編集局長が座ることになる。この構図一つ取っても〝七十対二〟の対決であることが分かる。だが、その「二」の壁が高い。

藤岡に目で到着を知らせた速水だったが、あちこちの中央委員から声が掛かり、執行部の陣営に行き着くまで時間がかかった。後輩の女性誌編集長とともに、労組のトップである委員長と書記長に挨拶した。新旧で計四人いるが、それぞれと軽く雑談し、彼らの隣に設けられた特別席に着いた。特別席と言っても粗末なパイプ椅子で、全部で三脚ある。速水と隣にいる女性誌の編集長、そして秋村の分だ。他に出席予定だったあと二人の雑誌編集長は、多田の免職を知るや否や欠席を申し出たという。

「社長派に睨まれたくないから、逃げ出したんですよ」

昨日、打ち合わせの電話をした際、藤岡は冷たく言い放った。交渉の窓口である労担が多田なら、まだ編集の言い分にも理解があるだろう。だが、社長はコンテンツづくりの中核を成す編集を聖域と捉えていない。極論を言えば、収益が上がれば何だっていいのだ。

速水は机の上にあった今日の予定表を見た。午前の部では、一時金の積み上げがゼロに終わった夏闘の総括、今期未解決事案の引き継ぎが行われたようだ。チラリと腕時計に目をやる。午後一時前。そろそろ昼食休憩が終わる。これから夏闘の積み残しである「相次ぐ雑誌廃刊を問い質す」という議題について議論するのだ。

腕時計から目を上げた速水は、出入り口のドアが開くのを見た。片手にスーツのジャケットをつかんだ秋村が入ってきた。相変わらずだらしなくネクタイを結び、仏頂面をしている。執行部員も中央委員も誰も彼と視線を合わせない。委員長と書記長にも軽く頭を下げただけだった。

「ギリギリだな」

速水が秋村に声を掛けると、隣にいた女性誌の編集長が気を遣って一つ席をズラした。

「早く着いてもやることないからな」

秋村はそう言って皺だらけのジャケットを羽織ると、速水の隣に腰掛けた。彼がスパイであるという相沢の話に、どれほどの信憑性があるのかは分からない。だが、秋村が多田の家の近くにいたことは明らかで、何かしら行動していたことは間違いない。

クーラーがよく効いて足下は冷えるほどだが、高い人口密度のせいで蒸し暑くもあった。この淀んだ空気も、組合ニュースには「熱気」と表現されるのだろう。

また出入り口が開いて、スーツ姿の小太りの男たちが入ってきた。常務の池田と相沢だ。壁に掲げられた大きな「団結」の旗の前に彼らが座ると、もう単なる上司ではなく〝あちら側〟の人に映る。なかなか決着を見ない問題を前に、早くも不穏な雰囲気が漂う。

「お忙しい中、ありがとうございます」

司会を務める今期執行部の書記長が、二人の幹部に礼を言う。頷いただけの池田に対し、相沢はひょいっと片手を挙げ「よろしく」と愛想がよかった。

「では早速、本題に入りたいと思います。我が社ではこの三年で十五冊の雑誌が廃刊になっています。これは他社と比較しても異常な数字と言わざるを得ません。本日は経営側の幹部の方々に、現場の声を聞いていただき、忌憚のない意見交換ができればと考えております。それでは、よろしくお願いします」

書記長が挨拶を終えると、編集職場の中央委員に合図を送った。挙手して立ち上がったのは、コミック誌の若手編集者だ。団体交渉や今回のように重要な会議の場合、最初の数人の発言者は予め決まっている。無論、委員長からの指示で、先制パンチを打って流れを引き寄せようという意図がある。

コミック誌の若手編集者は、幹部に出席の礼を言って名乗った後、声の音量を上げた。

「ご承知のように、出版業界では紙の市場規模が減少の一途を辿っています。我が社のコミック誌も、三年前までは九誌ありましたが、四誌が廃刊、電子コミック誌が二誌、紙は私が今所属している『週刊少年キング』含め三誌になってしまいました。しかし、本来出版社にとって、コミックは非常に大切な存在であるはずです。現状は既に憂うべきものです。今後も縮小傾向には歯止めがかからないのでしょうか？」

速水とは直接面識はないが、なかなかしっかりした青年だった。池田は分厚い頰に載っているメガネを指で押し上げ、不機嫌そのものの顔で編集者を見た。

「編集の要であった労担が退社されたのは君も知っていると思う。はっきり言って私は門外漢なわけで、答えられることは限られてる。そもそも編集の問題で臨時中央委員会ってのもおかしな話だ。承諾した多田さんが何を考えてたのかは、よく分からんが……」

初っ端から組合を軽視する態度を見せた常務に、会場がどよめいた。経営側の問題である多田の一件を他人事のように話す姿勢がその証左だ。今日はこのまま具体的なことは何も語らず、逃げ切る作戦なのかもしれない。

「しかし、常務も一旦出席を承諾された以上、我々の思いに耳を傾けていただきたいです」

「これ、夏闘でも話し合ったよね？　闘争は終わったでしょ。教宣部長が収拾見解出してたじゃない」

「しかし、この点は継続的に話し合うと、収拾見解にも書かれていたはずです」

収拾見解とは、春闘や夏闘などの組合闘争の終了時に発表する総括のことだ。主に組合ニュースを発行する教宣部長が執筆するもので、来期は藤岡が担当する。

「夏闘の交渉でも言うてたけどさ、今は五誌残ってるわけでしょ？　五誌じゃ足りないの？　現状でいいなら問題ないやんか」

池田の視線を受けた相沢が、バトンを受けたとばかりに前に出てきた。

「コミックも出せば当たるという時代ではありません。何とか質のいい原稿を手に入れるためには、ある程度の数が必要です。新人発掘に予算を割いている他社もあります。大御所作家の負担を増やすばかりでは構造に歪が生じます」

「数って言われてもなぁ。コミックは五誌にしてから利益率が上がってるで」

「それは一過性のものであって、コンテンツをつくる体力がなくなっていくのは目に見えてます」

「要は無駄を省いて効率よく稼ぎたいってわけで、廃刊が目的やないねん。例えばさ、電子コミック誌。これ、市場規模が二年前の六倍になってるわな。つまり、君んとこの『キング』も紙を止めてデジタルにするとか、そうやって先手を打っていくしか、生き残っていく方法はないわけ」

編集幹部から紙の打ち切り発言が出て、組合側から野次が飛んだ。

「『キング』の紙を止めるってことですか？　到底受け入れられませんよ！」

コミック誌の若手編集者が叫ぶと、相沢は笑いながら「何で？」と返した。編集者が言葉に詰まっていると、編集職場の今期委員長が挙手した。

「今、編集局長がおっしゃった電子コミック誌の市場規模ですが、まだまだ三十億円程度ですよ。一方の紙のコミック誌は一千億円以上あります。これを同じ土俵に上げても仕方がない」

「そやかて、紙のコミック誌も全体で十三パーセントほど落ちてるんやから、偉そうには言えんで」

「『キング』は少年誌ですし、デバイスや課金の問題もあります。紙の読者が自動的にデジタルに移行するとは限りませんので」

「いずれにせよ、コミックはデジタルとの親和性が高いんやから、将来性は認めてるよ。

問題はやり方や。先手打っていかな、他社の出方を窺ってたら客が離れるで」

相沢と委員長が話している間、常務の池田はまるで上の空であった。組合など時代遅れの遺物としか思っていないのだろう。速水は相当分の悪い闘いだと痛感すると同時に、相沢は社長派に寝返ったのだと確信した。

「『キング』の紙は残るんですか?」

「夏闘のときから数字を見て判断する、と言い続けてるけど、他に言いようがないわ。コミックだけ特別扱いできひんから」

相沢は詰め寄る若手編集者を軽くいなした。

組合側の目的は、期限を区切り、その間の雑誌廃刊を凍結させることだ。「少なくとも数年は雑誌を潰さない」というような言質を取りたい。だが、達成は極めて難しいだろう。雑誌が売れない中、経営側がそんな手枷足枷を自らに課すとはとても思えない。できることは社員の抵抗する姿勢を見せ続けて、廃刊の判断を遅らせるなどの妥協点を導き出すぐらいだ。

その後、編集職場と営業職場の中央委員から、職場の士気や書店の反応などを軸にして雑誌の重要性を説いたが、相沢がのらりくらりとかわし、池田はほとんど口を開かなかった。開始から一時間が経ち、議論が膠着し始めた。小声の野次やため息が増えて組合員の苛立ちが伝わってくる。

「今日は三人の雑誌編集長に来てもらってます。実際に現場で指揮を執る彼らに発言を求めたいと思います」

　トップバッターは速水だった。立ち上がると彼はすぐ近くにいる幹部二人に頭を下げた。池田は顔を見ようともせず、相沢は「頼むぞ」と言わんばかりに頬を緩めた。速水は冷たく視線を外すと、短く息を吐いた。

「創造には途方もない時間がかかり、破壊は一瞬で事足りる、というのは、雑誌も同じです。この三年で十五誌が廃刊の憂き目に遭いましたが、それぞれに数多くの才能が集まっていたはずです。ライターや編集者だけでなく、デザイナー、広告、営業の担当者もそうです。人手はかかりますが、それ故に幅広くて面白い読み物が出来上がるんだと思います。雑誌を潰すと、生卵を床に落としてしまったように、才能が散逸し、決して元通りにはなりません」

　組合員たちが神妙に頷く一方、相沢は意外そうな表情を浮かべてうつむいた。

「出版不況と言われて久しいですが、いつの間にか雑誌が悪者になってしまいました。これまで雑誌は、出版社を支えてきましたし、何より読者の知的好奇心を満たしてきたはずです。今、我が社が比類ないペースで廃刊を続けている理由はたった一点、収益性の問題だけだと思います」

　速水は話しながら、まだ自分の心がどこにあるのかを理解していなかった。『トリニティ』を守りたい、という気持ちは確かにある。だが、それはかなり厳しい状況だということも分かっている。相沢の言う通り、文芸に戻って小説をつくるという選択肢がべターであろうということも。しかし、それで本当に自分の願いが叶うのか。

「無計画に雑誌を潰したことで、社の信用を傷つけた事例もあります。例えば『小説薫風』。連載原稿がたくさんあったにもかかわらず、猶予期間を設けることなく廃刊にしたため、かなりの抗議が寄せられたと聞いています。以降、人気作家から書き下ろしの仕事を断られるケースも相次いでいるようです。これは本当に社にとってプラスだったんでしょうか？　こうなると、もう雑誌を潰すことが目的になっているようにしか見えません」

「そうだ！　そうだ！」

視界の端に見える藤岡が同調すると、組合員から「異議なし！」「読者がいるんだ！」と次々に賛同の声が上がった。皆の怒りに背を押され、速水の脳裡にこの七ヵ月間の奔走が鮮やかに甦った。部下の不始末の尻を拭い、大物作家に頭を下げ続け、テレビマンには鼻であしらわれた。その結果、娘とも離れ離れになった。

自分はなぜ編集者という人生を選んだのか――。

「社の業績が下降線を描いているのは、雑誌だけが原因ではありません。他の出版外事業も大きな成功を上げているものはないはずです。もう雑誌は十分に赤字削減に協力してきました。ここらで冷静に情勢分析をする時間が必要ではないでしょうかっ」

全員から拍手が起こり、大会議室の組合員が一つになった。カメラマン役の執行部員が派手にフラッシュを焚いて速水と経営陣を交互に撮影する。

経営側に重圧をかけるとすれば、この一体感しかない、と速水は考えていた。上積みのない状態が当たり前になった一時金、事実上固定化されているベアゼロ。出版業界の中で最も強いと言われてきた薫風社労組は、成果の出ない交渉に疲れ、最近では組合員たる社員自身が「前時代的な闘争は無意味」と諦めている。だが、それでも数の力は偉大だ。

「もちろん、速水君の言っている意味も、みなさんの思いも分かるよ。でもやなぁ……」

相沢が口を開くと、池田が大儀そうに前傾した。

「これ、意味あるの？」

七十人以上いる組合員は呆気に取られ、会場が静まり返った。だが、今期委員長が「どういう意味でしょうか？」と発すると、「真面目にやってください！」「何で出席したんだ！」「労担はなぜ辞めた！」などと、組合員の不満の声が押し寄せた。

収拾がつかない会場で、速水は一人、立っていた。膨れっ面の池田が隣を見て、相沢が媚びるように笑う。幹部が信用ならないのは、この半年で身に染みた。自分の愛する会社が失われていく感覚に、速水はため息をついた。

「話し合う意味はあります。私たちは何でご飯を食べているのか。言わずもがなですが、出版です。つくるものへの敬意がなくなれば、お金を生む母体が衰弱します。三年でおもいきった経費削減を進めてきたんですから、ここは一度様子を見るべきです。母体が持たなければ、抗がん剤投与は本末転倒です」

よく通る声で速水が訴えると、また拍手が起こった。相沢が話そうとするのを池田が手で制した。彼は不敵な笑みを浮かべて速水を見据えた。

「まぁ、同じ人間でも、こうも考え方が違うと大変だな。母体、の捉え方が根本的に異なっているようだ。いいかい、母体があっての商品だ。この順番は絶対だ。金があるから制作費が出る、人件費が出る、宣伝費が出る。ファースト・プライオリティーは母体の維持だ。不採算事業を見直すのは経営の常識だよな？　そこに無理やり制限をかけて、船自体が沈んでしまう。それこそ本末転倒じゃないか」

「船が今どういう状態にあるかによって変わります。薫風社という巨大な船が今すぐ沈没することはありません。現状ではバランスを取ることが重要です。一方へ傾き過ぎることこそ危険だと思います。少なくとも雑誌に関しては三年でかなりの血を流しました」

「縮小の一途を辿る市場規模を見て、まだそんな悠長な構えでいることに呆れる思いだよ。常識で考えるなら、我々の給料も同様に下がっていてもおかしくない。ところがどうだ。給料は下がってないだろ？」

池田は「経営陣の舵取りのおかげだ」と言わんばかりに、組合員を見渡した。ふんぞり返る姿はあまりにステレオタイプの悪者だ。

「同業他社はどうだ？　我々の給料はかなりいい方だとは思わんか？」

「その裏に何がありますか、常務。社員は二百人規模の大量リストラ、意にそぐわない事業縮小を呑み込んできました」

「我々だって精いっぱいのところで踏ん張ってるつもりだよ。定期昇給の伸び率の縮小、あれ撤回したよね？　時給分母も改善した。人件費に関してはもうギリギリのところで回してるよ」

「定昇は九年前に一度、伸び率を抑制していますし、時給分母は理論値に近づけるのが本来の姿です。この件とのバーターは成り立ちません」

「君は会社がいくつも財布を持ってると思ってるのか？　雑誌用のものなんかないぞ。財布は一つ。だからあれこれ考えなきゃならん」

「会社が今にも沈む、ということはないでしょ？」

「地面スレスレの低空飛行などできるわけないじゃないか。来月から給料が五十パーセントカットです、なんて会社嫌だろ？」

　速水と常務の言葉の応酬を組合員が固唾を飲んで見守っている。いくら言葉数の多い編集者といえど、幹部を相手にここまで理路整然とやり合える人間はそうはいない。雑誌を守ろうとする皆の期待が分かるだけに、速水の肩に重荷が圧し掛かった。

「あのっ、ちょっといいですか」

　何の前触れもなく、秋村が手を挙げた。自ら発言を求めるような人間ではないので、会場にざわめきが広がっていった。速水が座るとシーソーのように秋村が立ち上がった。組合員の間には戸惑いの色があったものの、同じぐらい期待する視線も集まっている。だが、速水には秋村という男がどうしても信用できなかった。

「先ほどから廃刊か否かという点のみが焦点になってますが、存続するには他にも方法がありますよね？　先ほど編集局長が触れられたように、紙を斬ってデジタルで名を残すというやり方もあると思うんです」

発言の意図するところが分からず、組合員たちが怪訝な表情を浮かべる。対照的に相沢がわざとらしいほど大きく頷いている。

「紙の雑誌に未来がないことは、もうみんな気付いてるはずです。趣味やら芸術やらで一定の需要はあるでしょうから、それは残せばいい。デジタルで利益が上がれば、廃刊も何もないでしょ」

「いや、全くその通りなんや！」

救世主来たる、といった感じで相沢が歓迎の声を上げる。組合員からは失望のため息が漏れ、新旧の委員長は苦虫を噛み潰したような顔で腕を組んでいる。

やはりこの男は社長派のスパイだ。多田の家の前にいたのは、羽目を外す専務の監視といったところか。元妻が社長と家族ぐるみの付き合いをしていたなら、案外一匹狼でもないのかもしれない。

速水はすくっと立ち上がると、隣の男には目もくれずに幹部の方を向いた。

「紙をデジタルに切り替えて一件落着だったら、わざわざお二人にご足労願うこともありません。紙の読者がそのまま離れてしまう可能性があるから、様子を見ましょうと言っているんです」

「悲観ばかりする必要はないと思うんです。雑誌の定額読み放題は会員数も伸びてますし、売上も上がってます。もう時計の針は戻せませんから、このままシステムを変え続けて収益を安定させるしかないでしょう。雑誌の値上げで利益増が見込めた時代はとっくに終わっています」

すかさず相沢が「そうなんや!」と手を打った。

「物価が右肩上がりという前提は通用せんねや。速水君はよかった時代の残像を見て、現実に目を向けてない」

カシャ、カシャとキーボードを打つ音がどんどん大きくなっていく。組合ニュースにまとめるため、発言をタイピングしている藤岡の苛立ちが伝わってくる。自分が呼んだゲストが、まさかの裏切り行為に走っているのである。基本的に真面目な男なので、責任も痛感して腹立ちが収まらないのだろう。

速水は少し間を置いて、隣の男を見た。視線がかち合う。

「じゃあ、秋村は『アップターン』の紙を止めるってことだな?」

声に怒りを滲ませた速水に、秋村は冷めた視線を送った。

「そういうことだ。そのために online を伸ばしてきた」

組合員から「何で……」「勝手に決めるなよ」など非難の声が上がる。

「いつ止めるんだよ」

「いつだっていい」

「部員は知ってるのか?」

「決めるのは俺だ。廃刊を免れるために先手を打つ。俺はそうやって部員を守る」

心にもないことを——。だが、この場でそれを証明するのは難しかった。秋村の言うことにも一理あるため、組合員の間にも温度差が生じ始めた。内部崩壊を誘発するという一番厄介な相手だ。

「秋村君の言う通り、デジタルを伸ばしていくという発想が大事や。俺らの業界は過渡期なんやから、問題を座視しとったらあかんねや。もっと根本的に、雑誌は何で必要かとか、なぜ紙である必要があるのかとか、そういう点を突き詰めなあかん。速水君はさっき雑誌を潰すことが目的になっていると我々を批判してたけど、君こそ雑誌を守ることが目的になってて全体像が見えてない」

期限つきでも「廃刊を打ち止めにする」と、言質を取ることが難しくなってきた。速水が懸命に頭を働かせている間に、秋村が「となると、編集局内の話になってきます」と、完全に経営側の立場から発言して着席した。

「いい加減にしろ!」

堪りかねたといった様子で藤岡が叫んだのをしおに、「どっちの味方だ!」「退席しろ!」と、秋村へ怒号が飛んだ。

速水はそっちがその気なら、と組合側に立つことに決めた。座して死を待つより、攻めて散った方が気は楽だ。この先、文芸に異動しようが、理想の環境は取り戻せない。

退路は完全に絶たれた——。

「この中央委員会が始まる前、相沢さんに言われましたっ」

速水が声を張り上げると、会場は水を打ったようにシーンとした。相沢は面白くなさそうにうつむいた。

「『トリニティ』をWEBマガジン化しろ、と」

どよめきが起こり、相沢へ野次が飛ぶ。

「何人か部員を残して、規模を大幅に縮小する。つまり、廃刊への第一歩です。今年一月、私は相沢さんから『トリニティ』が廃刊の危機にあることを知らされ、それから休日を返上して黒字化に当たってきました」

速水はこれまでの苦労を思い起こしながら、一つひとつ例を挙げていった。悔しさがないと言えば嘘だが、意外と冷静でいられた。

「事実上二人減の状態で、特集や二次利用の作品づくりを進めてきました」

「職場に定数はないよ」

速水の独壇場になっていることを危惧したのか相沢が茶々を入れたが、速水は無視して話し続けた。

「このまま予算のつかないWEBマガジンになれば、間違いなく読者はいなくなります。それではあまりに救いがない」

「そうだ！　そうだ！」

歓声と拍手の中、速水は幹部から視線を逸らして中央委員の方を見た。

「『小説薫風』が廃刊し、『トリニティ』までなくなれば、薫風社の小説連載枠はほとんど残らなくなります。はっきり申し上げて、今は作家との間に禍根を残している状態です。この上、関係悪化を推し進めるようなことがあれば、我が社にとってメリットは何もありません」

相沢が咳払いをして速水の発言を止める。

「まぁ、そこは書き下ろしの際の条件をよくして、売れっ子を説得するなり考えたら何ぼでも方法はあるやろ。うちはもう一から新人を育てるほどの余裕もないから、原稿をもらうためだけに雑誌を存続させるなんて非効率なことできひんわ」

「ほとんどの作家はいきなり売れっ子になるわけではありません。連載を通して付き合っていく中で、信頼関係を築いていって上質の原稿がもらえる……」

「でも、作家の心配をするより、まずは自分らの飯のタネをどうやって確保するか、やで」

「小説は立派な飯のタネです」

「出す本、出す本、ほとんど赤字やないか」

「薫風社百十年の歴史は、文化を育み、守り抜いてきた歳月でもあります」

「君、選挙にでも出るんか？　言うてることは立派やけど、その歴史を我々の時代でなくしてしまっていいんか？」

「ここに一通の手紙があります」

速水は以前、『小説薫風』廃刊のときに送られてきた手紙をジャケットの内ポケットから取り出した。そして、藤岡に目配せしてから、腹に力を入れて読み始めた。

「突然の別れに呆然としております。私は約三十年の間『小説薫風』を読み続けてきた読者です……」

速水は一つの言葉も漏らすことなく、丁寧に読み上げていった。

『小説薫風』から生まれた数々の作品に対する気持ちのこもった感想、単行本が発表される前に「感動を先取り」し、誇らしく思っていたこと、雑誌の企画で好きな作家のサイン会に参加することができ、終了後にその作家と酒席をともにして創作の苦労に触れられた経験――一つひとつは小さなエピソードだったが、手紙は喜びに満ちていた。

速水が淀みなく朗読を続けられたのは、藤岡からもらったこの手紙に何度も目を通したからだ。かつて『小説薫風』にいたとき、同じ筆跡の手紙を受け取ったことがあった。速水は何度も読んで折り目に穴が空いたその便箋を今でも大切に保管している。

匿名の差し出し人は、作家志望だった――。

「長い間お疲れ様でした。そして、ありがとうございました」

速水が最後の一文を読み終えたとき、会場には物音一つなかった。しばらく、静寂に身を置いた後、速水は手紙を封筒に入れて言った。

「私たちは、もっと読者の想いに寄り添わなければならない。数字だけで廃刊を決めることは、本当に正しいことなんでしょうか？」

相沢は大儀そうに首を振ると、ビャクダンの扇子を広げた。

「お涙頂戴で逆転ホームランが打てるんは、小説の世界だけやで」

あまりに露骨な物言いに、編集局の中央委員が野次を飛ばした。

「君ら、そんな文句言うんやったら、採算取れるぐらい単行本売ってみぃや」

関西弁の挑発に、今度は会場全体が騒然となる。

多田がいなくなり、対立する派閥がなくなったことで口うるさい存在がなくなった。組合の弱体化を図るなら今しかない、といったところだろう。速水は近い将来、この会社が傾いていく姿がありありと想像できた。会社は人というピースでできていることを忘れてはならない。

速水は一抹の寂寥を覚えて相沢に呼び掛けた。

「編集局長も、自ら立ち上げられた『トリニティ』には思い入れがあると思います」

「そらそうや。でも、より正確に言うなら、俺は薫風社という会社に思い入れがある」

組合員の失笑を買っても、相沢は平然としていた。池田すら苦笑いしているのに、この男は堪えないらしい。

「雑誌がなくなれば編集者は育ちません。数多くの作家と苦楽をともにし、時代の半歩先をいく企画を形にして、彼らは成長していきます。直接読者の目には映らないかもしれませんが、優秀な編集者は出版文化の財産です」

「まぁ、これも時代の流れやからね。何回も言うけど、人々が雑誌を必要としているのか？　単行本の小説を必要としているのか？　過去を振り返っても、時代の流れに合わんもんは淘汰されてきたわな？　このネットの時代に伝書鳩を育てても仕方ないやろ」

「人間が雑誌をつくってるんですよっ」

「そんなことは分かってるわ」

「いや、分かってらっしゃらない。雑誌を目印にして人が集う、という感覚を失うべきではありません。ここにいる皆が『仕事は人脈』だと理解しているはずです。人と人がつながって、初めて見たことのないものが生まれる。雑誌に魂が宿る。その魂なしに読者が高揚感を得ることはありません。全ての源は『人』なんですっ」

「どないしたんや、君。既に立候補の予定があるんか？」

相沢が苦笑して池田を見た。ここまできて速水はようやく、多田の失脚がもたらした被害の甚大さを痛感した。そして、初めから交渉の余地などないことを悟った。

「秋村君とこの『アップターン』は既に online でかなりの収益を上げてる。月間で一億ページビューは堅い。広告数も単価も上がってる。我々が求めてるのは、そういう新しくて活きのいいメディアや」

相沢の気味の悪いよいしょなど誰も聞いていなかった。仕事の物差しが「採算」なら、編集者ほど虚しい仕事はない。無駄が作品に生きる感覚は、現場を踏んで初めて得られる。だが、その成果が表れるのは行間であって、目につかないところに潜む特性がある。

一目瞭然の数字とは、ほど遠いところに身を置く。

速水は思う。仕事でストレスが生まれるのは、多忙であるか否かが原因ではない。報われるか否かの問題である。今、この業界の人間が疲弊しているのは、流してきた汗に対する見返りがあまりに少ないからだ。これからは、割り切ってサラリーマンとして生きる出版人が増えるだろう。誰かがつくる雛形を盲目的に信じ、作品が評価されようがされまいが、売れようが売れまいが、己の人生に狂いが生じなければそれでいい。そのうち、自分のつくっている作品の良し悪しまで分からなくなる──。

自分は何のために編集者になったのか。

速水は今一度自らに問うた。一介の編集者だったときにはまるで感じなかった揺らぎに戸惑い、二十年の歳月が頼りなく思え、虚しさや悔しさ、そして怒りを覚えた。だが、それも悲しみに形を変えるに至り、唇を嚙み締めるより他なかった。

「どうか長い目で見てご判断いただけないでしょうか」

無意識のうちに声が震え、懇願するような口調になっていた。ふてぶてしい幹部たちが目を丸くし、身内の組合員も驚きの表情を浮かべている。恥ずかしい、という気持ちはなかった。ただただ悲しかった。

「速水君。俺だって編集の人間やから、雑誌を潰すのは不本意なんやで。でも、先に本体が崩れたら、元も子もないやろ?」

「雑誌は生き物です。一度殺すと生き返りません」

「そんな物騒な。たとえ雑誌がなくなっても、編集の人数が減っても、物語を書いたり、情報を発信したりする書き手がいなくなることはない。やり方次第で質のいい原稿は集まるし、そこをもう一回起業するつもりで考えていこうって、そういう話や」

新しい時代は、本当に出版社を必要とするのだろうか。デジタルの海は深く、冷たい。相沢も秋村もイメージを口走っているに過ぎない。今、会社に必要なのは、出版の本質を理解する知恵のある人材だ。その育成を放棄して外枠だけ整えても意味がない。

「人を減らして、紙をなくして、切り詰めて、切り詰めて……。筋肉質な体制を大義名分にして、組織の根本を弱らせて、その先に何があるか、編集局長もご存じでしょ？」

「何か話が抽象的になってきたな。俺には分からん」

速水が黙ったまま強い視線を向けていると、相沢は見限ったという顔で鼻を鳴らした。

「ほんなら教えてくれ。その先に何があるんや」

「何もありません」

「君は何を言うとるんや？」

相沢が初めて苛立ちを露わにした。疲れを感じた速水はこの編集局長から目を逸らし、ぼんやりと宙を見た。張り詰めていた糸が切れたようだった。

「出版社なんていらないってことですよ」

速水の力ない言葉に、会議室が静まり返った。組合員の大半が目を伏せ、秋村は腕を組んだまま目を閉じ、幹部の二人はバツの悪そうな顔をしている。

勝負あった、だ。雑誌を守れなかった。その本当の理由については、自分が一番よく分かっていた。

速水は口元を引き締め、誰にでもなく一礼すると、力なく座った。

3

真夏にテラス席を選ぶ酔狂な社員は他にいなかった。

ウッドデッキの上に設置された四人掛けのテーブルセットに、速水は腰掛けていた。清しい風が青々と茂る桜の葉を揺らし、庇の陰にあるテラス席にも束の間の涼を運んだ。今日はもう仕事をする気にはなれなかったので、早めに切り上げて不動産屋を回ろうかと考えた。早く一人になれる部屋でゆっくりしたい。

「これ」

後ろから声がし、秋村がテーブルの上に缶コーヒーを置いた。

「はっ。珍しいこともあるもんだ」

秋村は対面に座って、自分の缶コーヒーに口をつけた。

「こうやって向き合って座るのなんか、週刊誌のとき以来じゃないか」

秋村は「そうだな」と返事をして、テーブルに缶を置いた。

「恨んでくれて構わないぜ」

この男なりに罪悪感があるのかと思うと面白かった。速水は首を振って缶コーヒーのプルトップを引いた。

「今となっては、特に言いたいこともないよ」

七十人以上いた組合員はたった二人に、いや三人に負けた。あの後、女性誌の編集長は職場の頑張りを訴えただけで、幹部たちにまるで相手にされていなかった。そのまま、場が荒れることもなく、臨時中央委員会は静かに幕を下ろした。

これを機に薫風社労組の弱体化は進むだろう。今回の話し合いほど組合員の虚しさを誘うものはなかった。労使対等の原則など存在しないことを突き付けられ、経営側が「会社を維持するため」と言い張れば、それでゲームセットだと骨身に染みたはずだ。

この七ヵ月で速水が幹部に振り回されたようなことが、今度は社長派内の派閥争いという形で繰り広げられるのだろう。

「組合員を敵に回すんだ。おまえだって勝負だっただろ。少なくとも、俺にはマネできない芸当だ」

「多田専務が失脚した時点で、こういう流れになるのは目に見えてただろう。おまえは当たり障りなく、うまくかわすんだろうとばかり思ってたよ」

昔の、いや、半年前の自分だったらそうだったかもしれない。だが、今は違う。急速に姿を変えていく会社に、自らの居場所が見出せなくなってきた。

「速水は雑誌の編集長である前に、常に小説の編集者であろうとする」

だから、迫れなかった。だから、負けた。小説への愛情が、雑誌存亡の危機を語るのに焦点をぼやけさせた。

「確かに。俺は雑誌の編集長には向いてない」

「これで俺も後に引けなくなった。経営陣に尻尾を振った完全な裏切り者だからな」

つまり『トリニティ』は潰れる、ということだ。二階堂の連載、パチンコ店の年間契約、永島咲の小説……。『トリニティ』で築き上げてきたものが崩れていく。まるで砂の器だ。

「専務の家の近くに車停めてただろ?」

秋村は素っ気なく「あぁ」と返した。

「ずっと社長に情報を流してたんだな?」

「いわゆるスパイってやつだ」

「怪文書もおまえの仕業か?」

「そうだ。退職給付金のことも小山内に探りを入れるフリをすれば、おまえに伝わると踏んでた」

芸が細かいと思うだけで、不思議と怒りは湧いてこなかった。

「それにしても、相沢さんは傑作だな。見た限りじゃ完全に社長派じゃないか」

「前におまえが相沢さんに呼び出されたときがあっただろ?」

「廊下ですれ違ったときだな」

速水は「真っ先に小説を切るな」と言った秋村と睨み合ったことを思い出した。

「あれは呼び出されたんじゃない。自分から会いに行ったんだよ。専務がいよいよまずいですよ、と伝えにな」

「その後の動きが目に浮かぶようだぜ」

「相沢さんも多田さんに危なっかしいものを感じてたからな。いつもの二枚舌だ。でも、分かりやすい人だから、こっちも扱いやすい」

「早速サイロ・エフェクトの本を読んでたよ」

「あれは常務のお気に入りだ。あれほど芯のない人間も珍しい」

容赦なくこき下ろす秋村の言葉を聞いて、速水はいつか身内に寝首を搔かれるだろう相沢の未来を思った。

同じタイミングで缶に口をつけ、しばらく沈黙が続いた。勝敗がついた後なので、特に気詰りは感じなかった。

「正直言うと、ずっとおまえが怖かったんだよ」

タイミングを見計らったように、セミが鳴き始めた。本心を打ち明けた秋村の目に、刹那の不安が浮かんだ。以前、小山内が同じようなことを話していた。

「裏工作の達人がよく言うぜ」

裏工作という嫌味に、秋村は軽く首を振った。

「結局、速水は自分の思い通りにしちまうんだよ。意識してんのかよく分かんねぇけど、周りが動くんだよ、おまえの場合は。その点、俺は一人でもがくしかない」

「買い被りだ。今日の中央委員会でもよく分かっただろ」

「会社は本当に採算の取れる雑誌しか残さないつもりだ。早い段階から『アップターンonline』の運用を進めてきたのは、社長に言われたからだ。一般向けには軟派系の記事を多くしてるけど、会員向けには政財界の動向を分析する記事を載せてる」

速水は未だ張り合うように話す秋村に違和感を覚えた。こうして顔を突き合わせて話す機会が最後だと捉えているのか。いずれにせよ、ここが二人にとっての岐路であることは間違いなかった。

「端から『トリニティ』に勝ち目なんかなかったのか」

「『トリニティ』の内部事情は全部頭に入ってたんだ」

「どういう意味だ?」

「特集の内容からパチンコメーカーの年契のことまで、俺は全部知ってる」

特に知られて困ることはなかったが、知らないうちにガラス張りになっていたのは気持ちのいいことではない。

「『トリニティ』にもスパイがいるってことか?」

秋村が頷くのを見て、速水の頭に篠田の顔が浮かんだ。何かと足を引っ張られ、例の怪文書も見つけてきた。

「篠田か?」

秋村が「いや、柴崎だ」と答えるのを聞き、速水は言葉もなかった。副編の柴崎とはフォローの意味合いも兼ね、よく飲みに行った。もちろん、部員には話せないことも伝えて情報を共有した。

「全く気付かなかったよ。あいつはタンクトップでインテリジェンス活動をしていたのか」

意外ではあったが、感情が乱れるほどでもなかった。自分の雑誌、そして作家の発表の場を守れなかったことに対しての失望が大きく、些末なことでは心が動かなくなっている。

「あいつは俺が引き取るぜ」

「好きにしてくれ。それにしても、おまえが本気で出世に関心を示すとは思わなかったな。そんなものとは対極にいると思ってたぜ」

秋村は柄にもなく、少し傷ついたような顔を見せた。

「前の嫁との縁談を進めたのは社長だ。それなりに働きぶりを評価してくれてたのと、新しいメディアに詳しいってのが気に入ったようだ。最初は乗り気じゃなかったが、話す機会が増えるたびに、大会社の舵を取るには相当の度胸と地頭のよさが必要だと知ったよ」

「このまま編集畑を歩み続けたところで、先は知れている、と。本をつくろうが、雑誌を発行しようが、名前すら残せない。どうせやるなら、船長になって過渡期の荒波を乗り切ってやろう、と。そんなところか」

「まぁ、そんなとこだ」

「やっぱり俺とおまえとでは思考回路が違うらしい。俺はあくまで作品を生み出して世に広めたい。それだけで十分だ」

速水は缶コーヒーの礼を言って立ち上がった。

「速水、おまえ何でそんな小説にこだわるんだ？」

珍しく呼び止めた秋村に、苦笑いを返した。

「何だよ。今に始まったことじゃないだろ」

「いや、尋常じゃないぜ、その執念は。カルチャー誌の廃刊だっていうのに、真っ先に二階堂さんのとこ行っただろ」

速水は口を閉ざしたまま首を振り、それを答えにした。

「これからどうするつもりなんだよ？」

やはり秋村は自分のことを意識しているようだ。速水はここにきてようやくこの同期の「恐れ」を実感した。

「どうもこうもねぇよ。人事異動の結果を見てみねぇと何ともな」

「おまえ、何考えてるんだよ？　何で通訳学校に通ってるんだ？」

「柴崎の野郎から聞いたのか？　単なる習い事だよ」

「暇さえあれば、ずっと英語の勉強してるって聞いてるぜ」

「大学のときにニューヨークに留学してたことがあるんだ。語学力が錆びついたから、ブラッシュアップしようと思って」

「やっぱり分かんねぇ。おまえがこのまま尻尾巻いて逃げるとは、どうしても思えん」

「俺のこと何だと思ってるんだよ。出世魚は自分の心配だけしてろ」

「おまえには本をつくること以外、何の能もない。それは俺が一番よく知ってる」

目の前の秋村には、いつもと違って表情があった。友情でも愛情でもない特別な感情は「恐れ」をも呑み込み、速水たちの心の奥底に微電流のように流れている。その感情の正体に明確な姿形はなく、二十年の歳月としか言い表せなかった。

「速水さん！」

大声で呼ばれて振り返った。藤岡が息を切らしてテラスに駆け込んできた。

「いい年してなんだ？　今度は常務が免職か？」

藤岡は秋村には一瞥もくれず、速水の肩に手をやって揺さぶった。

「高杉さんが……」

「高杉って、作家の高杉裕也さんか？」

「ええ。さっき帝国出版の編集者から連絡があって……」

藤岡はそこまで言うと、目を見開いた。ただ事ではないということだけは伝わってくる。

「どうしたんだよ？」

「亡くなりました」

「何っ！」

「亡くなったんです」

「何でだよっ！」

藤岡は力なく速水の肩から手を離した。そして、絞り出すような声で言った。

「首を吊ったみたいです」

4

埼玉県春日部市。

陽はとうに落ちている。国道沿いにポツンとある斎場は正面玄関が全てガラス張りで、建物の中が不謹慎なほど明るく見えた。

高杉裕也と親交のあった作家や編集者に連絡を取り、自宅に帰って喪服など一式を用意するのに手間取った。家に早紀子の姿がなかったことに安堵したものの、数珠や袱紗の置き場所が分からず、苛立ちが募った。

腕時計を見る。午後八時を過ぎていた。斎場のロータリーでタクシーを降りると、速水はジャケットのボタンを留めて中に入った。通夜は高杉家のみのようだ。受付はすぐに見つかり、中年の女性が香典袋を仕分けていた。

「この度はご愁傷様です」

速水が声を掛けると女性は顔を上げ、疲れた表情で「恐れ入ります」と返した。香典を受け取った女性の泣き腫らした目を見て、不幸を感じずにいられなかった。

「読経の方は？」

「済みまして、もうご法師様も帰られました」

記帳を済ませた後、速水はホールに足を踏み入れた。

恐らく、この斎場で一番小さな部屋なのだろう。だが、あまりに寂しい室内の様子に、いろんな〝余り〟が目についた。中央の祭壇はこぢんまりとして、みすぼらしく両脇の空間が目立ち、五十脚ほどある椅子は恐らく、ほとんど座る者がなかっただろう。目につくあちこちに、不幸せな家族葬の形跡があった。

祭壇の前の人影もまた、寂しかった。男女四人のうち、男は藤岡と元『小説薫風』の担当編集者。背の低い女性は高杉の母で、細身で若い方が妹だ。高杉の新人賞受賞パーティーで見掛けたのを憶えている。あのとき、母は薄いピンクのスーツ、妹の方は水色のノースリーブのドレスを着て、遠目から誇らしげに高杉のことを見ていた。三年前のことだ。それが今はカラスのような喪服を着て、沈痛な面持ちで佇んでいる。速水は改めて人間の死の大きさを思い知った。

話し掛けるには呼吸を整える必要があった。近づくと、藤岡が速水に目礼した。

「薫風社の速水でございます。この度は……」

「速水さん！」

高杉の母が名前を耳にした途端、持っていたハンカチで目頭を押さえた。速水は反応の大きさに驚き、最後の会話となった、あの真夜中の電話のことを思い出して、胸中に不安が広がった。妹は目を伏せたままでいる。

「本当に残念でなりません」

速水の言葉に母親は何度も頷き、「遠いところを……」と言ったまま口を閉ざして涙を拭った。

「裕也がずっと速水さんのことを言ってたものですから……。素晴らしい編集者さんだって。五月でしたか『速水さんがプロットを絶賛してくれた』って喜んで、喜んで……」

高杉のやる気に満ちた顔が甦り、罪悪感が胸を突き刺した。追い詰められていた彼にとって、あのプロットは賭けだった。勝負作に仕上げなければならなかった。だが、自分は雑誌の廃刊や家庭の躓きに目を奪われ、連載先を確保するという仕事をおざなりにしていた。人が聞けば、仕方なかったというかもしれない。だが、編集者としての矜持がそれを許さなかった。

母親に案内され、棺の前まで移動した。小さな祭壇の遺影を見て、これも新人賞の授賞式のものだと気付いた。きちっとネクタイを締め、照れながらも控えめな笑みを浮かべている。たった一枚の写真でも、三十歳にして夢を叶え、希望に胸が膨らんでいるのが分かる。

白いキクやユリ、淡い青色をしたデルフィニウムが申し訳程度に飾られているのを見て、速水は自殺という最期に対する家族の引け目を感じ、やりきれなかった。

「顔を見てやってください」

母親が棺の小窓を開ける。その白い顔を見たとき、強く胸を圧されて息が詰まった。安らかな表情ではあったが、閉じられた目は二度と開かれることがないとすぐに分かった。生気のない顔に、速水は「高杉は死んだのだ」と強く実感した。

「高杉さんは素晴らしい才能の持ち主でした。本当に残念でなりません」

焼香を終えた後、速水は遺族に言った。心から出た言葉だった。若い作家が亡くなった事実が、胸の内に染み込んでいく。居た堪れなくなった速水は、藤岡たちに目を向けて斎場を後にする合図を送った。

「あのっ」

今までずっと黙っていた妹が意を決したように口を開いた。

「二階に簡単な食事を用意しています。よろしければ……」

まだ二十代だろうか。妹は色白で目鼻立ちがはっきりした顔を強張らせていた。編集者を前に緊張しているようだった。

「温子（あつこ）、お引き留めしては……」

温子と呼ばれた妹は母親の言葉を遮り、「兄のことが知りたいんです」と語気を強めた。速水は温子の強い視線を受け、反射的に「もし、お疲れでなければ」と答えていた。

五人は無言のままエレベーターに乗り、二階の親族控室に入った。だだっ広い部屋の中央に粗末な長テーブルが二卓。その一つに丸い寿司桶が三つ、ビールと烏龍茶の瓶も並べられていた。斎場の仕出しは飾りであって食欲をそそる必要はない。遺族と薫風社社員に分かれて座り、冷房の風を受ける萎びた寿司を挟んだ。

ビール瓶に手をつける者はなく、各々のコップには自然と烏龍茶が満たされた。改めて藤岡が高杉に期待していたことを話し、その才を惜しんだ。

「デビュー作も第二作もきちんと女子スポーツ界を取材されていて、お若いのに人間が書ける作家でした。それだけに残念でなりません」

高杉のデビュー作は女子プロ野球、第二作は女子競輪を取り上げた。いずれの競技も廃止の憂き目に遭った後、復活している。そこに主人公をはじめ、登場人物の再起を重ね合わせた物語で、新人ながら読者を引き込む展開とキャラクターの魅力が備わっていた。

「二作とも、私が取材に協力したんです。大学のゼミの先生がアマチュアスポーツに詳しい人だったので……」

青白い顔をした温子は消え入るような声を出すと、ハンカチを目元に当てた。当時のことが思い出されたのだろう。

「何回かインタビューに同行したんですけど、選手にも監督にも頭を下げて、丁寧に質問してました。面白い話が聞けると、機嫌がよくなって、一度お寿司をごちそうしてくれました。この時計も新人賞の賞金で買ってくれて……」

温子はピンクの細い時計を見せて顔を歪ませた。優しい兄だったのだろう。速水はつらくなって目を伏せた。

「売れたら『MINI』の車を買ってやるって。私がずっとほしいって言ってたから……」

もう車などいらないという妹の気持ちが伝わってきて、三人の編集者は言葉が掛けられなかった。会話が途切れると、しばらく静かで湿った空気が流れた。速水たちは温い烏龍茶に口をつけ、間を持たせるので精いっぱいだった。

「裕也さんは実家に戻られていたんですね」

元担当の編集者が尋ねると、母親が頷いた。

「あの子が中学二年のころに夫が亡くなったもんですから、うちはずっと母子家庭だったんです」

「そうだったんですか……」

思わずといった風に速水が漏らした。高杉に父がいないことは知っていたが、そんなに早くに亡くしているとは思わなかった。父の不在、という状況を知り、速水の胸に暗い影が差した。

「私も亡くなった夫も両親とは縁が薄く、三人で肩を寄せて生きてきました。裕也と温子が家を出てからは、独り暮らしをしていたんですが、去年ですか、私を心配して戻ってきてくれたんです」

高杉の優しさの他、経済的な問題もあったかもしれないと思ったが、速水はその下世話な考えを頭から追いやった。

「自殺する兆候なんか何もありませんでした。贅沢はできませんでしたけど、追い詰められる要素は何もなかったはずです。むしろ、便りのない男の子が多い中、息子と一緒に過ごせて私は幸せでした」

「裕也さんはご実家で執筆されてたんですね？」

速水の問いに、母親は力強く頷くと「かなり集中しているようでした」と答えた。それから母と妹は、高杉が新人賞を受けるまでの苦労を少しずつ思い出しながら話し続けた。速水には、彼女たちがそうして悲しみを一つひとつ吐き出しているようにも見えた。母と妹にとって、この三人の編集者こそが、高杉裕也の生きた証なのだ。

「あと少し早く生まれていれば、という思いはあります」

母親の言わんとすることはよく分かった。息子の不慮の死を前に、彼女はさまざまな感情が混ざり合う交差点の真ん中にいる。そんなとき、人は何かに怒りをぶつけたくなる。速水は、時代に対してもどかしさを持つ編集者の一人として、素直に頷いた。

「私たちの努力不足のせいもありますが、おっしゃるようにひと昔前なら、高杉さんは違うステージにお進みになっていたと思います」

藤岡たちも速水の後に続いて、不遇の時代について熱弁を振るった。今はそうすることでしか、遺族に寄り添えなかった。

編集者たちが語り終えると、熱が引いていくように室内に静寂が訪れた。目の前の寿司には誰も箸を伸ばさない。ただ、古い冷房の唸りだけが、時折聞こえる。

「一つ……」

母親はそう言うとハンカチで口元を押さえた。何らかの告白の予感に、速水は手にしていた烏龍茶の入ったコップを置いた。

「亡くなる一週間ほど前に、あの子が珍しく通販で買い物をしまして」

「買い物？」

速水の方を向いた母親は、小さく頷くと鼻声で先を続けた。

「ロープを買ったんです」

皆まで言わずとも結末が知れ、速水たちはため息をついた。

「何に使うか聞いてみたんですけど『小説に使う』って。特に変な様子もなかったので、そのまま信じてしまったんです……」

母親が自室で首を吊っていた息子を発見したとは聞いていたが、詳細は分からなかった。だが、とても質問を差し挟める雰囲気ではなかった。高杉はその通販で買ったロープで首を吊ったのだ。もう少し聞いていれば、と母親としては悔やんでも悔やみきれないだろう。本来胸の内に秘すべき類の話かもしれないが、強烈な自責の念で押し潰されそうになっているのが伝わってくる。

母娘が慰め合うように泣き、その場にいることが耐えられなくなってきた。速水たちが暇を告げるタイミングを見計らっていると、おもむろに母親が立ち上がった。彼女は部屋の奥にある畳の上に置いてあったバッグから、A4サイズの封筒を取り出した。

「お母さん……」

温子が咎めるように言ったが、母親は「いいの」とだけ返して、封筒から分厚い用紙を取り出した。その上に真っ白な封筒が載せてあった。表には何も書かれていない。

「机の上にこれがあって……」

用紙の束は原稿だった。プロローグの数行に目を通しただけで、速水は例のプロットの小説だと分かった。ほんの数行であっても、相当推敲した跡が窺える。原稿は第五章まで、未完のまま途切れていた。

母親は封筒から数枚の便箋を取り出した。それが遺書だと察した速水はハッと顔を上げ、母娘を見た。母は頷き、娘は戸惑っていた。

「しかしこれは……」

「構いません」

母親の意思は固いようだった。速水はためらいがちに便箋を受け取った。

――お詫びの言葉もありません――

冒頭の文字は達筆で、感情の乱れは見られなかった。エピソードを交えず、淡々と感謝の念を書き綴っているのは、読む者を悲しませまいとする配慮か。一方で母と妹、二人に宛てて書き分けることすらしなかったことから、精神的に疲れ切っていたのではないかとも思う。

面識のある人間の遺書を読んだのは初めてだった。

便箋の三枚目からは、小説が書けない苦悩、いくら考えてもどこかで聞いたような話しか思い浮かばないという絶望について書かれていた。何を書いても上滑りする感覚。もう青春小説に後戻りできないという焦燥。原稿に向き合う時間が長いほど底なし沼に足を取られるように感じられたという。

軽々な小説ばかりが売れる、との恨み節もあった。そして、出版業界、とりわけ編集者との意思疎通が図れないことに苦しみを覚えていた。金銭的な不安もあったようだ。母に内緒で銀行のファイナンスに電話し、無人契約機コーナーに行ったことも記されていた。

――そこはクーラーもない一角でした。備え付けの電話一本で、職員の遠隔操作によってあれこれ指示されるうちに、自らがどうしようもなく無価値に思えてきました――

付き合っていた女性にフラれたのは、確か先行きの不安に彼女が耐えられなかったからだ。そのときのことを高杉は「沈没船から逃げ出すネズミのように……って陳腐ですね」と笑って話していた。

最後の便箋にあった言葉――作家として死にたい――を見たとき、速水は堪えきれずに涙を流した。慌てて天を仰ぎ、便箋が濡れないようにした。ハンカチを目に当て、しばらくの間放心する。

深夜の電話を思い出す。あのつれない電話の二日後に、高杉は首を括ったことになる。その前にロープを購入していたということは、発作的な自殺ではない。

なぜあれほど冷たくしてしまったのか。速水はこれまで作家にあんな口をきいたことは一度もなかった。翌日、なぜフォローの電話一本入れられなかったのか。執筆上での悩みだったのか、取材アポを入れられずに立ち往生していたのか。今となっては何の電話だったかは闇の中だ。

どれほど切羽詰まっていたことか……。死の一歩手前だったのだ。話を聞いていれば結末は変えられたかもしれない。それは驕りではなく、孤独な作家にとって編集者の言葉が心の支えになるということを嫌というほど知っているからだ。いや、高杉は自分を選んだのだ。編集者というより、速水輝也という人間にすがりたかった。それなのに——。


速水は後悔で胸が張り裂けそうになった。

作家を、若い才能を救えなかった。

母親に便箋を返した速水は、涙声で「本当に申し訳ありませんでしたっ」と言って、テーブルに頭をこすりつけた。見えないところで皆が動揺しているのが分かる。しかし、顔を上げられなかった。

恐らく、話を聞くだけでも彼を助けられたのだ。

うまそうにうな重を頬張っていた青年の顔が浮かび、泣けて仕方なかった。自分は間違ったのだ。なぜ編集者になったのか、その根本を見失っていたのだ。

顔を上げた速水に、母親が原稿を手渡した。

「これ、どこか……、速水さんの雑誌に載せられないでしょうか……」

母と妹は目を真っ赤にして頭を垂れた。

息苦しさに返事もできない。

もうないのだ。今日、それを失ってしまったのだ。速水は己の不甲斐なさに奥歯を嚙み締めた。この未完の原稿は、高杉の人生そのものだった。自分は編集者を名乗る資格などない。

受け取った原稿はあまりに重かった。

5

店前で足を止めたとき、ふっとキンモクセイが香った。

もう歩いていても汗をかかなくなり、確かな季節の移ろいを感じる。変化のときだと背中を押されたような気がした。速水輝也は縄暖簾をかき分け、引き戸に手をかけた。

二階の座敷には部員たちが揃っていた。庶民的な居酒屋の座敷。畳は日焼けし、木製テーブルの脚は所々剝げている。親しみやすい雰囲気は自分の幕引きにふさわしい。副編の柴崎は贖罪からか「最後ぐらい豪勢にやりましょうよ」と気を遣ったが、「秋村から予算が下りたのか」と返すとシュンとしてしまった。

速水はいつもの飄々とした様子で、「今日、何かあるの?」と惚けて座敷に上がった。

十月が迫り、あと数日で速水は社を去る。高杉裕也という若い才能を失ってから、速水の行動は速かった。通夜の翌日に高杉の未完の原稿に目を通して決心すると、次の日には編集局長室を訪れ、相沢に退職願を出した。さすがの相沢もこれには驚き、珍しく下手に出て翻意を促した。

「文芸のポストも用意するがな」

相沢が引き留めたのは、自らの制御下に置いておきたいからだ。速水を慕う後輩たちは、編集局内に留まらない。経営陣から何一つ言質を引き出せなかった臨時中央委員会だったが、体を張って廃刊阻止を訴えたことで、さらに求心力を高めたのは間違いない。だが、もはや速水に迷いはなかった。退職願を受け取らないと言い始めた相沢に「もうよしましょう」と冷たく言い放ち、部屋を出たのだった。

乾杯の後は歓談になった。正社員と契約社員の編集者が十人。それに校閲係の女性三人が加わった小所帯なので、グループに分かれることもなく、のっけから速水の独壇場となった。

「やっぱり驚いたのは、コスプレ特集のときだな。特集の担当を拒否した篠田が、プライベートでイベント会場にいたときは衝撃だったよ」

「いや、その話はもう五百回目ぐらいですよ」

「企画会議のときは『コスプレなんて興味ありません』って感じだったじゃないか」

「コスプレはもう市民権を得てるなんて言ったって、サラリーマンには勇気がいる趣味ですよ。速水さんは差別主義者ですから、僕の風貌でコスプレイベントに参加してたら何て言われるか……。隠すしかなかったんです」

篠田は相変わらず坊ちゃん刈りで、うっすらと青髭が生えている。人を見た目で判断してはならないが、してもいいのなら、典型的なオタクだ。

「俺はカルチャー誌の編集長として、コスプレには理解があるつもりだ。俺が問題にしてるのは、篠田、おまえが『麗子像』のコスプレをしてたことだ」

「違いますよ。『千と千尋の神隠し』のハクですよ」

「いや、俺には青髭の生えた麗子像にしか見えなかった。まだカメラ小僧をやってくれてた方が、救いがあった」

「そもそも何でそのときに限って速水さんが取材に来てたのか。不運を呪いましたよ」

「中西が風邪ひいたから仕方ないだろ。で、これがそんときの麗子像だ」

速水はバッグから白いTシャツを取り出して、皆の前で広げた。篠田の〝ハク〟が大きくプリントされているのを見て、場が沸いた。

「今日は特別に人数分つくってきたんだ。よかったら、社内で着てくれ」

速水の仕込みのおかげで、送別会は湿っぽくならずに済んだ。ここにいる誰もが、速水が社内政争に敗れ、高杉裕也の死に打ちのめされたことを知っている。『トリニティ』は、来年の四月に規模を大幅に縮小してWEBマガジンになる。部員の中には、速水がその責任を負って退社すると考える者もいた。

話し疲れた速水は中座して、一階のトイレへ向かった。用を足した後に鏡の前でジャケットとシャツの襟を直す。そのまま戻る気にはなれず、外の空気を吸いに店を出た。夜風は優しく、またキンモクセイの香りがした。

店の前には流れの緩やかな川があった。街灯の光を受ける水面が深緑に映る。遠くに車の走行音が聞こえ、眼下にある水辺の草から微かな虫の音がする。速水は手すりに指をかけ、視界の端まで建物が埋め尽くす東京を見回した。上京して四半世紀が過ぎ、いつの間にか息苦しいとも思わなくなっていた。

都会の真ん中にいるのに静かだった。自分はまさしく岐路に立っている。

「酔い醒ましですか？」

振り返ると、中西清美がいた。いつもの神経質そうな表情は消え、柔和な笑みを浮かべている。

「急に辞めることになって、悪かったな」

「いいえ。最後まで速水丸に乗っていたい、というのが本音ですけど、本当によくしてくださったと思ってます。私が知らないところで、きっとご苦労があったんだと」

中西は憑き物が取れたように穏やかになっていた。

「退社されるほどのことがあったんでしょうね」

情報を聞き出そうとしているのか、それとも単なる感傷なのか、速水には判断がつかなかった。だが、どちらでも悪い気はしなかった。

「大したことじゃない。個人的なことだ」

秋からは柴崎が編集長で、中西が副編だ。仲の悪い同期だが、半年間という期限付きなので、大人の割り切り方をするだろう。無論、柴崎が秋村のスパイだったことは黙っている。

「例の噂聞きました?」

「噂?」

中西が悪巧みをするような目で速水を見た。

「高野ですよ」

恵の名前が出て、速水はドキッとした。自分の知らないところで何かしらの情報が回っていたのかもしれない。だが、速水はそんな内面を表すことなく、首を傾げて先を促した。

「相沢さんと腕を組んで歩いてるとこを見られたって」

「相沢さんと?」

予想外のところからボールが飛んできて、速水はそのボールを顔面にぶつけられたような衝撃を受けた。

「そりゃ、驚いたな……」

「私はやっぱりな、という感じですね」

「何で？」

「そんな子ですよ。前に女性誌で一緒だったことがありますけど、あの子、半年で異動になりましたよ」

「それって、男が原因で？」

「すごく揉めたんですから」

いつだったか二人で飲んでいたとき、恵は掘りごたつの下で足を絡めてきたことがあった。相沢について質問した後、恵は速水に言ったのだ。「負けないでね」と。

やはり自分は負けたのか。そう思うと、恵の節操のなさも面白く感じられた。

「最近はもう、普通の不倫じゃ驚けないな」

中西に言われるまで、速水は座敷にいる恵のことが特別気にならなかった。彼女のことは、もう過去の向こうにあった。

二人で座敷に戻った後も速水は部員たちを笑わせ続けた。中西に言われてから恵の方を見ると、やたらと視線を送ってきていることに気付いた。何か言いたいことがあるのかもしれない。

送別会も終わりに近づき、恵から花束を受け取った速水は、部員からメッセージを受け取った。篠田以外は、目に涙を浮かべていた。泣かなかった篠田もまた、いろいろと手を差し伸べてくれた編集長との別れを心から惜しんでいる様子だった。

「速水さんは唯一無二の編集者だったと思います。人を惹きつけ、知らない間に相手を自分の船に乗せてしまう。そんな人だから、自分から船を降りるとは思ってもみませんでした……」

裏切っていたことに悔いがあるのか、柴崎は苦しそうに顔を歪めた。来年四月以降、彼は『アップターン』に移るだろう。沈没船からうまく逃げおおせたわけだが、速水は彼を否定する気にはなれなかった。柴崎のタンクトップに助けられたことも随分ある。

速水は部員一人ひとりに向け、感謝の言葉を贈った。癖のある面々だったが、悪い人間はいなかったと、心を清めながら話した。

今のところ内橋奈美ら契約社員は、再雇用が認められない状況だ。速水は彼女たちの生活を守れなかったことを申し訳なく思い、言葉を尽くして詫びた。内橋はハンカチを目元に当てて、しきりに首を横に振っていた。

「ご存じの通り、我々の業界は今、過渡期にあります。十年後は出版社も組織が変わり、働き方が変わっているでしょう。ただ漫然と会社で過ごすことはできなくなると思います。一人ひとりがワクワクするような、或いは人の胸を打つような作品をつくり、それを確実に読者へ届ける方法を真剣に考えなければなりません。だから皆さんは自分の胸に手を当てて考えてほしいんです。本当にこの仕事が好きなのか、と」

速水の真剣な声音に、部員たちは咳払い一つせず耳を傾けていた。これが薫風社の編集者として、最後の挨拶になる。

「紙の『トリニティ』はなくなってしまいますが、我々が積み重ねてきたものは、全て血肉になっています。先ほど柴崎が言ってましたが……、申し訳ない。私はひと足先に船を降ります。しかし、遠くから皆さんの仕事は見ています。一緒に働けて幸せでした。本当にありがとう！」

店を出た後は、居酒屋の男性店員の力も借りて、速水の胴上げとなった。写真を撮り合った後、二次会へという流れになったが、速水は断った。部員たちはそれが信じられないらしく、ブーイングの嵐だったが、強引な誘いを振り切り、一人で帰路についた。同じく一次会で帰るという部員も何人かいたので、速水は「用事がある」と言って駅とは別方向へ歩いていった。無論、用事など何もない。ただ一人になって、考え事をしたかった。

「速水さん！」

国道から一本北へ入った、雑居ビルが並ぶ通りで声を掛けられた。その声ですぐ、恵だと分かった。花束を抱えた速水は振り返って、ひょいっと右手を上げた。

「用事なんてないんでしょ？」

走ってきたのか、恵は前まで来ると胸に手を当て呼吸を整えた。

「まぁ、家に帰るわ」

「家って……」

恵が言い淀んで、上目遣いに速水を見る。離婚して今はマンション暮らしであることは周知の事実だ。

「家でやりたいこともあるし、あながち用事がないわけじゃないんだ」

「前から聞きたかったんですけど、離婚って私のこととか……」

「全然関係ないよ。そもそも誰も気付いてないし」

恵のホッとした顔を見た速水は、相沢のことで嫌味の一つでも言ってやろうかといたずら心を膨らませたが、それも面倒に思えた。

「多分、これからの俺にとって、必要なことだったんだよ」

要領を得ない表情の恵に「頑張れよ」と声を掛けて、速水は背を向けた。

「この先どうすんのよ！」

速水は足早に歩いて恵から遠ざかった。もはや彼女はかつての部下であり、それ以上の存在ではなくなっていた。「男の恋愛は、名前を付けて保存」などという言葉があるが、速水には戯れ言だった。

「速水さん！」

遠くで恵の声がしたものの、歩みを止めなかった。

背中に視線を感じなくなっても、速水が後ろを振り返ることはなかった。

― エピローグ ―

あのときも雨だった。

囁くように傘を打つ雨音に、海馬がくすぐられる。傘を後方に傾けると、慌ただしい都会の中で悠然と構えるシティホテルが見えた。同じホテルだと記憶が甦り、微かな因縁を感じた。

小山内甫は出入り口前にあるアーチ型の庇の下で傘の雨滴を払い、螺旋状に畳んでバンドのボタンを留めた。濡れた手は不快だったが、嗜みのハンカチもない。傘の柄を手首に引っ掛け、雨滴をなかったことにしてジャケットのポケットに両手を突っ込んだ。近くにいた制服姿のドアマンが会釈して、小山内のために黄金色のフレームで縁取られたガラスドアを開けた。

無精髭を生やし、冴えないスーツに身を包んでいるのも、〝あのとき〟と同じ。ドアマンに頭を下げ、硬く艶のある床を踏む。ハイクラスと称するホテルは、いくつになっても落ち着かない。

エスカレーターで二階に上がり、フロアを進んでいくうちに既視感が強くなった。一昨年十二月、小山内は憂鬱な気持ちで会場に向かっていた。後輩に漫画家を横取りされ、消化試合のような編集長生活を送っていた。大物漫画家のご機嫌取りも今となっては懐かしい。あれから一年と五ヵ月。現在の心境を的確に言い表すのは難しいが、決して憂鬱ではなかった。むしろ、未知の世界への扉を前に、胸が高鳴っている。

受付横の電光案内板を見て足を止める。

――株式会社「トリニティ」会社設立記念パーティー――

その文字を見た途端、既視感が吹き飛んだ。自分の人生が前進しているのか後退しているのかは分からない。ただ、確実に時は移ろいでいる。同じであろうはずがない。お互い、決定的に変わったのだから。

受付で記帳を済ませて、係に傘を預ける。彼らも社員なのかと思うと「やりやがった」との気持ちが湧き上がる。皺の多いネクタイを締め直して会場へ足を踏み入れた。

以前開かれた二階堂大作のパーティーと同様に、会場の両端に飲食の類が並び、等間隔を保つ丸テーブルの傍らで大人たちが談笑している。目算で二百人は堅い。出席者は二階堂のときよりも多い。

出版、放送、芸能事務所、そして財界――。二階堂のパーティーにいた面々が大勢いる。恐らくマスコミ関係ではないだろう、お堅い雰囲気の人たちもいて大盛況だ。向こう正面には大きな吊り看板があり、先ほど電光案内板で見た文字が大きく記されている。

その前にはパーテーションポールから伸びる赤いベルトが、長方形の空間をつくっている。取材記者用のスペースだ。

大したもんやないか。

小山内は感心とも嫌味とも取れる言葉を胸の内でつぶやいた。

トレイを持ったウエイターが飲み物を勧めてきたが、取材の邪魔になると思って断った。後方向かってやや右寄りに細身の女が立っていた。スーツ姿で一人腕を組み、誰もいない舞台に向かってツンと澄ました顔を向けている。

「おっ、討ち入りか?」

背後から声を掛けると、高野恵が慌てて振り返った。

「小山内さん……何で……」

小山内は昨年の九月末に社を去っていた。今は実家のある大阪で母と二人暮らしをしている。父から譲り受け、弟が経営している酒屋を手伝いながら、友人が編集長を務めるビジネス情報誌のライターもこなす。いわゆる貧乏暇なしという状況だが、緩く生きることには満足している。

「そら、今日は来んわけにはいかんやろ」

舞台横の演台前に顔の小さなスーツ姿の女性が立ち、マイクのスイッチを入れた。

「皆さま、ただ今より、株式会社『トリニティ』設立記念パーティーを執り行いたいと思います」

場内のざわめきが落ち着くと、舞台の上からスクリーンが下りてきた。照明が暗くなり、映像が始まった。「トリニティ」の業務を紹介する内容だった。

——創作、創刊、創業。全ての「ほしい」が「トリニティ」に——

文字にエフェクトがかかり、「電話、メール一本で取材の段取りが整う」「多角的で強力な宣伝体制に脱帽」などと、同社と契約している二階堂ら大物作家たちの推薦コメントが入っていく。

小山内はモンスターの卵が孵化したように思え、スクリーンを観ながら「あぁ」とため息をついた。

トリニティは「三重」を意味する。「創作」は小説家、漫画家、ノンフィクションライターなどと企画段階から関わり、取材サポートや原稿の編集まで書き手に寄り添う。「創刊」は電子出版に絞り、読みやすいフォーマットのメールマガジンで連載も始める。「創業」はいわゆるメディアミックスで、映像業界だけでなく、他業種との提携で、コンテンツの販売力を上げる——というものだ。これまでバラバラに点在していたサービスを一つの会社にまとめ、コストダウンを図る。つまり、ハブ空港のような役割を演じようというのだ。

大半の出席者は映像に見入っていたが、出版関係者だけは渋柿を食わされたような顔をしていた。明確なシマ荒らしだが、作家を押さえられている以上、なかなか身動きが取れないジレンマがある。

映像が終わってスクリーンが巻き上げられた。シャンデリアが光を取り戻すと、司会の女性が再びマイクのスイッチを入れた。

「大変長らくお待たせしました。それでは株式会社『トリニティ』代表取締役社長、速水輝也が、皆さまへご挨拶させていただきます」

演台奥にある目隠しの衝立から、小型カメラを持って後ろ歩きをする男が現れ、間を置かずに速水が姿を見せた。密着型のヒューマンドキュメンタリー番組が取材に入っている、との噂は本当だったようだ。民放の三十分枠で放映している長寿番組で、カメラを向けられる者は〝時の人〟として認められたことになる。取材スペースでは、五十人ほどのスチールカメラマンが一斉にフラッシュを焚く。

舞台にスタンドはなく、速水のジャケットの襟にピンマイクがつけられている。中央に立つと、深々と頭を下げた。会場から大きな拍手が沸き起こる。

会社設立から約三ヵ月。たったの九十日で「トリニティ」はエンタメ業界が無視できない存在になっていた。周到な準備と強烈な運を引き寄せた結果だった。

「皆さま、お待たせしました。株式会社『トリニティ』の社長、速水輝也でございます！」

再び大きな拍手が起こる。もう「誰も待ってねぇよ」と野次を飛ばすものはいない。

「のっけから私事で恐縮ですが、私が編集者になろうと思ったのは、高校一年生のときです。もともと小説が好きだったんですが、ある人から初めて直筆原稿、いわゆる『生(なま)

原』を読ませてもらったことがきっかけでした。結局、当の小説が陽の目を浴びることはありませんでしたが、今でもその作品のことが忘れられません。以来、私はずっと思い続けていました。世の中に埋もれている才能を一人でも多く見つけ、社会に発信していくお手伝いができれば、と」

すらりと背が高い速水は、恐らくオーダーメイドだろう無駄な皺のないスーツに身を包んでいる。明るい表情で声もよく通る。確かに見栄えがいい。

「以前お世話になっていた会社では、編集者として一流の作家の方々とお仕事をご一緒し、数多くのすばらしい作品に携わることができました。本当に恵まれた編集者人生でした。しかし、昨今の出版業界の移り変わりを前に『このまま何もせずにいていいのだろうか』と疑問を抱き始め、『現在この業界に本当に必要な存在とは何か』と考え続けた結果、『トリニティ』という結論に至った次第です」

隣で挑発的な視線を送っている恵も、速水の話に引き込まれているのが分かる。

「創作、創刊、創業。この理念について簡単にお話しいたします」

速水は、執筆に必要な取材をサポートする「リサーチ部門」の創設や、メールマガジンで連載を読んだ人は半額で電子書籍を購入できる仕組み、人気作家と作品の現場を回るツアーなどの企画を紹介した。

「いろいろと考えてるんだな」

小山内が話し掛けると、恵は内緒話をするように背を丸め、前方に並んでいる男たち男を見た。

を指差した。

「あそこにいるパチンコメーカーの清川さん……」

恵が口にしたのと同時に、速水が清川に声を掛けたので、小山内はハッとして壇上の男を見た。

「ご承知の方もおられるかもしれませんが、清川さんは二階堂先生の『忍の本懐』のパチンコ台を大ヒットさせた方です」

いつの間にか舞台の近くに姿を現していた二階堂大作が、速水に向けて水割りのグラスを掲げた。隣にいるのは、作家の久谷ありさだ。

「総合コンテンツ企業を目指す清川さんは、本業のパチンコ以外にも様々なアイデアをお持ちです。パチンコ台で使用した『忍の本懐』のアニメを物語として本格的に構成し直し、映像で配信するプロジェクトを始めます。清川さんの指揮で制作したアニメーションを、日本最大のポータルサイト『タイフーン』のトップページで配信する予定です」

速水が「タイフーン」と口にしたとき、恵が苦虫を嚙み潰したような表情を浮かべた。

「さらに『タイフーン』では、同サイトの特別取材班が二階堂先生の新作スパイ小説の創作過程に密着し、ドキュメンタリーをつくって配信します。名作と呼ばれる小説は、その成り立ちにもドラマがあるものです。皆さん、ご期待くださいっ」

場内がどよめく中、恵は一人眉を顰めている。小山内はその華奢な肩を突き、前方に顎をしゃくった。

「三島もおるな」

「ええ。『トリニティ』の役員になってます」

小山内は三島雄二を見てほろ苦い気持ちになった。二階堂のパーティーのとき、速水は三島を見てこう言ったのだ。

――あれぐらいでないと、生きていけないのかもしれないね――

「みんな雑誌の『トリニティ』に関わった人たちばかりです。きれいに持っていかれましたよ。これからは速水さんの『トリニティ』を通さないと、仕事できないかもしれません」

皆が前説で乗せられた観覧客のように、同じタイミングで頷き、笑い声を上げる。

「お話ししたように、従来の枠に囚われない業界と組むことで、新しいメディアミックスが可能となります。以前、芸能事務所の方とご一緒したとき、出版業界と同じような課題を抱えておられると知りました。何だか分かりますか?」

速水は少し間を空け、会場を見渡した。シャンデリアの輝きが、後方の金屏風を照らして後光がかかっているように見える。

「海外です。日本のコンテンツの需要は十分あります。コミックやアニメは国境を越えやすい性質のものですが、私は何とか小説を売り込めないかと考えております。そこで、原作の魅力をきちんと伝えられる、そんな優秀な翻訳家との契約を進めております」

その先には原作の映像化で芸能事務所と組む、という狙いがあるのだろう。字幕翻訳家が、日本の芸能事務所と海外の映画会社との橋渡しをすることがあるらしく、速水はそれをシステム化しようとしていた。

「速水さんって、毎日英語のお勉強セットを持ち歩いてましたからね。移動中はイヤホンでCNNを聞いてたし」

「通訳学校にも通ってたな。最近までニューヨークにいたって話もある」

速水は自社の概要を話し終えると、さらに表情を明るくして「それでは皆さま、お待たせしました！」と言って笑った。会場にアップテンポの音楽がかかった。

「女優、そして小説家の永島咲さんです！」

報道陣の数が当初の倍に膨れ上がり、フラッシュで目が眩むほどだった。

鮮やかな桜色のドレスに身を包んだ永島咲が登壇して、速水と入れ替わった。端整な面立ちとはアンバランスなほど目力があり、微笑みかけられると何でも言うことをきいてしまいそうな華がある。スカートの裾から覗くスラリとした脚の脛は形がよく、現実味すらない。冷たい見方をすれば、彼女の全てのパーツが美しい商品であった。

「皆さま、本日はお忙しい中、ご来場いただき、ありがとうございますっ」

咲は同じ事務所に所属している芸人の名を出し、その芸人が今、違う場所で囲み会見を開いていることに触れて「自分を選んでくれて嬉しい」と冗談を飛ばした。速水が仕込んでいるのか、巧みなスピーチだった。

「また、大きく報道されるんでしょうね」

恵は白けた顔で舞台を見ていた。

咲は先日、全国の書店員が選ぶ影響力のある賞を受けたばかりだった。女優として初の受賞ということもあり、処女作にして既に百万部を突破している。

「でもあの本、薫風社やろ？」

「いえ……」

恵が首を振ったとき、後ろから「版権は速水が持ってったよ」と眠たげな声が聞こえた。ネクタイをだらしなく緩めた秋村光一が割り込んできた。

「秋村……」

「版権の話を聞いたときは、さすがの俺も引いたぜ」

「私も最初に知ったときは、耳を疑いました」

呆れるように言う恵を秋村が鼻で笑った。

「君が速水に『タイフーン』の広報を紹介したらしいじゃないか。奴はパチンコ企業と組んできっちり儲けるつもりだぜ。君もうまく手のひらで転がしてるつもりが……」

「皆まで言わないでください」

「でも、君だけじゃない。知り合いの薫風社社員を辛口採点した速水メモってのがあるらしい。血も涙もないこと書いてるって噂だぜ」

険しい顔をしていた恵が「あっ、あの人……」と指差した。彼女の視線の先にいた小柄な女性が、足早に歩いて舞台横の衝立の中に消えた。

「誰?」

小山内の問い掛けに、恵はひと呼吸分の間を置いてから「以前、雑誌の『トリニティ』の契約社員だった内橋さんです」と答えた。

「どうやら、彼女は〝社長〟のおメガネに適ったようだな」

ショックを隠しきれない様子の恵の隣で、秋村がニヒルな笑みを浮かべて言った。

「ここで二階堂さんのパーティーが開かれただろ? あんとき、速水がスピーチしたの憶えてるか?」

小山内は「あぁ」と返して、秋村を見た。一瞬で場の気まずい雰囲気を変えた「ロブスターのスピーチ」だ。

「あれも予め自分を当てるように、奴が仕込んだんだとさ」

恵が「化け物ね」と漏らしたのを聞き、小山内が秋村に言った。

「速水が怖い……。今やっと、おまえが言うてた意味が分かったわ」

「あそこ見てみろ。あの彫りの深い男」

「あっ、杉山さん……」

秋村の指先に視線をやった恵が声を上げた。キー局ドラマ班のプロデューサーらしい。

「あのプロデューサーも速水参りだよ」

「でもあの人、私が担当した小説の映像化の件で、速水さんを軽くあしらってたぐらいだから……」

「人気脚本家を押さえたんだよ。今のテレビドラマなんか、二桁いきゃ御の字だろ。それぐらい当てるのが難しい状況じゃ、力のある脚本家を奪い合うのは当然の帰結ってわけで、速水はそこを狙ったのさ。そのうち、テレビにも触手を伸ばすぜ」

檀上に向け、大げさなぐらい拍手を送っているプロデューサーの横顔を見て、小山内は節操のない業界を象徴しているようで白けた気持ちになった。

「出版、テレビ、コンテンツ企業、ポータルサイト……。新旧メディアの変わり目を狙って、自前の小説家、漫画家、脚本家、翻訳家を送り込んでいくってことか。ほんま、ボロ儲けやないか」

「寝技、立ち技何でも来いってやつだ。二階堂さんも『忍の本懐』のパチンコ台が当たって、ますます速水様々だろうけど、そのパチンコでも〝社長〟に仲介料が入ってるはずだ」

「ほんまに全部持っていかれたんやな」

スピーチを終えて舞台から下りた咲を速水が出迎えると、そこに出版関係者が殺到した。今、永島咲は業界の完全な鉱脈である。原稿がもらえるのと、もらえないのとでは天国と地獄だ。

「ちょっと危ないですよ！　先生、永島先生！　こちらへ！」

ひと際大きな声で編集者たちを捌いているのは、相沢徳郎だった。

「君たち、ほんま危ないって。永島先生に名刺渡したって仕方ないやろう！」

もみくちゃになりながらも、相沢は楽しそうだった。永島咲をマネージメントするのは芸能事務所であり、『トリニティ』だ。部外者の相沢の脂ぎった顔からは、熾烈を極める原稿争奪戦で一歩抜け出そうという魂胆が透けて見える。

「何が〝先生〟よ。あの人、連載のときは『原稿料が高い』だの『切れ』だの、好き勝手言ってたのに。信じらんない」

「速水に媚びてるんやろ。節操のないおっさんやからな」

小山内は薄い笑みを浮かべて、元上司のはしゃぐ姿を眺めていた。

「やっぱり私、間違えちゃったんだ」

恵のつぶやきに、同期の二人は顔を見合わせた。

「じゃっ、そろそろ行くわ」

秋村がネクタイを締めると、首元に美しい逆三角形の結び目ができた。たったそれだけのことで、だらしない印象が消えた。

問い掛けるように片眉を上げた小山内に「社長と飯だ」と言い残すと、秋村は出入り口に向かって歩き出した。

「秋村さんもショックだったんでしょうね。私も今は何も信じられないですよ」

「速水が言うてた『作家の発表の場を守る』っていう信念については、ほんまもんやと思う。でも所詮、人間なんか真っ白にも真っ黒にもなられへん。みんなグレーや。いい人とか、悪い人とかいうんは、とどのつまりグレーの濃淡の話や」

「私、これまでしたたかに生きてきたつもりだったんですけど」

　恵は照れるように笑って小山内を見た。

「あいつは騙し絵みたいなもんや」

「騙し絵？」

「華やかな美人やと思ってても、視点を変えて見たら、牙を剝く悪魔が浮かび上がる、みたいな」

　速水は群がる編集者たちを前に、あの朗らかな笑みを浮かべていた。一年五ヵ月前と同じ会場、そして同じ笑顔。しかし、心象は対極にあった。小山内は三文芝居を見させられているような心持ちになり、身を翻した。

「小山内さんもお帰りですか？」

「ちょっと調べもんがあってな。滋賀に行かなあかんから」

「滋賀？」

　小山内はそれに答えず、「頑張れよ」と言って右手を上げると、足早に出入り口の前まで進んだ。そのままホールを出るつもりだったが、虫の知らせか、元週刊誌記者の勘か、背中に強い気を感じた。

　振り返ると速水と目が合った。感情の読み取れない冷ややかな瞳。それはほんの刹那だったが、明らかに友人に向ける視線ではなかった。

　騙し絵の悪魔は目を逸らせると、何事もなかったように白い歯を見せた。

自衛隊駐屯地を左手に見て、タクシーは滋賀県大津市内を南下していく。

向こうにあるはずの琵琶湖はまるで見えない。根拠を問われれば答えに詰まるが、小山内は手中にある僥倖を活かしきれるような気がしていた。

街から桜の淡い色合いが消え、早くも五月を迎えようとしていた。二週間弱という短期間の取材ではあったが、自己満足のためとあらば結果は上々だろう。そろそろ潮時だと思っていた矢先、神様か女神様かはよく分からないが、天にいる存在が幕引きの場を提供してくれた。詰めの運ぐらい、手繰り寄せる自信はあった。

「今から、船に乗らはるんですか?」

タクシーの運転手とバックミラー越しに目が合った。小山内が「ええ」と答えると、運転手は「次、何時やったかなぁ」と首を傾げた。

「一時半やったと思います」

「そうですか。ほんならちょっと急がなあかんなぁ」

運転手の関西弁を耳にし、一人の男の闇を感じて気が滅入った。薫風社に同期入社してから、小山内は速水がずっと東京出身だと思っていた。それは単なる思い込みではなく、彼自身がそう言っていたからだ。だが、現実は違った。

あれだけ自分に早まるなと話しておきながら、速水はあっさりと社を去った。専務の呆気ない失脚から起こった社内勢力図の再編は、同僚や作家から厚い信頼を得る編集者一人を弾き飛ばして仕上がった。紙をなくして、徹底的に無駄を切る。今の薫風社にあるのはこの味気ない軸一本で、想いや気概といった言葉を重んじる社員は抵抗勢力という、おめでたい二極化が進んでいる。

速水が退社するという噂が広まったとき、どれだけの人間が慰留に訪れたか。編集職場だけではなく、営業や広告、宣伝の人間も思い留まるよう説得した。かく言う自分もその一人だ。経営幹部を相手に闘った速水は、このデタラメな会社に絶望したのだ。誰もがそう思っていた。大手、中堅計四社の編集者たちが、決して若いとは言えない四十代半ばの男を引き抜こうと必死に攻勢をかけていた、という話も複数の筋から聞いた。

翻意させようとした者たちが増えるたびに波紋が広がり、彼ら自身、今更ながら速水の存在感の大きさに気付いたのだった。組織には必ず要となる人材がいる。まさしく、速水輝也がそうだったのだ。「惜しまれながら」という言葉をこれほど地でいく最後はなかった。特に労いの言葉も受け取らずに舞台袖へ捌けた自分とは大違いである。結局、小山内は速水と同じ日に入社し、同じ日に退社したことになる。

だが、柴崎編集長の『トリニティ』が、単行本化の方向性で永島咲の事務所と揉め始めると、速水は亡霊のように甦って版権を奪った。その後、自分が三島に受けた仕打ちなど序章であったかのように、薫風社が持つ作家人脈を食い荒らし始めた。実際、彼が三島とともに動いていると知ったときの衝撃は、今も鮮明に覚えている。それは自分だけの話ではない。薫風社、いや出版業界に直撃した、ここ数年で最大級の竜巻だった。

速水輝也とは何者なのか――。個人的な範囲で、ここまで惹かれるネタはなかった。自分が騙し絵を見ていたのだと気付いたとき、小山内の内面に迫り上がってきたのは、怒りではなく純粋な好奇心だった。

人一倍気遣いが細やかで、上司に頼られ、同僚に愛され、後輩に慕われた。カルチャー誌『トリニティ』を、薫風社の雑誌を、何より小説を守ろうとした速水。そして、それらを一瞬のうちに反転させた速水。

究極の二面性の間に、唯一通っているのは「編集者」という軸――。

元いた会社の総務部の同期に、約二十年前のエントリーシートを捜してもらい、彼のルーツが滋賀県にあると知ったときも、欺かれていたという不快感はなく、調査開始の号砲を聞いた気がして興奮した。

そして今、小山内を乗せたタクシーは、法定速度を少し軽視した速さでフィナーレへ向かっている。午後一時半というタイムリミットが刻々と近づいてはいたが、幸い県道はすいていた。

この二週間弱に辿った取材の軌道は、想像していたものよりシンプルだった。同級生を検索するサイトを使い、「どうしても返却したいものがある」などと適当に動機をつくって、小学校時代から順に当たりをつけていった。

「速水君……っていう子はいないですね」

速水のエントリーシートにあった小学校の同学年卒業の女性と連絡を取った結果、当時は「岸輝也」だったことが判明した。小山内は実家の酒屋と勤務先の編集部に無理を言って休みを取り、滋賀県北部の田舎町まで足を運んだ。「岸君は大人しくて……、よく憶えてないですね」「ずっと一人でいた気がする」――。関係者を渡り歩いていくうち、予想外の情報でどんどん外堀が埋まっていった。

岸輝也が速水姓を名乗るようになるのは、母親が再婚した中学二年のとき。母親の勤め先など、細い糸を手繰り寄せるように取材を進め、昨晩になって速水の母、淳子の住所が分かったのだ。

「この茶色の大きな建物は何ですか？」

タクシーの窓から見える横長の建物を指差し、運転手に尋ねた。いくつか煙突のような塔が空へ延びている。

「あぁ、これ、ボートですわ」

「あっ、競艇場ですか……」

大津市内の自宅に淳子を訪ねた小山内は、自らをテレビの制作会社のスタッフと偽り、「出版業界の風雲児として速水を取り上げる」と話して、家に上がり込んだ。ニコイチ物件の借家で、独り暮らしにはちょうどいいサイズだったが、如何せん古かった。あまり片付いていない居間に通されたとき、これは性格というより、気力のなさだと判断した。淳子は華のある速水の母とは思えないほど、貧相で疲れていた。

「今、パソコンの……、ネットって分かります？　あれが何かとうるさいので、事前によく調べておきたいんです。速水さんご本人に代わって、いろいろとエピソードを集めておりまして」

「輝也はこのことを知ってるんですか？」

「もちろんです。もし、お話ししにくい事情がありましても、私どもが事前に対処できると思いますので」

淳子の安堵する顔を見て、なぜこんな一銭にもならないことで人を騙しているのだろうかと、小山内は自らの正気を疑った。そこに速水への興味という答えがあったのはもちろんだが、ある予感が形を持たぬまま心の底にあった。

「あの子の迷惑になることは、テレビで出さんといてほしいんです」

「ですから、今の内にできるだけ話しておいてほしいんです。これは速水さんを応援する番組ですから、大丈夫です」

淳子は何も疑うことなく、それ以降は問わず語りに、速水の幸せとは言い難い半生を話し始めた。しわがれた声を聞きながら、小山内は速水が生まれた県北部の木造アパートを思い出した。もう誰も住んでいないそのアパートは、ゆっくりと毒が回るように朽ちていた。

輝也の実父、岸清次郎（せいじろう）は元柔道の国体選手で、運送会社の社長だったという。だが、淳子の話には具体性がなく、心許なかった。唯一、信憑性があったのは、清次郎が博打に狂っていたという点だ。公営ギャンブルより知人たちと内々に開く賭博を好んだらしく、たまに自宅に集う荒くれ者たちのために料理でもてなしていたことを淳子は懐かしそうに語った。

昭和の無法者の御多分に漏れず、清次郎は家族に手を上げた。特に酒が入っているときは何が地雷なのかも分からず、殴るために怒るという状態だった。

「玄関のドアのね、蝶番がギーッて鳴るとすぐに目ぇ覚めましたわ。冬の寒い日は雪を踏む音が近づいてくるだけで身を強張らせました。大人の私でも怖かったから、輝也はもっと恐ろしかったんじゃないですかね」

淳子は輝也をよくかばったと言っていたが、手がつけられないほど暴れるときは、彼女自身すくみ上がってしまい、額を床にこすりつけて拝むようにして謝らねばならなかった。殴られて泣きじゃくる息子を見ないようにするのが精いっぱいだった。「酒飲んだら、堪忍したる」と、輝也の口に無理やり日本酒を流し込んだこともある。通報で警察官が駆け付けてきても、家庭の揉め事として適当な説教を垂れるだけ。一人っ子で、両親が親戚付き合いを嫌っていたため、少年は自分で身を守るしかなかった。

小学三年のときだ。このままでは酔っ払った父親に殺されると思った輝也は、担任の家へ逃げ込み、助けを求めた。担任が話をつけに行ったが埒が明かず、しばらくその教師の家で厄介になることになった。

「その先生のおかげで、本を読むようになりまして」

そこで小説に出会ったのだ。輝也にとってそれは、現実逃避の手段だった。読書家の教師から本を借りて読むうちに、国語の成績が飛躍的に伸びた。一方、モノマネを披露するようになったのも、このころからだという。恩師の気を引こうと、少年なりに考えた結果だったのかもしれない。

清次郎という存在が輝也の人生のトンネルだとすれば、出口は唐突に現れた。産廃業者の下で働いていた清次郎が、同僚が運転するショベルカーに轢かれて亡くなったのだ。形ばかりの寂しい葬式で、輝也は一切涙を見せなかった。むしろその夜、解放感からか、家にあったビール瓶を片っ端から割っていったという。

母一人、子一人の生活は、二人が得た束の間の休息だった。クラスで唯一、テレビを持たない家だったが、輝也は気にする素振りを見せず、学校帰りに立ち寄る図書館とラジオドラマ、そしてその本やラジオの内容を面白おかしく話す母との語らいの時間を楽しんでいた。

淳子は事務職と内職で何とか生活費を捻出し、輝也も家事や内職を手伝っていたが、中学一年のとき、淳子が体調を崩して入院したことから、一気に生活が苦しくなる。周囲は生活保護を受けるよう勧めたが、淳子は頑として受け付けなかった。小さな町なので、必ず噂が広まると言って聞かなかった。田舎で生まれ育った者として、逃げ場のない偏見の恐ろしさを肌で知っていたのだ。その上、淳子は役所や銀行での手続きに、相当な苦手意識を持っていて、恥をかくと思い込んでいる節があった。それは常人には分かり兼ねる強迫観念のようなものだろう。

家計は少年のアルバイトと内職、わずかばかりの預貯金の切り崩しで賄った。ごく稀に付き合いの浅い親戚がやってきて、散々説教した挙句、薄い封筒を渡して去っていくこともあったが、生活の崩壊は目に見えていた。

「速水さんと出会ったときは、藁にもすがる思いでしてね」

淳子が、以前勤めていた製麵会社の上司の勧めで速水健吉と再婚したのは、輝也が中学二年の夏のことだった。銀行預金はとっくに底を突いていた。淳子が求めたのは女の幸せではなく、確かな生活力だ。岸姓から離れ、輝也はようやく「速水」になった。


「多分、間に合いますねぇ」

運転手の声で我に返った小山内は、生返事をして手にしていた原稿用紙をバッグに仕舞った。県道を左折して少し進むと、タクシーがロータリーに入った。料金を払い、領収証をもらう。車から降りると、すぐに琵琶湖が見えた。

出発まであと五分しかない。湖の玄関口となる大津港はこぢんまりとしていて、急いでいる身にはありがたかった。控えめな音量でクラシック音楽が流れる中、小山内はチケットカウンターまで駆け寄って乗船券を購入すると、ゲートをくぐり、既に着岸している観光船「ミシガン」まで走った。

だが、間もなくの出航を告げるアナウンスが放送されても、船の前に設置された鐘を鳴らす人たちがいて、案外のんびりとしていた。実際、白い四階建ての立派な汽船を前にすると、気分が高揚してここに来た目的を忘れそうになる。入り口まで来ると、ハイテンションのカメラマンが「一枚いかがですか？」と営業を仕掛けてきたが、小山内は照れ笑いを浮かべて断った。

直前になって乗船した人たちが多いのだろう。一階の階段前で乗客が団子状態になっている。そのまますし詰めのような状態で、船が動き始めた。小山内は階段を諦め、まず一階から回ることにした。推進するための赤いパドルが回る船尾から、撮影スポットの船首まで、くまなく捜してみたが姿はない。

人がいなくなった階段を上がり二階へ。小山内はフロアの大半を占める飲食施設のドアを開けた。カフェの奥にビュッフェ形式のレストランが続いている。カフェでは触り心地のよさそうなモケット生地の椅子に座って、乗客がくつろいでいた。クルーズ船の上でも半数近くの人がスマホを見ている。奥のレストランには外国人観光客が多く、期待も虚しく空振りだった。

小山内は表に出ると、デッキの手すりの前で薫風の季節の琵琶湖を眺めた。湖を縁取るように凸凹のビルなどが建ち並び、その向こう、雲の彼方に山の稜線が見える。長閑な景色を楽しむうちに、焦りが静まってきた。船は既に港を離れたのだ。飛び降りない限り、いなくなることはない。

三階にあるホールは、何やら賑やかだった。舞台上の女性が琵琶湖に関する薀蓄を語っていたが、客席に速水の姿は見えない。パフォーマーによる寸劇が始まったので、ホールから出た。このフロアにもいなかった。残るは最上階のみ。

ひょっとしたら、この便ではないのかもしれない。しかし、錆びついてはいたが元記者の勘で、小山内は半々だと踏んだ。四階へ上がる途中、頭の中に淳子の声が甦った。

「息子が処分し忘れてた日記が、何冊か出てきましてね。もう何回も読み返してるんですけど、やっぱり輝也は優しい子なんやなぁと思うんです」

結婚を機に、母子は大津市内に引っ越した。速水の新しい父、健吉は食品会社で経理を担当する物静かな男で、見栄えは清次郎の方がよかった。だが、健吉が読書家であったことから、速水はすぐに懐くようになった。

「本好きには優しい人が多い」

速水が日記につけたこの言葉は、小学校のときに匿ってくれた担任のことも指すのだろう。古典から純文学、本格ミステリーに時代物。主に小説を好んだが、地元の高校に進むころになると、ノンフィクションや紀行文も楽しむようになっていた。

淳子の再婚は、速水に初めて父親という存在をもたらした。特に、健吉の趣味が小説の執筆と知ってからは、ますますこの継父のことが好きになった。休日に少しずつ書き、その上丁寧に調べものをするため、なかなか完成に至らないことがもどかしくあったようだ。

その当時、健吉が書いていたのは、戦後のレッドパージで教職を追われた男の話であった。速水が高校一年の秋、健吉が丸五年をかけたという小説を完成させた。読みたいとせがむと、健吉は快く許してくれた。この原稿が、後に速水輝也の運命を左右することになる。

中学教師だった主人公の男はある日、地元の教育委員会に呼び出され、一方的に共産(シンパ)主義者だと決め付けられた上、退職を命じられる。男がいくら「共産党員でも仲間でもない」と説明しても聞き入れられず、失意のまま教壇から降りることになった。勤務の傍ら小説を書き続けていた男は、この理不尽な経験を物語にしようと決意する。しかし、執筆の際に行った取材先から内容が漏れ伝わることになり、男はさらなる差別を受ける。そして、妻の父親から「子どものためを思って」と説得を受け、一人で生きていく道を選んだ。後年、孤独の闇に落ちていった父と、行方知れずになった父を捜す息子は、思わぬ形で再会する――。

高校生には難しい内容だったが、小説家志望という点で主人公の男と健吉を重ね合わせることができたせいか、速水は物語に没頭できた。身内であることを差し引いても、その小説は面白かった。速水は継父の隠れた才能に興奮した。

――自分の父が作家になるかもしれない――

日記の文字は弾んでいた。「これほど愉快な想像はない」との記述もあった。だが、本当の喜びはこの後に待っていた。編集者、速水輝也が誕生するのだ。

作中、主人公の息子の話し言葉に、やや古さと硬さを覚え、速水は継父に高校生が使いそうな言い回しをいくつか助言した。健吉が言われた通りに書き直すと、それだけのことで原稿が輝いた。この「紙一重の感覚」を身につけたおかげで、速水の視界が大きく開ける。初めから難しいと思い込むことが「損ではないか」と気付いたのだ。

速水は原稿の清書やコピーを手伝い、健吉の新人賞の応募を後押ししたが、なかなか朗報は届かなかった。ツテがない親子にできるのは、待つことだけだった。年が明けた一月、ようやく追い風が吹いた。ある大手出版社の編集者が、小説の冒頭部分を文学誌に掲載したいと依頼してきたのだ。もちろん、デビューが決まったわけではない。だが、作品が人目に触れるというだけで、健吉と速水は大喜びした。

編集者から誘いを受け、二人は滋賀から上京した。出版社が旅費を出してくれるというので、京都から初めて新幹線に乗った。車体の美しさ、リクライニング付きで座り心地のいい椅子、体感したことのないスピードで流れていく景色。時は既にバブル経済真っ只中だったが、ひっそりと田舎で暮らしてきた少年には、全てが感動の種だった。

健吉と速水は東京に圧倒された。「梅田があっちこっちにある。人、人、人で息苦しい！」。「いつ乗っても電車が混んでて、中には信じられないほど派手な服を着た女の人がいる」。「何でこんなに工事が多いねん！」。速水少年の東京旅行記は生き生きしていた。たまたま入った店のトンカツのうまさに驚き、ホテルのサービスのよさに腰が引けた。

翌日、立派な出版社の門から敷地に入ったときの緊張は、本好きの少年にとっては相当なものだったようだ。編集者は知的な人間を絵に描いたような男で、健吉の小説に通底する熱を褒めてくれ、速水は誇らしくなった。また課題にも触れたが、このときに聞いた「視点のブレ」「削ぎ落とす勇気」「人間を描く難しさ」というプロの指摘に感銘を受け、ますます小説を愛するようになる。

原稿を修正の上、一部を雑誌に掲載する約束を交わすと、健吉と速水は出版社を後にした。関西に戻る前、公開されて間もない映画『ラストエンペラー』を観た。帰りの新幹線の話題は、映画の話が半分、いかに小説を直すかが半分。二人はいつの間にか、親子という枠組みではなく、作家と編集者として接していた。

滋賀に帰った翌日、速水は母親に健吉のことを自慢し、東京への旅を面白おかしく話した。その晩、三人でささやかなお祝いをしたことを淳子は今でも鮮明に覚えている。

健吉はよほど嬉しかったのか、東京で編集者に会ったことを会社の人間に話し、その結果、存在感のなかった男は一躍地方の食品会社で注目の的となった。物静かな彼が、会社での様子を誇らしげに語るのを速水は微笑ましく思っていたようだ。

親子二人は毎日意見を戦わせ、何とか修正原稿を仕上げた。喧嘩もしたが、同じゴールに向かっていたのですぐに仲直りでき、いつしか継親子(けいしんし)の遠慮はなきものになっていた。編集者からＯＫが出たときは、達成感に酔いしれた。原稿を書いたのは父だったが、自分も少なからず貢献できたはずだ。日記にあった得意気な一文。「そんな十六歳がどこにいる?」」。

速水と健吉は掲載の日を待ちわびていた。これをきっかけに人生が変わる。二人は本気でそう信じていた。しかし、なかなか吉報は届かなかった。そのうち、担当の編集者に電話をしても、連絡がつかなくなってしまった。夢が宙に浮いたまま、速水は高校二年の春を迎える。

担当編集者から電話があったのは四月下旬。上京してから三ヵ月後のことだ。

「えっ……」

受話器を持ったまま絶句した健吉の姿に、速水の胸に暗雲が立ち込めた。「あかんようになった」――。健吉はただそれだけ言って、なぜ原稿がボツになったか話してくれなかった。編集者に何を言われたのかは気になったが、速水は新作を書くよう健吉を励ました。しかしその電話以降、健吉が筆を持つことはなかった。

一体、何があったのか。小説という共通項がなくなったとき、二人は再び血のつながらない男たちに戻った。速水はそれが無性に悲しかった。健吉は食が細くなり、休日に黙って外出する機会が増えた。

一家の崩壊が目の前に迫っていた。

最上階のデッキは周囲に遮る物がないため、見晴らしがいい。数人の乗客が椅子に座っていたが、お目当ての人はいない。やはり乗っていなかったのかと落胆し、もう一度一階から回ってみようと階段に向かった。そのとき、前方にある操舵室から外へ出る男の姿が、視界の端を横切った。船内案内図によると、操舵室には見学スペースがある。男はそこにいたのかもしれない。

勘が働いた小山内は踵を返し、頭の中にある残像を追った。あれが自分の見る最後の乗客になるはずだ。歩みを速めるうちに小山内の脈は乱れた。そして、その後ろ姿を見たとき、昂(たかぶ)りが極まった。

船首近くにある格子状の柵に手を掛け、琵琶湖の景色を見ている。スラリと背の高いその男は、紛れもなく速水だった。小山内は何も語り掛けることなく、隣に並んだ。速水は小山内に気付くとフッと息を漏らして笑った。

「探偵の登場か」

小山内がここに来ることを予期していたのだろう。特に驚いた素振りは見せなかった。

「週刊誌で記者してたときのことを思い出してな。事件を追ってるとき、いつも犯人がどんな奴か想像しては、身震いしてたなぁと思って」

「久しぶりに調べたくなったのが同期ってわけか。で、犯人はどんな奴だった？」

小山内は速水を見て言った。

「よう分からん」

速水は少し頬を緩めた。長い髪が強い風に靡いている。

「関西出身の奴で完璧に関西弁を消し去った奴なんか見たことなかったからな。おまえ、俺と話してても一切関西弁が出んかった」

　淳子の家から立ち去る際、彼女はこう言って笑った。「ほんまは薫風社の小山内さんでしょ？　輝也と同期の――」。

　小山内が訪ねることは速水から聞いていたという。取材の過程で話が漏れたのかもしれない。「段々、あの子が離れていくのが分かるんです。でも、それは決して悪いことやない。自分の育ちを消し去りたい人は、案外ようさんいると思いますよ」。

　船の上から湖に浮かぶ釣りのボートやヨットなどを眺めている間、二人は無言だった。だが、特に居心地が悪いわけでもなかった。

「マンション増えたなぁ」

　速水の関西弁を初めて聞いた。ずっと都内の出身だと偽られていたにもかかわらず、小山内はその新鮮な響きが嬉しかった。いくら酒に酔っていても、自分や相沢など関西人と話すときでも、速水は徹底して地の言葉を出さなかった。

「あんな会社つくったから、びっくりしたやろ？」

「根こそぎ持っていったもんな。考えたら、社内でこそこそと動いてた秋村なんかかわいいもんや」

「まぁ、でも、前に進むしかないから」

「悪いけど、日記読ませてもらったで」

「そら、確かに悪いな」

「でも、おまえも『アンネの日記』ぐらい読んだことあるやろ。それに、一番知りたいところから先が途切れてた」

速水は何も言わず静かに笑った。小山内が自宅を突き止めることぐらい、この男は分かっていただろう。だが、母親に何の口止めもしなかった。淳子は全てを承知の上で話を聞かせてくれ、日記まで読ませてくれた。そして、帰郷した息子が必ず立ち寄る場所を告げ、彼の大切なものを小山内に預けた。

この男は吐き出したいに違いない。本当の船出を前に、リセットボタンを押したいのだ。

「高校二年の夏やな?」

「そうや。夏休みに入る、ちょっと前や」

その日、健吉は速水をドライブに誘った。あの編集者の電話から季節が一つ前へ進んでも、健吉は復調することなく、むしろ精神状態は悪化の一途を辿っていた。運転中、執拗にバックミラーを確認していた健吉は、人気のない市道で車を停め、慎重に周囲を見回してから運転席に戻った。

「俺は捕まる。もう時間の問題やと思う」

健吉はそう言うと、JR湖西線のある駅名を告げて小さな鍵を速水に渡した。

「そこのコインロッカーに五百万ある。しばらくは手をつけたらあかん」

突然の告白に、速水はしばし言葉を失った。あの編集者からの電話以来、一家の雲行きは怪しくなっていた。だが、それを前触れと捉えられるほど、少年は世慣れていなかった。あまりに唐突な別れ。その後、いくら事情を尋ねても、健吉は「知らんでええ」という一点張りだった。

これが最後になるかもしれない。そう思うと速水は息もできないほど苦しくなった。血のつながりはなくとも、健吉は父であり、小説を生むという点で同志だった。

「もう小説は書かへんの？」

心に蓋をするように硬い表情を崩さなかった健吉だったが、そのひと言を聞いたときだけは、きつく奥歯を噛み締めた。そして、バン、バンと二度、悔しそうにハンドルを叩いた。

「僕はあの小説が好きや」

現実は動かせない。そう思っていても、言わずにはいられなかった。健吉は「すまん、すまん……」と漏らして咽び泣いた。速水はその姿を見て、元の生活には戻れない、もう一緒に小説をつくることはできないんだと確信した。

年の離れた男二人が部活の遠征のような雰囲気で上京し、緊張の中でプロの編集者からアドバイスをもらい、希望に満ちた心のまま映画を観た。愛情にも友情にも当てはまらない二人だけの絆。健吉も速水も作品が世に出ることを信じて、ひたむきに原稿に向き合ってきた。それは、ずっと日陰を歩んできたこの少年が、生まれて初めて知った幸せの形であった。

二週間後、健吉は贈賄容疑で逮捕された。勤めていた食品会社が県内に工場を建設する際、反対派の地域住民が多かったことから、汚れ役を引き受けた健吉が市議や市の担当職員に袖の下を渡したというものだ。コインロッカーの金は、恐らく会社からもらった口止め料だろう。だが、健吉は金について一切口を割らなかった。

会社の何者かが、父親のことを妬んで出版社にタレ込んだのだ。編集者に掲載を断られ、自分のもとへ警察の手が伸びている状況は、健吉にとってどれほどの恐怖だっただろうか。手に職のない前科持ちの男が、家族を養うことなどできるはずがなかった。


「家宅捜索で家の中ぐちゃぐちゃにされた。多分、帳簿とメモを探してたんやろな。家中の引き出しを引き抜いては、ノート類を段ボールの中に放り込んでいきよった。小説の創作ノートも原稿も全部や。それだけはやめてくれって抗議したけど、刑事に凄まれて何も言えんかった。泣いてる母親を気にする奴は誰もおらん」

速水は手すりを握り締めた後、ほんの少しの間顔を顰めた。

「その後は警察署に連れて行かれて、金のことを聞かれた。業者側が親父に払った金がどこにもない、と。最初は会議室みたいなとこで事情聴取してたけど、俺が『知らぬ存ぜぬ』の一点張りやから、仕舞には三畳窓なしの参考人室に連れ込まれた。ずっと立たされたり、バンバン机たたかれたり」

「家族にも容赦ないんやな」

「まぁ、ガサで頭にきてて、態度悪かったからな。でも、死んだ親父にどつき回されてたときのこと思たら何でもなかった」

近くで幼い子どもが泣き始めたが、速水は無表情のまま反応しなかった。

どんなに厳しい聴取を受けても、速水は学校のロッカーに隠していた鍵のことを話さなかった。それまでの人生で痛いほど分かっていた。この泥沼から抜け出すには、金が必要だと。健吉が守り抜いたそれは、少年にとって命綱に等しかった。

健吉は執行猶予付きの有罪判決を受け、社を追われた。無職の人間が家にいても食い扶持が増えるだけだと考えたのだろうか。彼はそれから一度も家に戻ることなく、速水たち母子の前から姿を消した。

「おやじが残してくれた金で、最初に使ったんが、この船のチケット代や」

「あぶく銭やねんから、もっと派手に使えよ」

「あほ。言うても『ミシガン』やぞ。でも、四方を囲まれてるこの景色を見てるうちに、しんどなってきてな。湖には必ず行き止まりがある。それが息苦しかった。どうせやったら、アメリカで日本の小説を広めるぐらいのことはせなあかんのちゃうか、と」

当時のことを思い出しているのか、速水は遠い目をして、息苦しかったという風景を眺めていた。泣いていた幼子は、いつの間にかいなくなっていた。

「だから母親には悪いけど、大学に行って、留学して、ほとんどの金を自分の将来のために注ぎ込んだ。母親も金のことは何にも聞かんかった」

高校生活の暗い影を払拭すべく、速水は孤独な受験勉強を乗り切り、東京の難関私大に進んだ。出版を専攻するためだった。三年のとき、一年間ニューヨークの大学に留学し、ネットメディアの台頭を肌で感じた。

「SNSが登場する十年前やったけど、このときの友だちは今でも連絡取ってるんや。まぁ、就職試験は全滅やったけどな」

新聞記者を経て薫風社に中途入社した後は、希望通りひたすら編集ひと筋の人生を歩み、一年間でミリオン二作、担当作家の作品映像化五本という記録をつくった。積極的にメディアミックスを仕掛け「薫風社で最も小説を売った男」と呼ぶ者もいる。

平日の勤務はもちろんだが、休日も作家やマスコミ関係者、社内の他部署の人間と付き合っていることは周知の事実で、小山内は速水が家族旅行以外で休んでいるところを見たことがなかった。大御所、中堅はもちろん、各新人賞の受賞作も読み込んで随時有望株のリストを更新。大抵の作家の基本情報を把握し、雑誌で担当作家の連載原稿をチェックしては、ためになりそうな資料を送り続けた。

この男の小説に懸ける不屈の精神は、常軌を逸していた。

もちろん、それには理由がある。

船が寄港地に到着し、停船した。動いていたものが止まった。ただそれだけなのに、二人の間に流れる空気が少し乾いた。小山内はバッグを開き、先ほど淳子から受け取った手書きの原稿用紙を取り出した。

「おやじさんの小説、読ませてもらったで」

速水は少し驚いた後、苦笑を浮かべた。高校生だった速水と健吉が見た夢の証だ。

物語の最後、編集者になった息子のもとに、行方知れずになっていた父親から原稿が届く。長い時を経て完成したレッドパージの小説だった。息子はその原稿を自分の雑誌に載せ、父との約束と訣別を果たす――。

小山内はこのラストを読んだとき、世の中にはこんな符合があるのかと寒気がした。物語が奇妙なほど速水父子の人生と重ね合わさる。健吉も小説家志望で、理不尽な形で仕事を追われ、その後父親の意を汲んだ息子が編集者になる。

小山内は確信に満ちた声で告げた。

「おまえが死にもの狂いで雑誌を守ろうとしてきたんは、編集者として速水健吉の原稿を待ってたからや」

隣に停船する船から歓声が上がった。デッキの上で、着飾った人たちが集まり、結婚パーティーを開いていた。初夏の明るい陽射しが、門出に立つ新郎新婦をひと際輝かせていた。

「『小説薫風』におったとき、読者から手紙がきたことがあるんや」

「手紙？」

速水は小山内が持っている原稿用紙を指差した。

「その原稿の字と全く同じ筆跡やった」

「じゃあ……」

速水は頷いて、隣の船で盛り上がる若者たちへ向け、指笛を吹いて祝福した。

「俺が担当してる原稿を褒めてくれてた。読んでいくうちに親父やって確信できて、最後に『私も自分の物語を完成させたい』って書いてたんや」

小山内は興奮のあまり、自らの呼吸が乱れていることに気付いた。どこまでが偶然で、どこまでが必然か、線引きは難しい。だが、一つ確かなことは、これは速水輝也の宿命ということだ。

「『小説薫風』が廃刊したときにも手紙がきてたな」

組合ニュースを読んでいた小山内は、速水が中央委員会で朗読したものだとピンときた。健吉は『小説薫風』廃刊という突然の事態に、息子のことが気掛かりだったのではないか。だが、彼には手紙を書くことしかできなかった。自らの名を伏せて――。

「消印は？」

「二通とも投げ込みや」

「投げ込み……」

日陰者に徹しようとする健吉の強い意志が感じられ、小山内はやりきれなさに嘆息した。

「雑誌は変わっても、巻末に名前は入る。だから『トリニティ』も潰すわけにはいかんかった。もちろん、作家の発表の場を守ることも自分の使命やとも思ってた」

「健吉さんから原稿は……」

速水はゆっくりと首を振った。小山内の胸の内に、重たいものが沈んでいく。

「この三十年弱、ずっと親父に会いたいと思ってた。死んだ前の親父は、何がきっかけで怒り始めるか分からん獣みたいな人間やった。髪の毛つかまれて引きずり回されて、耳がよう聞こえんようになるまでどつかれて、俺はずっと『早く終わってくれ、許してくれ』って、そう願うしかなかった」

速水の厳しい横顔を見て、小山内は言葉がなかった。少年の前に広がっていたモノトーンの世界に、唯一色を差していたのは、美しい物語を紡ぐ本だけだった。しかし、健吉によって、読むものからつくるものへと意識が変わったとき、速水は色鮮やかな夢を持てたのだ。

「会いたいんや……」

言った後、速水は唇を嚙み締めた。絞り出した声音の痛切な響きに、小山内は初めて速水の心の奥底を覗いた気持ちになった。この男は、継父への想いを、小説への愛情を糧に逆境を乗り越えてきた。健吉から手紙がきたのなら、あと一歩のところまで迫ったということだ。

「親父と東京の出版社に行ったとき、すごい緊張したけど、父親が誇らしくて堪らんかった」

小山内は少年の速水が書いた、活き活きとした日記の文字を思い出した。

「そのとき、初めて編集者のエンピツを見て、びっくりしたんや。たった鉛筆一本で魔法をかけたみたいに原稿が輝く。編集者の鉛筆は、外科医のメスや。出版社に入って、できるだけ多くの原稿を自分のメスで甦らせたい。いや、何より親父の……。あの親父の原稿にエンピツを入れたかった……」

「『トリニティ』で紙はやらへんのか？　電子なんかやったって、健吉さんがどこに原稿を送ればいいか分からんやろ？」

速水はそれには答えず、しばらく白い帆を張るヨットの一群を眺めていた。時折、口をすぼめて静かに息を吐く。長い付き合いのおかげで、小山内は彼が言葉を選んでいるのだと気付いた。いつの間にか風が止んでいた。

「結局、過去に囚われてたんやな」

健吉への想いが返ってくるものとばかり思っていたので、小山内は虚を衝かれた。つい先ほど「会いたいんや……」と漏らしていた男とはまるで違う、感情の読めない表情に戻っていた。束の間の沈黙で、また見える絵が変わった気がした。

「親父の亡霊を追い求めていたせいで、若い才能を失ってしまった」

高杉裕也のことだろう。彼が自ら命を絶ってからすぐ、速水は会社組織の権化である相沢に辞表を出した。そして、新しい出版の創造を求めて自ら起業した。

速水の出した結論は、健吉との訣別を意味していた。

「この前、娘が家に来た」

晴れ渡った空を見上げていた速水は、呆けたような顔でつぶやいた。

「美紀ちゃんが？」

「うん。ここんとこ忙しくて、引っ越しの準備する時間も取られへんかって、まだワンルームに住んでるんや」

「ワンルームとか言うといて、二百五十畳とかなしやぞ」

「いや、八畳や。典型的な男やもめの部屋でな。埃っぽいし、洗いもんもそのままやし、何か蛍光灯まで暗いんや」

速水は照れ隠しで笑った後、一つため息をついた。

「お湯沸かして紅茶出してんけど、うつむいて全然飲まへんねん。そのうち、泣いてるのに気付いて、びっくりした」

速水の表情が歪むのを見て、小山内は息苦しくなった。一緒に居酒屋にいると、速水はいつも娘の話をする。嬉しそうで、どこかホッとしているような顔を見せる。

「よっぽど侘しい生活に見えたんやろな。『ごめんなさい、ごめんなさい』って言うて、ポロポロ涙流して……」

子どもが泣く様を想像し、小山内はつらくなって目を伏せた。

「母親に『離婚してもいい』って言うたから、別れた原因が自分にあると思い込んでて、何ぼ違うって言うても埒が明かんかった。仕事が忙しかったとはいえ、赤ん坊のときからずっと暮らしてきたからな。今は生意気にしゃべるけど、ラムネ一つで歌ってくれたり、都合が悪なったら寝たふりしたり、いろんな美紀の顔が浮かんできて……。俺も泣いてもうた」

別れは健吉という過去だけに訪れたわけではなかった。一人娘という現在、いや、未来にも忍び寄ったのだ。いくつか思いついた慰めの言葉はどれも軽々しく、小山内は口を開かなかった。

「もう嫁とは完全にあかん。それはええねん。価値観がかけ離れている以上、一緒に生活できんから。でも、美紀とは、美紀とは……、もう一回暮らしたい……」

親は子どもを育てられて当然ではない。一人の人間をこの世に生み、育て上げるには、たくさんの壁を越えなければならない。中にはその壁の前で蹲ってしまう者もいる。岸清次郎も速水健吉もそうだ。

出版人であること以外に、速水が求めた生きがいは娘だけだった。親として子どもの傍にいたいという彼の想いは本物だっただろう。しかし、速水輝也にはその両立が難しかった。彼の父親たちと同じように。

「『もう絶対にママと仲直りできないの?』って言われて、つらかった。あぁ、子どもに残酷な選択をさせてしまったって。美紀が昔の家族写真見て、泣いたりするんかと思うと……、きついわ」

小山内がそっと肩に手を置くと、速水は「父親のおらん子にしてしもた」とつぶやいた。

どうしても何かを犠牲にしなければならないのかと、小山内は怒りを覚えた。だが、その憤りをぶつける対象がなかった。少し性根を捻じ曲げれば、いくらでも悪者をつくることができる。だが、それは詮ないことだ。各々がこれと思った道を選び、気付かぬうちに少しずつズレが生じて歪となる。落とし穴はその必然の中にある。

柔らかい風が吹き、遠くに佇むヨットの白い帆を揺らした。

小山内は手すりをつかんで背筋を伸ばした。未だ蒸発しない想いが胸中で燻っていた。

「昔、小さい詐欺事件を取材したことがあって、そのときに気付いたことがある」

小山内の言葉に、速水は問い掛けるように片眉を上げた。

「案外、被害に遭ったことを黙ってる人が多かったんや。『早よ忘れたい』『騙されたことを知られたくない』『騙されたことすら認めたくない』。いろんな人がおった」

隣からは特に反応らしいものはなかった。ただ、耳を傾けているのは分かった。

「今、薫風社ではおまえの名前がタブーになってるらしい。おもいっきり悪口言えるんやったら、スッとする。それで忘れられる。でも、おまえの場合はそうはいかん。みんな認めたくないんや。速水輝也に裏の顔があったことを。そういう奴が一番厄介やで」

「誰だって多少の裏表はあるやろ」

何を大げさな、とでも言いたいのか、速水は小山内を見て笑った。

「そう。ある程度自分のことを棚に上げな生きていかれへんからな。でも、表の顔があまりに鮮やかな場合、それ一色であってほしいと願うのは自然なことかもしれん」

「それで詐欺に遭うってことか?」

「強い光に濃い影や」

小山内は速水の合いの手に取り合わず、先に進んだ。

「振り子の原理で、今度は闇の方に心が奪われる」

「俺が自らの野望のために自分たちを利用してたんではないか、と。作家との人脈を築いてたんも、雑誌のために奔走してたんも、みんな己の会社設立のためにやってたんや、と」

「そう考えると楽やわな。結局、勧善懲悪の枠組みの中で物事を整理した方が、収まりがええわけや。そうやないと混乱するから。でも、それは分かりやすいけど、真実ではない。完璧で華のある速水も、自身の目的のために冷酷になる速水も、父親のために原稿を待ち続けた速水も、娘を愛する速水も、どれもほんまもんや」

下のフロアから大きな笑い声と拍手が起こった。先ほど見たパフォーマーたちが仕事をしているのだろう。

「仕事っちゅうのは、そんなに単純なもんやないよ。苦労人の作家がやっと売れて、一緒に泣きながら挙げた祝杯。頼りなかった後輩が、ちょっとした成功で自信をつけて顔つきまで変わったとき。雑誌の企画が当たって、ほんの少しやけど世の中が動いたって思えた瞬間。それぞれの場面で、速水は懸命やったはずや。編集者として得た喜びは、おまえの本気の結晶や」

　小山内はそこまで一気に話すと、速水から視線を逸らした。

　一人の人間を理解することなど軽々にできるはずがない。友人として、同期として、何より同じ出版人として、これからの速水のためにどうしても言っておきたかった。彼が会社を去った後、独自に関係者を訪ね歩き、母親から原稿を預かって、小山内はようやく答えに辿り着いた。騙された、裏切られた云々の次元の話ではなく、大切なのはこれからの出版業界のゆく末だと。

「情報の世紀」が本格化するのはこれからだ。今後もメディアはより速く、より個人的に、より便利に、より安価に——という流れで変質していくだろう。溢れるほどの情報が、自分に合った心地よい世界へ誘い、社会は細分化を続ける。結果、あらゆる業界が薄利を押しつけられ、まとまりのなさから多売の機会すら奪われる。だが、世の中が衰弱していく様を、ただ指をくわえて見ているわけにはいかない。

　思考を続ける人間には、真贋を見極める目が備わっている。本物を、上質を選ぶ慧眼を身につけることが、情報の波にさらわれない唯一の対抗策だと小山内は信じる。思考の源は言語だ。言葉を探し、文化を育み続けることこそ、出版人の使命だ。

　そして、この過渡期に現れた速水輝也という男は、新旧の時代をつなぐ大きな橋になり得る——。

「すみません、一枚いかがですか？」

船の入り口で撮影を断った、あのカメラマンが後ろに立っていた。一度拒まれたぐらいでは諦めないらしい。

速水の方を見ると、笑みを浮かべ、いつもの仮面をつけていた。それはノーサイドの合図のようで、小山内は一抹の寂しさを覚えた。

同期の二人は目を合わせて苦笑いし、控えめにポーズを取った。

「今日一番の素敵な笑顔を……」

カメラマンがデジカメで撮影した画像を確認している間、速水が目を合わせずにつぶやいた。

達者でな——。

ここで自分に過去を吐き出したことで、速水は自らを新たにした。小山内が淳子の家で抱いた一つの予感。

この男に会うのは、これが最後だ。

カメラマンが小山内に値段が書かれたカードを渡して去っていった。

隣の船で大きな歓声が上がった。結婚パーティーの出席者全員がシャボン玉を飛ばしている。魚の産卵のようにひと塊となった丸い玉が、琵琶湖の風に乗って高く舞い上がっていく。

速水は何も言わずにその場を離れた。小山内はその背を追うことなく、宙をさまようシャボン玉に視線を戻した。

再び船が動き始める。

最後のひと泡が、明るい陽を吸い込んで華やかに煌めいた。思いのほか眩しく、小山内は目を細めた。

船は決められた航路を進み、緩やかな波しぶきを上げながら起点へと帰る。気ままに舞っていた仮初めの輝きが、ゆらゆらと遠ざかっていく。

小山内は手すりにつかまり、そのまま瞼を閉じた。静かな胸の内で別れを告げる。

やがてシャボン玉は風の中に沈み、弾けて消えた。

〈了〉

解説　〝なぜ今出版業界を舞台にするのか？〟

大泉　洋

不思議な感覚でしたねえ。自分自身を想定して書かれた、この小説を読んだときは。舞台や映画であてがきをしていただくことは、これまで幾度かありましたが、小説であてがきというのは、これまで聞いたこともなかったし、実に面白い試みだなと思いました。

もともとプロジェクトのきっかけは、本書の担当編集者に雑誌『ダ・ヴィンチ』の表紙に出させていただく度に、〝何かお薦めの本ない？〟と訊いていたことから。というのも、そこではお薦め本を一冊、選ばなくてはならなくて。その後に続く、〝映像化されたら、僕が主演できるような作品をね〟というひと言も定番だった（笑）。それを毎回言うものだから、編集者は面倒くさくなったんでしょうね。〝じゃあ、もう私が大泉さんを主人公としてイメージした小説を作ります！〟と。それが映像化を見据えた、僕の〝主演小説〟の出発点でした。

その小説を塩田武士さんが書いてくださると聞いたときは、本当にうれしかったですね。バラエティ番組などから受け取る僕のイメージって、単純に〝面白い人〟だと思うんです。それをコメディやギャグというジャンルではなく、塩田さんの書くシリアスで骨太な社会派小説のなかで、いったいどういう風に活かしていただけるのかと、わくわくしました。主人公・速水輝也は、僕にとって、どこか覚えのあることをする人物です。物真似のレパートリーが僕と同じだったり、急場の凌ぎ方がちょっと似ていたり。それが広い人脈と頭の回転の速さを駆使して、出版業界を生き抜いていく編集者・速水の姿に絶妙な匙加減で投影されている。

実は最初にプロットを読ませていただいたとき、塩田さんにひとつ質問をしたんです。〝なぜ出版業界が舞台なんですか？〟と。そこは私も含め、皆がよく知る世界ではなかったから。だから出版界に存在する独特な仕組みや、本が売れない、雑誌が次々と廃刊に追い込まれている業界の現状や問題、スマホが身近になったエンタメ産業のなかでの出版の未来を、〈大泉洋という俳優をあてがきする新しい小説の形〉をもって見せていきたい、というご回答には納得を覚えた。物語だけでなく、人々の知らないものを教えてくれるということは、小説や映画の大きな魅力のひとつ。緻密な取材力、分析力を必要とする新聞記者の経験がある塩田さんが、その力を駆使し、外部からは見えにくい世界を見せてくれるということにも惹きつけられました。

僕は会社に勤めた経験がありません。だから速水のような中間管理職の辛さや、サラリーマン同士の戦いみたいなものは正直、よくわからなかったんです。けれどこの小説は、そんな僕にも、〝(自分の身近にある)テレビ局にも派閥ってあるんだろうな〟とか〝派閥のボスが失墜すると、その下にいる人たちはかなりヤバいんだね〟とか、会社組織のなかの人間関係に自然と嗅覚が働いていくようなリアルさを連れて来てくれた。それを見せてくれるのが、群像劇のなかに蠢く登場人物たち。なかでも編集局長・相沢のキャラクターは強烈で好きですねえ。〝こいつ、ほんとに憎たらしいな〟〝やっつけてくれないかな〟と、相沢が出てくるたび、腹を立てながら読んでいました。でも彼は難局をするするとすり抜けていく根性みたいなものを持っていて、そこが魅力的で愛らしい人物でもある。編集者を振り回す、食えない大御所作家・二階堂大作も。そんなおじさんたちがしのぎを削る場面は痛快そのものです。

そうしてひとりの読者として、純粋にストーリーを楽しみながらも、やはり僕はどこかで、自分が演じることを想定しながら、この小説を読んでいました。頭のなかにはスクリーンに映し出された速水＝僕がいた。彼の一挙一動、一言一句を捉えながら、〝速水は毒が足りないな。俺なら、もうちょい、相手に失礼なこと言えるのに！〟とか(笑)、僕が周りの人からよく言ってもらう〝人たらし〟ということについては、それが投影された速水を通して〝周りにはこういう風に見えているんだな〟と気付いたり。さらにそれが、小説に落とし込まれたときに出てくるクレバーさのようなものは、小説というものの表現の豊かさを再確認させてくれました。

そのなかで、塩田さんの技量の凄さを感じたのは、僕をイメージして書いていながら、〝大泉洋っぽくないところ〟を速水に注入していることでした。物真似であるとか、パブリックイメージにある僕を書くのなら、ある意味、誰にでもできる。けれどそうではない、僕のなかにある、けっしてわかりやすくないものを掘り出してくださったんだろうなと。それが主人公に想定された当人にとって、とても興味深いところであり、不思議な感覚を連れてきたところでした。それは読む方にとっても、同じ現象を起こすものなのではないかと思います。というのもそもそも小説は、映像作品のノベライズでない限り、誰かを想定して読むという経験のできないものだから。ただただ、〝大泉洋〟という男をイメージしながら読んでいただく、そこから驚きの渦に巻き込まれていくのが、この作品の面白さ。バイタリティ溢れる、明るい男だと思っていた速水ですが、ラスト近くで明かされる過去、隠していた一面には僕も騙された！　タイトルの真の意味に気付いた瞬間でもありました。

あと、この小説は２０１６年、『ダ・ヴィンチ』誌上での連載からスタートを切りましたが、そのとき撮影した写真が、この文庫のなかでも各章の扉に使われています。この撮影がなかなか大変だった（笑）。特に第六章の扉にある、速水が会議室で抗議する場面を想定した撮影では、ひとりで叫び続けていたんです、周りから見たらおかしな人だと思われるくらい。そこまでの流れがある映像とは違い、その場面、場面を切り取る写真撮影では、〝突然、激昂！〟という無茶な演技をしなければならなかった。それも、そうした僕の苦労もぜひ思い浮かべていただければ……。そして3年前に撮影された写真のなかの僕は、自分でもびっくりするほど若い！　これは、そんな〝大泉洋・40代の変遷〟の一端を確認できる一冊でもあります。

現在、映画の製作が着々と進んでおります。単行本が刊行された時も散々言いましたが、本当に主人公が僕で良かった！　騙されてなくてよかった！　そんな安堵感とともに今は感謝の気持ちで一杯です。この時代、映画化のハードルは決して低くありません。企画の出発点にあった映画化というゴールまで、完走できることを心からありがたく思います。

この小説をお読みになった多くの方が、大泉洋が速水を演じたらどうなるか、とご想像になりながらページを繰っておられたと思います。スクリーンのなかの速水は、〝あなたの想像どおりになるか、それとも、あなたの想像を裏切るのか〟。楽しみにしていただきたいですね。（談）

初出
本書は、2017年8月に小社より刊行された単行本を
一部加筆・修正し、文庫化したものです。

写真（カバー、口絵※巻頭）
間仲 宇

写真（本文扉、口絵※巻末）
江森康之

美術
AKI／山本高也、中村梨奈（福樂）

スタイリング
九（Yolken）

ヘアメイク
西岡達也（ラインヴァント）

DTP
川里由希子

取材・文（解説）
河村道子

企画協力
クリエイティブオフィスキュー
アミューズ

カバー、口絵※巻頭：衣装協力＝シューズ（Paraboot）、バッグ（HERZ）

騙し絵の牙

塩田武士

令和元年 11月25日　初版発行
令和３年 ２月15日　８版発行

発行者●青柳昌行

発行●株式会社KADOKAWA
〒102-8177　東京都千代田区富士見2-13-3
電話　0570-002-301（ナビダイヤル）

角川文庫 21901

印刷所●株式会社暁印刷
製本所●株式会社ビルディング・ブックセンター

表紙画●和田三造

ISBN 978-4-04-102642-7　C0193

JASRAC 出 1911118-108

◇◇◇

角川文庫発刊に際して

角川源義

第二次世界大戦の敗北は、軍事力の敗北であった以上に、私たちの若い文化力の敗退であった。私たちの文化が戦争に対して如何に無力であり、単なるあだ花に過ぎなかったかを、私たちは身を以て体験し痛感した。西洋近代文化の摂取にとって、明治以後八十年の歳月は決して短かすぎたとは言えない。にもかかわらず、近代文化の伝統を確立し、自由な批判と柔軟な良識に富む文化層として自らを形成することに私たちは失敗して来た。そしてこれは、各層への文化の普及滲透を任務とする出版人の責任でもあった。

一九四五年以来、私たちは再び振出しに戻り、第一歩から踏み出すことを余儀なくされた。これは大きな不幸ではあるが、反面、これまでの混沌・未熟・歪曲の中にあった我が国の文化に秩序と確たる基礎を齎らすためには絶好の機会でもある。角川書店は、このような祖国の文化的危機にあたり、微力をも顧みず再建の礎石たるべき抱負と決意とをもって出発したが、ここに創立以来の念願を果すべく角川文庫を発刊する。これまで刊行されたあらゆる全集叢書文庫類の長所と短所とを検討し、古今東西の不朽の典籍を、良心的編集のもとに、廉価に、そして書架にふさわしい美本として、多くのひとびとに提供しようとする。しかし私たちは徒らに百科全書的な知識のジレッタントを作ることを目的とせず、あくまで祖国の文化に秩序と再建への道を示し、この文庫を角川書店の栄ある事業として、今後永久に継続発展せしめ、学芸と教養との殿堂として大成せんことを期したい。多くの読書子の愛情ある忠言と支持とによって、この希望と抱負とを完遂せしめられんことを願う。

一九四九年五月三日